小学館文庫

あの日に消えたエヴァ

レミギウシュ・ムルス
佐々木申子 訳

JN020177

小学館

Copyright ©Nieodnaleziona by Remigiusz Mróz
Japanese translation rights arranged with Remigiusz Mróz
c/o Madeleine Milburn Ltd
(trading as Madeleine Milburn Literary,TV & Film Agency)
through Japan UNI Agency, Inc.

あの日に消えたエヴァ

＊主な登場人物＊

ダミアン・ヴェルネル……………… オポーレに住む《スパイスX》のウエイター。
エヴァ……………………………… ヴェルネルの婚約者。
アダム・ブリツキ………………… ヴェルネルの親友。
トマシュ・プロコツキ…………… オポーレ市警の副署長。
フィル・ブラッディ……………… 英国人。
ロベルト・レイマン……………… レヴァルに住む実業家。
カサンドラ・レイマン…………… ロベルトの妻。レイマン調査会社の主要調査員。
ヴォイテック……………………… レイマン家の一人息子。
ヨラ・クリザ……………………… レイマン調査会社の調査員。
グラズル…………………………… レイマン調査会社のもと調査員。
ファルコフ………………………… 警察官。
カイマン…………………………… 犯罪組織のリーダー。

沈黙は最大の叫びだと知っている人たちへ

世の中には二種類の男性がいる――
女性の権利を守ろうとする者と、臆病者。
選択はあなた次第。

アバイダ・マフムード

第1章

1

もう少し早く彼女にプロポーズしていたなら、あんなことにはならなかった。ぼくたちが襲われることもなかったし、ぼくが病院に搬送されることもなかった。彼女がぼくの人生から消えることもなかっただろう。

三十秒、いやもっと短い時間で充分だったかもしれない。わずかの時間差で一生が台無しになることもある。あとに残されたのは、いまわしい出来事を忘れようとする虚《むな》しい努力だけだ。

忘れようにも忘れられなかった。あのときのことが何度も頭の中でよみがえる。もし最後のビールを飲まずにもう少し早くパブを出ていたら、もし川辺でタバコを吸う時間がもっと短かったら、どうなっていたのだろう？　それればかり考えていた。

実際に起こったこととは別のシナリオを考えることを、心理学では「二重思考」というらしい。二重思考自体はさほど珍しいことではなく、必ずしもネガティブな行為ともいいきれない。別のシナリオを想定することで、その後は同じ過《あやま》ちを犯さなくなる。そのうえ、自分の運命をコントロールできる気になり、失意のどん底から立ち直れることもあるのだから。

だが、ぼくの場合はまったく逆だった。さらに深く落ちこみ、罪悪感が増し、周りの世界に対する無力感にさいなまれた。

婚約指輪をほんの少し早く渡していれば……と、何度も心の中で繰り返した。

実際には、そうしなかったのだ。あの最悪の日にぼくがとったちょっとした行動も、どんな小さな選択も、悪夢のようなあの事件に結びついてしまった。

十年前のあの土曜の夜は、いつもと変わりなく始まったかに見えた。ぼくはエヴァと、オポーレの旧市街にあるふたりのお気に入りの店《ハイランダー》に行った。川沿いのさほど広くない通りに面しているパブだ。

アルコールが堂々と飲める年になるずっと前から、ぼくとエヴァは《ハイランダー》の常連だった。あの店に行くと必ずといっていいほど、そのあとは「野次飛ばし席」に座って過ごした。ムウィヌフカ川のほとりの一角。細い階段を上っていくとちょうどパブの裏に出る。誰がこの名前をつけたのかはわからない。だが昔、川沿いの土手にこの名がスプレーで書かれていたことから、みんながそう呼ぶようになった。

「野次飛ばし席」に降りていったとき、エヴァはもう、今夜はいつもと違うと感じているようだった。だが、それは《ハイランダー》でビールを飲み終えようとしていた男たちとはまったく関係なかった。ぼくのことならなんでもお見通しの彼女は、その夜、ぼくがなんだかそわそわしていることに気づいていた。

ぼくとエヴァは、物心ついた頃からいつも一緒だった。川向こうのスピハルスキ通りに建つ集合住宅の前を駆け回っていた八〇年代。あの頃すでに、ぼくたちふたりが一緒になるのは当たり前のことのように思えた。先のことを深く考えるまでもなく、それが自然の成り行きのはずだった。

ぼくたちは一度も離れたことがなかった。同じ小学校に通い、十歳のとき、ロッカールームに行く階段の途中でファーストキスをした。初めて彼女と寝たのは、高校に入ってすぐの課外旅行で。ところが大学に入ると、仲間たちは、ふたりの関係は長くはもたないだろうと噂《うわさ》しはじめた。エヴァは工科大学に行き、ぼくは総合大学に行ったからだ。これまで一度も離れたことがないのだから、離れたら最後すぐに別れるに違いない、というわけだ。だが、友人たちの予想は見事にはずれた。

ぼくとエヴァは一緒にアパートを借り、将来の計画を立てはじめた。そろそろプロポーズするのが自然な流れだった。そして、まさにあの日、ぼくがプロポーズすると決めていたことをエヴァは知っていたのかもしれない。

プロポーズの場所として「野次飛ばし席」を選んだのは、このオポーレの町でふたりがいちばん多くの時間を過ごした場所だったからだ。ぼくたちはそこで何トンものタバコを吸い、何百リットルもの安いブランデーを飲み、初めてマリファナを吸った。

そこは本来、ロマンチックさとは無縁な場所だった。ぽつんと立つ古木のまばらな枝の下に、川辺で過ごした人たちが残していったゴミがちらかっているような場所。だが、ぼくがプロポーズしたときには、そんな風景も一変していた。「オポーレのヴェニス」になっていた。川沿いの建物が色とりどりにライトアップされ、新たに開発されたウォーターフロントのスポットに変わったのだ。

プロポーズには「野次飛ばし席」がふさわしい。少なくとも、そのときのぼくはそう思った。

ぼくは片膝をついた。酒がまわっていなかったら、頭の弱い「かっこつけ野郎」みたいで気恥ずかしかっただろう。これから何が始まるのかよくわかっていたはずなのに、エヴァはまるで女優のように、口元に手を当てて驚く仕草をした。

ぼくはエヴァの指に婚約指輪をはめ、キスをした。それからふたりは強く抱き合った。そしてしばらく黙っていた。沈黙で気まずくなるどころか、むしろふたりがひとつに溶け合うと感じられるほど、ぼくたちは親密だった。

互いに幸せに酔いしれ、満たされ、安堵《あんど》していた。ぼくはエヴァを抱き寄せ、パブの狭い駐車場に向かって階段を上っていった。《ハイランダー》の入り口の前を横切ろうとしたとき、店の中から我先にと押し合いながら五人の男が騒々しく外に出てきた。

ポーランドの土曜の夜の広場ではよく見かける光景だ。ぼくたちは特に気にも留めていなかった。ところが、突然危険を感じた。

男のひとりが刺すような視線をエヴァに向けて、口をつぐんだのだ。まるで、その男だけがサイクロンの目の中に入ったようだった。仲間がそいつを小突き、何か怒鳴ったが、男はぼくのフィアンセを見つめたまま、微動だにしない。

「いい女だな」男が言った。

いまでもあのときのあの男の目つき、あの男の声が思い出される。それなのに、自分がエヴァを強く抱き寄せて足を速めた記憶のほうは、あのときもいまも、ぼくの中でぼやけている。

その男がぼくたちに道を開けたが、仲間たちはその男のほうを見ると、男の横に立ち、エヴァの行く手をさえぎった。

「何か?」エヴァが言い放つ。

いまにして思えばぼくが何か言うべきだったのかもしれない。やつらの意識を自分に向けさせていたら、結果は違っていたかもしれない。

いや、結局は同じだったかもしれない……。

「ああ」ひとりが答えた。

ほかの連中は黙って真顔になったかと思うと、全員の視線がエヴァに向けられた。ぼくは緊張した面持ちであたりを見渡した。周りには誰もいない。少し先の広場なら通行人を当てにできるだろうが、川辺に人影はなかった。

エヴァは「失礼」と小さな声で言うと、男たちのあいだを通り過ぎようとしたが、誰ひとり、まったく動こうとしない。ぼくたちは立ち止まった。心臓が飛び出しそうだった。

「何のまねだ?」ぼくは言った。

「てめえら、下になんか忘れものがあるみたいだぜ」筋肉隆々の男が、階段を指さしながら答えた。

ほかの連中は筋肉質ではなかったが、そんなことは問題ではない。やつらは五人でぼくはひとりなのだ。たとえ日頃から格闘技の訓練をしていたとしても、これではとてもかなわない。

最初に受けた一撃で、すぐにそのことが明らかになった。よくあるごろつきの雑なパンチだったのだが、不意をつかれたぼくはほとんどノックアウトされた。

殴ったのは筋肉男だ。エヴァが何か叫んだのが聞こえたが、頭の中で轟音《ごうおん》が鳴り響いて、なんと言ったのかまでは聞き取れなかった。やつらはぼくたちの服をつかんで、「野次飛ばし席」まで突き飛ばした。

気がつくと、ぼくたちは川辺に戻っていた。やつらをなんとか振り払おうとしたものの、そのうちのひとりがぼくをつかみ、もうひとりがまた殴ってきた。続けざまに三、四発殴られ、その昔初めてマリファナを吸った木のそばにぼくは倒れた。

口から血が流れていたが、金属的な味はしない。少し先でやつらがエヴァを殴り倒しているのが見えた。その光景はぼやけていた。

やつらは何か言うと笑い、エヴァは叫んでいた。そのとき彼女がなんと言っていたのか、どうしても思い出せない。

ぼくは立ち上がろうとしたが、狙いを定めた一撃をくらって地面に倒れこんだ。それでも、すぐにエヴァのほうに這《は》っていこうとした。

やつらはすでにエヴァに手をかけていた。ひとりがブラウスを剝ぎ取り、もうひとりがエヴァの胸を強く押さえている。なんとか彼女のほうに行こうと無駄な努力をしながら、ぼくは力なく叫んだ。少なくとも自分では叫んだような気がした。

やつらがぼくの哀れな抵抗に気づいた。いきなり頭を蹴られ、一瞬目の前が暗くなる。再び目が見えるようになったときには、やつらのズボンを下ろしていた。

世界は一転した。その重苦しい空気は、暴漢のひとりがエヴァの口を塞いだときの彼女の叫びに似ていた。ぼくは脅し文句を並べ、罵り、やめてくれと懇願した。そして、もはやなんの手立てもないと悟ると、エヴァを救うためならなんでもしますと神に誓い、神に祈った。

エヴァの赤いレースの下着が見えた。「特別なときのためにね」と言って少し前に買ったものだ。

けたたましい笑い声とともに、暴漢は彼女のパンティを剝ぎとった。ひとり目がズボンを脱ぎ捨て、彼女の上に覆いかぶさる。そこで起きていることを見せつけようと、別のひとりがうつぶせに倒れているぼくの頭をもち上げた。

目を背けようとするたびに後頭部を殴られた。ぼくは叫び、絶望の中でフィアンセに少しでも近づこうともがいた。爪を地面に立てて這いつくばって前進しようとしたが、頭をつかまれていたのでレイプが終わるまでに五十センチも進むことはできなかった。

次の男が彼女の上に乗った。男はエヴァをつぶそうとしているかのように、何度も彼女の身体《からだ》を押さえつけた。悲鳴と泣き声が聞こえ、エヴァが男を押しのけようとしているのが見えた。だが、無駄だった。

ぼくがエヴァに向かってわずかに這い寄ったことに気づいたひとりがやって来て、何か言いながら足を上げた。重い靴が頭に振り下ろされるまでの一瞬の間、ぼくはエヴァを見た。彼女の顔は痛みと屈辱にゆがんでいた。その顔はぼくの記憶に刻まれた。ぼくが最後に見たエヴァの姿だった。

少なくとも十年後にフェイスブックで彼女の写真を目にするまでは。

2

暴漢の身元が特定されることはなかった。やつらもぼくのフィアンセも忽然《こつぜん》と消えたまま見つかっていない。エヴァの足取りは、ぼくが思い描いていた人生と一緒に消えてしまった。エヴァなしに生きていかなくてはならないというだけではない。何もかもがすっかり変わってしまった。ぼくの高校卒業試験《マトゥーラ》の成績なら、ヴロツワフやポズナンや、クラクフの大学の経済学部に入ることだってできた。どの大学も両手を広げてぼくを歓迎してくれただろう。それなのにぼくはオポーレの大学を選び、ここに住むことにした。ただ、エヴァと一緒にいるために。彼女はどうしても地元を離れたくなかったのだ。

エヴァは、地元に残るようにぼくをやすやすと説得した。成績さえよければオポーレでも高収入の仕事に就けるだろうと言ったのだ。そうすれば誰にも振り回されることなく自分の人生を送れる。ぼくにはそれ以上のものは必要なかった。

それなのに、ぼくは大学を中退した。あの不幸な夜を境に、元の自分に戻ることはなかった。

最初の何ヶ月かは、全力でエヴァの足取りをたどろうとした。ありとあらゆる手段を駆使し、どんな手がかりも見逃さず、少しでも助けになりそうなサービスや機関はなんでも利用した。

だが、成果はゼロだった。

まるで真っ黒な穴にでも落ちたかのように、エヴァの行方は杳《よう》として知れなかった。ぼくらを襲った連中は、あの日、たまたまオポーレにいたらしい。当初はオポーレ近郊のどこかの村から来たのだと踏んだが、やつらを知っている者が誰もいなかったので、数ヶ月でその可能性は絶たれた。

やつらの正体はわからないままだった。ただあの連中の顔だけが、ぼんやりと心許《こころもと》なくぼくの記憶にとどまっていた。

数ヶ月間精力的に動いたあと、ぼくは完全に力が抜けてしまった。勉強も諦め、エヴァと住んでいたアパートに引きこもり、大半の時間をただ睡魔に身を任せて過ごす日々。酒量も増え、ぼくは外の世界からどんどん離れていった。

あるときからは、ビールを開けては漠然と過ごすことしか考えなくなっていた。ゲームで時間をつぶすのが日課となり、《デッドスペース》、《レフトフォーデッド》、《GTAⅣ》、《フォールアウト3》といったゲームだけがぼくの現実の世界となった。

だが、そのおかげでなんとか生き延びられたのかもしれない。そう、なんとか……。

気がつくと、以前に描いていた人生に戻ることはもうできなくなっていた。大学では再履修しなくてはいけない科目だらけ、履歴書も嘘《うそ》で固めなくてはならず、そのうえこの何ヶ月もの間、ぼくの人生を支えていたもの、エヴァとの結婚やぼくの将来などをすべて諦めなくてはならなかった。

「野次飛ばし席」での事件から約一年が経過した頃、ぼくはあの事件が起きた場所に戻った。バーテンダーとして《ハイランダー》で雇われ、毎日長い時間をそこで働いて過ごした。すべての客を知り尽くし、カウンターについているわずかな傷についても説明できるほど長い時間を。

だが、あの店にエヴァを襲ったやつらが来ることは二度となかった。それを自分が期待していたのかどうかさえ、よくわからない。

その後、別のバーを転々とし、どこでも長く働きつづけることはなく、誰とも親しくならなかった。人口十二万人の町では誰もが顔見知りだが、ぼくがそんなふうに変人になっても誰も驚きはしなかった。

そして十年近く経《た》ち、広場に建つ銅像《闘牛に乗る女》の近くに新しくオープンしたインド料理レストラン《スパイスX》でウエイターの仕事に就いたときも、ぼくは相変わらず変人だった。オポーレではこのようなインド料理のレストランはここだけで、しかも場所がよかったので給料もチップも高く、家賃と酒代、ブロードバンドインターネット料金を払うには充分だった。それ以外に金を使うこともなかった。

貧乏だった頃は、アダム・ブリッキが助けてくれた。小学校時代から「ブリッツ」と呼ばれていて、唯一ぼくの「親友」と言えるやつだ。とはいえ、普通の友人のように一緒にどこかに行くことも、ぼくが彼の家に行ったことも、彼がぼくの家に来たこともない。ブリッキは、かれこれ十数回もぼくの家に来たがったが諦めたようだった。ぼくがいつも居留守を使っていたからだ。

その代わり、ブリッキは、ぼくの仕事場にはどこでも足繁《あししげ》く通ってきた。まるで常連であるかのように。そんな関係が十年も続いたのだから、恐らくそういうスタイルがぼくたちには合っていたのだろう。

ぼくの気持ちを盛り上げ、励ましつづけることが誇りでもあるかのように、ブリッキは何かにつけていいニュースを持って現われた。ところが、その日だけは違っていた。《スパイスX》にノートパソコンを抱えて入ってくるなり、店内の様子をうかがい、落ち着かない素振りでぼくを手招きしたのだ。

「ヴェルネル！」ブリッキは、窓際の席に座りながらぼくに向かって叫んだ。

知らん顔をするとブリッキはかっかするので、ぼくはわざとゆっくりと彼のほうに歩いていった。テーブルのそばに立ち、口を開こうとしたとたん、彼に先を越された。

「これを見ろよ」ノートパソコンを開けながらブリッキは言った。「座れ！」

まだ早朝で、店内にはちょっと前にマンゴーラッシーを出した客がひとりいるだけだった。これなら、友達とおしゃべりをしていても上司に注意される心配はないだろう。ぼくは、ブリッキの横に座ってモニターに目をやった。

「これ、彼女じゃないか？」ブリッキは興奮していた。

「なんのことだ？」

「よく見ろ」ノートパソコンをぼくのほうに向けて見せた。

スリープ状態だったモニターが明るくなり、フェイスブックのサイトが出てきた。写真は少しぶれているものの写っているのが誰かを認識できないほどではない。

まるで雷が落ちる直前のようにまわりの空気に電気が走ったような気がした。だが雷鳴がどこか遠くに聞こえたのではなく、雷に真上から直撃された。

エヴァ。

十年経てば誰でも変わる。彼女も変わっていた。顔のしわが目立ち、少しふっくらし、髪も染めていた。鼻も整形したのかもしれない。だが、写真に写っているのはたしかにエヴァだ。

「どうして……」それ以上何も言うことができず、ぼくは口をつぐんだ。

《ブリッツェル》または《電撃戦《ブリッツクリーク》》という異名をもつブリッツキは、その名のとおり、何に対しても素早く反応する。それなのに、このときばかりは答えに窮した。

ぼくはといえば、突然、まわりの世界が非現実的なものに感じられた。十年前のムウィヌフカの川辺に突然連れ戻されたようだ。唾を飲み込もうとしたが、乾いた綿が喉に詰まっているみたいだった。

「どうやって？」ようやく口にした。

「わからない」

「誰のファンページ？」

これは、その昔、ぼくたちの間で流行《はや》ったきき方で、好きなバンドのファンページを見せられたときに、よくこういう質問をしていた。写真をどうやって見つけたのか、どこで撮ったのかなど、前はよくブリッキに問い詰めていた。だが、いまはそれ以上の質問は必要ない。親友の答えがすべてを語っていた。

「[スポット」ヴロツワフ」

ぼくは、頭を振った。そうでもしなければ現実の出来事だとは信じられなかったからだ。それから首のうしろに手をやると、神経質にまわりを見た。そのときのぼくは、誰もいない深い森の暗闇に潜む動物になって猟師が襲ってくるのを待っているような気分だったのだ。

「ヴェルネル、これは絶対エヴァだ」

ぼくは無理やりうなずいて見せた。

「しかも、ここから百キロも離れてないんだぜ」

気持ちを落ち着け、改めてノートパソコンのほうに体をかがめた。十年かかってようやく手がかりらしきものが見つかったのだ。十年間、ぼくの中でくすぶりつづけていたすべての疑問の答えを手にする希望がかすかに見えてきた。

あのレイプ事件のあと、エヴァに何があったのか？ 結婚を前にどうしていなくなったのか？ これまでずっとエヴァはどうしていたのか？ 襲撃者とは知り合いだったのか？

そうした未解決の問題すべてが堰《せき》を切ったように押し寄せてきて、ぼくの世界はいまにも押しつぶされそうだった。

写真に目をやった。エヴァがいるのは、どこかの野外コンサート会場のようだ。夜遅い時間だが、ステージは派手な色のライトで照らされている。

エヴァの視線はカメラのほうを向いていない。もしかしたら誰かに撮られていることさえ気づいていないのかもしれない。エヴァは笑いながら片手をステージのほうに向けている。横にはスウェットを着た男が、引き寄せるように彼女の肩を抱いている。背を向けているので男の顔は見えないが、男が着ているグレーのフード付きスウェットには羽がついた爆弾、つまり、フー・ファイターズのロゴが描かれ、そこには「There is nothing left to lose（失うものは何もない）」と書かれていた。

フー・ファイターズはブリツキが一番好きなバンドで、たしか一九九五年ぐらいから聴いていた。ほかの仲間はみんな、当時は隠れて『トイ・ストーリー』のサウンドトラックを聴いていたくせに、同級生には『ペンナイフ』で有名なヒップホップ歌手のリロイを勧めていたっけ。

「これは……」スウェットシャツをさしながら、確信をもてないままぼくはきいた。「フー・ファイターズのコンサートに行ったのか？」

「ああ、行ったよ」

「この野郎！　ブリツキ！　おまえ、エヴァを見たのか？」

ぼくは相手の肩をつかんで揺さぶりたい衝動に駆られたが、なんとか踏みとどまった。ハンマーで打たれるように心臓の鼓動が激しくなっている。それから、熱い波のようなものが体内に流れ込んだ。いま起きていることを理解しようとする自分と、現実から離れていく自分とのはざまに、ぼくはいた。

「見てない」ブリッキは答えた。「この写真で初めて見たんだ。三十分前に……」

「どうやって見つけたんだ？　誰が撮った？」ぼくは口を挟んだ。感情を抑えられずに攻撃的な口調で質問攻めにしてしまいそうだ。そこで、目を閉じて、しばらく気を鎮めた。

「おれに話をさせてくれ、そうすれば、全部話す」

「わかった。早く話せ」

「フー・ファイターズのコンサートは昨日、市民スタジアムであったんだ」

「昨日だって⁉」

「落ち着け……」

ぼくは大きく息を吸い込んだ。

「コンサートに行くなんて言わなかったじゃないか」

「だってそんな話したことないし」ブリッキはそう言って肩をすくめた。「おまえにとってはフー・ファイターズなんてどうでもいいことだろ？　おれもおまえとそんな話をしたいとは思わない。いかす女に会ったときと同じさ」

いつもなら何か言い返しているところだが、そんな気すら起こらなかった。

「だから、言わなかったんだ」ブリッキは写真に目を向けたまま付け足した。

「残念なことに、せっかく会ったいい女を驚かせちゃって、その子は人混みに紛れていなくなった。だから朝からその子を探してたんだ。そしたら、このサイトに行き着いて……これがその写真だよ」

まるで祭壇でも見つめるように、今度はふたりでその写真を見た。スウェットを着た男とは違ってエヴァは別のグループのTシャツを着ているようだ。《グティエレス・イ・アンヘロ》という名の一部が見える。Tシャツにある『ベターデイズ』がアルバムかシングルのタイトルらしい。ぼくにとってそれは、何の意味ももたなかった。

沈黙が続き、店にいたたったひとりの客がマンゴーラッシーを飲み終えて、いらいらしながら店員を探していることにも気づかなかった。

「もしかしたら……」自信なさそうにぼくは始めた。「エヴァだと決めつけるのは早すぎるかも」

「なんだって？」

「だって、ありえないよ。十年後に急に現われるなんて」

「じゃあ、ほかにどうやって現われるっていうんだ？」

いい質問だ。あまりにも期待が膨らんで、早まってエヴァだと思っただけかもしれない。いや、そんなことはない。実際、彼女に見える。

「確かに……」ぼくはうなって頭を振った。そして「幸せそうだな」と付け加えた。

「フー・ファイターズのコンサートだぜ」

「そうだけど……」

「十年間、誰かが地下に彼女を閉じ込めているとでも思ってたのか？」

「どう思ってたかなんて、自分でもよくわからない」

何が最も真実に近かったのか。とにかくいろいろな説があった——自分で立てた説、ジャーナリストが唱えていた説、ネット上で誰かがその年の事件として書き込んでいた説。そのどれもが、エヴァはいまだに見つかっていないとしていた。

メディアの関連記事にはいつも写真が添えられ、「女性は川に落ちた可能性が最も高い、だが遺体は見つかっていない」というただし書きがあった。

スキャンダルっぽい噂も何度かあった。「事件に新事実。ダミアン・ヴェルネルを尋問」という見出しが躍ったことさえあったのだ。

実際、ぼくは、訴訟を行なわない期間のおよそ半分は聴取を受けていたが、あくまでも証人としてだ。ある日、ぼくが証拠不十分で不起訴処分になっただけなのではないかということを確かめるために、ひとりの記者がやってきた。

それが見出しの「新事実」だ。よくあるジャーナリストの大げさなつくり話。だが、いま、自分の目の前にあるのは、それとは違う。

「このフェイスブックのページに投稿したのは誰だ？」ぼくはきいた。

「フィル・ブラッディってやつだ」

ぼくは彼の小さなアイコン写真と基本データに目をやった。

「アメリカ人？」

「英国人だ」ブリッキが答える。「ロンドンからコンサートのために来たようだな。そこでたまたま会った女が気に入ったってわけだ。笑って少し言葉を交わし、友達のところに行くのに少し席を外して戻ってきたときにはもう彼女はいなかった、と書いてある。それでこうして、彼女を探している」

この男に何かメッセージを書いて、エヴァとどんな話をしたのかをきかなくては。まずは、それが大事だと思った。

「家を出る前にこの男にメッセージを送っておいたよ」ブリッキが言い足した。

ぼくは感謝を込めてうなずいた。少し離れた席に座っている客がぼくにわかるように、わざと咳払《せきばら》いをしたが、ぼくは無視した。

「書き込みはあったのか？」

「ああ、十数人かな。この写真は目立つからな」

ブリッキの言うとおりだ。大きなコンサートで、背景には少しぼやけたライト、ピントは笑っている美しい女性に合っている。タイムラインを見ているすべての人の目を引くに違いない。

「何か具体的なことを書いてきた人は？」ぼくは心許なげにきいた。

「いない。おまえが読みたくもない、くだらないコメントばかりだ」

読みたくもないものだろうが、家に帰ったらすぐに読む。でも、その前に行かなくてはならないところがある。こういう状況で犯しやすい初歩的なミスは捜査機関への報告を怠ることだと映画やドラマでよく言っていなかったか。

ぼくはブリツキに礼を言うと、店の裏に回り、風邪《かぜ》をひいたみたいだと店長に電話をした。飲食業ではこういう理由を店長は深刻に受け止め、休むことを許してくれる。客を大切にする店長は特にそうだ。

店に戻り、ヒヨコ豆の粉でつくった薄いパンケーキ《パパダム》をそこにいた客に出す。やがて、ぼくの代わりがやってきた。それまでに、ぼくはエヴァの写真の背景を細部にわたって観察していた。

それから、ポヴォルニ通りにある市警本部に行った。もはや何も見なくてもすべて説明できるほど、写真をすみずみまで記憶している。だが、その必要はなかった。パソコンでフェイスブックのタイムラインにアクセスして写真を見せたからだ。見せた相手は十年前に事件を担当したプロコツキ副署長。副署長は眉間にしわを寄せて、しばらく写真を見つめた。

この写真を見たら、彼も目を輝かせるだろうと期待していた。

だが、副署長はまるで事件と無関係の人の写真を見たかのような反応だった。

「よくあることです」ようやく口を開いた。

「何がですか？」

「あなたは、関係のない女性のなかに失踪した彼女の面影を見つけ出そうとしているのです」

言い返そうとしたが、息が詰まって何も言えなかった。その断定的なもの言いにすっかり困惑していた。プロコツキはモニターから目をそらし、深くため息をつくと、同情の眼差《まなざ》しをぼくに向けた。

「あの事件以来、あなたは一度も女性と関係をもっていない。そうでしょう？」

「ええ、そうですけど、それが何か？」

「あなたはずっと彼女のことを思っている。だからつい……」

「そんな馬鹿な」

「よくあることです」

ぼくは誰かを非難するように、モニターを指さした。

「あなたはぼくと同じものを見てますか？」

「エヴァに似た女性を見てますよ、ヴェルネルさん。でも、それだけです」

ぼくは足を組み、どこかから救いの手が現われないものかとまわりを見回した。

「だって、どう見ても彼女じゃないですか。わかりませんか？」

プロコッキはまたため息をついた。

「残念ですが、そうは思いません」彼は事務的に言った。「確かに似ている部分はあります。でも……」

「フィアンセがどんな顔をしているか、ぼくが一番よくわかってる！」

そうしないと自分が傷つくとでもいわんばかりに、ますます語気が荒くなった。プロコッキはぼくの肩に手を置いて、ゆっくり話しはじめた。もちろん十年前ならフィアンセがどんなだったかよくわかっていただろう。でも、いまではそれが曖昧《あいまい》になってしまっているはずだと。そして数分かけてぼくを説得しようとしたが、彼が話せば話すほどぼくの意識は彼からそれていった。

プロコッキの自信満々な断定的な口調と、もしかしたらエヴァかもしれないとさえ認める気がまったくないその様子がぼくを不安にさせた。

「もちろん調べてみますよ」ぼくを出口まで送りながら副署長は約束した。「心配しないでください」

心配はしていない。でも、ひどく落ち着かなかった。

3

家に帰ればある程度気持ちが落ち着くと思っていた。家に戻り、ドアを閉め、鍵を三つかける。

どこにも出かけなくてもいいとなると安心して自分の世界に浸れる。何かがあって出かけなければいけないときには、反対にそわそわと落ち着かなくなる。

この日も、ぼくの部屋は気持ちを鎮めてくれるはずだった。だが、そうはならなかった。それどころか自分の家にいるのに居心地が悪かった。お気に入りのバンド《レインボー》の曲をかける。ブリッキとは逆に、ぼくはもうあまり世間では耳にしないような古いバンドの曲が好きなのだ。

手が震え、熱があるような気がしてきた。そのとき初めて、全身が汗びっしょりだと気づいた。汗で冷えたTシャツが背中にへばりつく。先ほどまであんなに暑かったのが嘘のようだ。鏡の前に立ってみたが、そこに映っている自分はまるで別人だった。死人のように顔が青く、目の下のくまも際立っている。髪はいつにもまして乱れ、まるでもつれたケーブルみたいだ。

冷水で顔を洗ったあと、ビールを開けた。数百ズロチ（一ズロチは約二十八円）を節約するために自分で組み立てたパソコンの前に座る。コンピュータゲーム《エルダー・スクロールズ》の最新バージョンを起動した。

いますぐ外界から自分をシャットアウトしたかった。完全に正気を失ってしまう前に。フェイスブックの例のサイトを覗《のぞ》いてフィル・ブラッディが何かを書き込むのを待ちながら悶々《もんもん》としていても何も始まらない。

何せ十年間待ったのだ。あともう少しぐらい待てるだろう。それには、気を落ち着けなければ。

だが、ブリッツキがそれを許してくれなかった。誰にも邪魔されないように電源を切ろうとスマートフォンを手にしたとたん、親友の笑い顔がディスプレイに現われ、着信を告げる音が流れた。

ぼくはスマートフォンを替えるたびに中に入っている写真もすべて新しい電話に移すタイプだ。昔撮ったブリッツキの写真もそのままいまのスマートフォンに移されていて、それが着信時に映し出されるのだ。ぼくはパソコンの《エルダー・スクロールズ》を一時停止し、着信画面を指でスライドした。

「こんなときにかけてくるなよ」ぼくは言った。

「見たか？」せわしない感じでブリッツキは言い、咳払いをした。「いや、見てないんだろ？でないとそんなこと言うわけがない」

「何を見たかって？」

「あのフェイスブックだよ」

まるでゲームをオフにするスピードで自分の人生が左右されるかのように、ぼくは大急ぎでゲームを消した。フェイスブックを開き、アップデートする。フィル・ブラッディの新しい投稿が出てきた。

「この写真を見ればわかる人がいるかも」と英語の書き込みがあり、その前の投稿のリンクも貼ってあった。

写真を見る。ポータルにバーチャル・リアリティの世界を見ているような気がした。ぼくがよく知っている写真。ぼくにとって特別なものだ。

「大丈夫か？」ブリッツキがきいた。

何か言おうとしたが、言葉にならなかった。

「ヴェルネル！」

「聞こえてるよ」

「これは千パーセント彼女だ」ブリッツキが断言する。「たぶんクラコフスカ通りのどこか、《闘牛に乗る女》の像の近くじゃないか。何年か前のものだな」

「十年だ……」ぼくはうめくように言った。

「えっ？」

「ぼくが撮った写真だよ」

「どうやって？　いつ？　どこで？」

「彼女が行方不明になる数日前。でも……ブリッキ……」

「なんだ？」

「この写真、誰にも見せたことがないんだ。ネットに載せたこともないし、誰かに話したことさえない……」

「えっ？　どうして？」

「わからない」ぼくはそう答えると、頭をせわしなくかきむしった。「自分だけのものを何かもっていたかったのかもしれない。何かぼくだけのものを。だって……」

「それより」ブリッキが口を挟んだ。「イギリス野郎はどこからこの写真を？」

「さっぱりわからない」

どうやってフィル・ブラッディがぼくのこの写真を手に入れたのか、まったくわからなかった。

どんな理由を考えても、どれもあまりに現実離れしていた。フィル・ブラッディが実際には投稿に書いていたより長時間エヴァと話をして親しくなっていたとしても、そもそも彼女はこの写真をもっていないはずだ。彼女にはこの写真を見せてもいない。ぼくがこの写真のことを思い出したのは、彼女がいなくなってからだ。

ビールを手に取り、一気に飲み干した。腹がごろごろ鳴った。

この手がかりは、これまでのようにぼんやりしたものではない。この写真をもっているということは、この男は何かしら事件に関わっているに違いない。

「返信はあった？」ぼくは尋ねた。

「ああ」

一気に鳥肌が立つ。

「写真をアップしてすぐに」

「それで？」

「エヴァのことはまったく知らないし、あのとき以外には会ったことはない。ただ彼女と連絡を取りたいだけだって。反対に、彼女を知っているのかってきかれた」

「じゃあ、こう返信すれば……」

ぼくはそう言いかけたがやめた。ブリッキにばかり頼っていてはいけない。そこでブラッディのタイムラインを表示し、すでに何度も眺めたエヴァの顔を見た。それからメッセージを打ち込んで送った。

「きみが探している女性を知っている。二枚目の写真はどこで手に入れたの？」

ブリッキが電話の向こうで何か言っている。だがその声はどこかに消えていった。ぼくはパソコンの画面を見つめながら気分が高揚していくのを感じていた。ついにぼくが送ったメッセージの右側の青いアイコンが「既読」に変わった。ブラッディが読んだのだ。だが、返信書き込み中の表示は出ない。

椅子を少しうしろに引き、前かがみになって画面をじっと見つめながら、手のひらで膝を叩《たた》いた。自分から攻勢をかけた気分だった。

返事が待ちきれない。

「返信がない」ぼくは言った。

「え？」ブリッキがつぶやく。「あいつに送ったのか？」

「うん。でも……」

「おれに任せるはずだっただろ」

そんな約束をした覚えはない。だが、ブリッキは、自分が言いだしたことだから、この件は最後まで責任を取らなくてはいけないと思っているのかもしれない。

「何も返事してこない」ぼくは言った。「既読にはなってる」

「もう少し待て」

「ほかに何もしてない」ぼくはぼやいた。「十年間ずっと」

一秒ごとに時間の流れが遅くなる気がした。我慢が限界にきていた。手を伸ばせば届くところに答えはある。この男にさらにプレッシャーをかければいいだけだろう。

「コンサートで女の子を探すこと自体、おかしな話じゃないか」ぼくは気づいた。「きっと何か裏がある」

「どんな？」

「わからない。でも、調べてみようと思う」

「ひとりで？」

「きみに手伝ってもらってさ」そう答えるとすぐに、それがブリッキにとっては一番嬉《うれ》しい言葉だったとわかった。実際、彼をここまで頼ったのは初めてだった。これまで、頼りになる友人として扱ったことがなかったのだ。

「もちろんおれも手伝うけど、それだけじゃ足りないかも」

「明日の朝、警察に行く」

「まだ行ってなかったのか？」

「行ったけど、相手にされなかったんだ」

プロコツキ副署長との会話を大まかに説明すると、ブリッキはしばらく何も言わなかった。フィル・ブラッディに真実を明かすようにと念でも送っているみたいに、ぼくは片時もモニターから目を離さなかった。

相変わらず受信はない。返信する気がないのだろう。明日の朝、寝起きにひどい頭痛で悩まされるのを覚悟のうえで、ぼくはまたビールを取りにいった。

「警察はまったく興味なしか？」しばらくの沈黙のあとでブリッキが言った。

「興味がないだけじゃない。質問に答えようともしない」

「変だな」

「ぼくも最初は変だと思った」

「でも考えが変わった？」

「まあな。ポーランドでは毎日失踪者が五十人ぐらいいるらしい。そういう人間が奇跡的に現われたっていう連絡をプロコツキは毎日受けているに違いない」

「でも写真を見たんだろ？　見ればエヴァだってわかるはずだ。当時、何ヶ月も捜してたんだから」

「わかったのかもしれない」ぼくは認めた。「ぼくに期待をもたせたくなかったのかも」

プロコツキがエヴァの写真だと認めなかった理由として、ぼくが考えていた別のものは、受け入れがたいほどの深い闇に包まれた筋書きだ。だから、ぼくへの配慮という安直な理由のほうが、ぼくにとっても都合がよかった。

でも、もはや理由などどうでもいい。ぼくのスマートフォンに入っていたのと同じ写真がネットに現われたのだから、もはやプロコツキも否定できない証拠があるということだ。

プロコツキはこれをきっかけに時効まで全力で捜査をするだろう。いまだに署内では未解決事件となっていて、いずれはどうにかしたいと思っているに違いない。

あるいは、ぼくの報告を軽視しているように見せかけて、実は再捜査を始めているのかもしれない。だが、そう思い込むには、ビールの缶をもう二本開けなくてはならなかったが。目が覚めると予想どおり二日酔いだった。ソファで眠ってしまったようで、横のテーブルにはノートパソコンが開いたまま置いてあった。ブラッディからの返信はない。ブラッディの質問に返信したブリッキのことも無視しているようだ。

警察署を泥酔者収容施設と間違えてやってきたと思われないために、ぼくは急いでシャワーを浴びた。

プロコツキとの面会には少し待たされた。すぐに会えないことは覚悟していた。ぼくが嫌がらせをするために来たと思っているに違いない。

ようやくプロコツキに会うと、まずはフェイスブックに載っている二枚目の写真を見せ、そのあとで投稿を見せた。フェイスブックの閲覧者たちはこの英国男性のポーランド人女性探しに少しずつ関心を示しはじめていた。オポーレの場所を特定し、ヴロツワフの近くなのでそこで探すべきだなどと言っている。だがこの女性がエヴァだと言いだす者はいなかった。

プロコツキもそのひとりだった。

「これ、エヴァですか？」確かめるようにきいてきた。

耳を疑った。ぼくは頭を振り、そのあとでこの写真は自分が撮ったものだともう一度説明した。そしてぼくのスマートフォンにある同じ写真を見せた。

プロコツキは時間をかけて写真をじっくり眺めたあと、ぼくのほうを見た。婚約者を捜している人間を見る目ではなく、まるで犯罪者を見るような目だ。

「朝、何か飲んできましたか」

　質問するまでもないだろう。ぼくの呼吸は速く、ぼくが机の前に座った時点で副署長室には酒の匂いが充満したに違いない。

「それが、どんな関係があるんです？」ぼくはやり返した。

「いいえ、何も。あなたの人生ですから」

「というより人生のかけらですけどね」ぼくはつぶやき、スマートフォンの画面をさした。

「彼女がいなくなってからというもの、ぼくの人生に残されたのはこれだけです。わかりますか？」

「ええ……」

「そしてこれがまったく同じ写真だって、見ればわかるでしょう？」

「それは間違いありません」

「じゃあ、何を疑っているんです？」

　プロコツキは深くため息をついた。

「職業柄、用心深くなっているので。似た事件を扱ったことがありますし」

　ぼくは黙った。そうしないと、あとで後悔することを言ってしまいそうで怖かった。

「わたしの長年のキャリア、信じてもらえませんか？」

「信じますよ」ぼくは言った。だが、すでにプロコツキに対する信頼はゼロだった。

「では、わたしたちにお任せください。全容解明に全力を尽くすことをお約束いたします」

「信じています」

ぼくが期待していたのはそれ以上の言葉だった。この英国人と連絡を取るとか、フィル・ブラッディの身元確認に努めるといった……。ところが、プロコツキはそのまま立ち上がると、ぼくに手を差し出した。

別れの握手なのかと思ったら、そうではなかった。

「あなたのスマートフォンを預からせていただくことになりますが」

「どうしてです？」

「重要な物的証拠になる可能性があります」

「でも……」

「ヴェルネルさん。わたしを信じてください。あなたのフィアンセの捜索に全力で取り組みます」

ぼくはスマートフォンを見た。ただの電話よりもっと身近なものを手放さなければならない気持ちだった。実際にはそれほど頻繁に使っていたわけではないのだが、なにせエヴァの写真が入っている。ぼくだけの写真が。

「できれば……」

「エヴァを見つけたいのですよね？」副署長がきいた。

ぼくはうなずいた。

「でしたら、我々にお任せください。何をすればいいかはよくわかっていますから」

ぼくはついに差し出されたままの手にスマートフォンを置いた。もしあんなにひどい二日酔いでなければ、そして何もかもが予想外の展開だったせいで呆気《あっけ》にとられてさえいなければ、さらに二回ぐらい考え直したかもしれない。

「では、捜査再開ですね？」ドアまで送ってもらいながらぼくは言った。

「新たな情報から捜査を再開するべきだという判断が下されれば、もちろん」

「下されれば？」

「連絡を取り合いましょう」プロコッキは約束した。

スマートフォンを取られたいまとなっては、連絡を取り合うこと自体がどんなに難しくなるか、そのときは考えもしなかった。

そう、この日失ったのはスマートフォンだけではなかったのだ。

そうとなればフェイスブックの写真をすぐにダウンロードしようと思って家に帰った。あの写真だけはどうしてももっていたかった。ある意味、エヴァとの思い出よりぼくには大切だった。

だが、フェイスブックから写真は消えていた。その前の投稿とともに。

フィル・ブラッディのフェイスブックアカウントごと。

4

オポーレでは、昼前からオープンしていて、しっかり食事もできるパブを見つけるのは難しい。《スパイスX》はその数少ない店のひとつだった。店長は朝から店を開け、正午まで営業。その後、数時間閉店してから、夕方からまたフル回転で営業していた。

ブリッツキは十一時前に、今回もまたノートパソコンをもって現われた。あまり眠っていならしく、ぼくとたいして変わらない状態のようだった。警察から帰ってきたぼくからのスカイプで叩き起こされたからだ。ぼくは、そこで、彼が知っておいたほうがいいと思うことを大まかに全部話した。

自分の人生で起きたことをブリッツキと分かち合うことには、正直、違和感があった。十年間、自分がいかに外の世界から隔絶されていたかに気づいた。グロットゲル通りの両親の家を訪ねたときでさえ、ほかのことならなんでも話すのに、自分のことについては一切喋《しゃべ》らなかった。

ブリッツキはこの前と同じ席に座り、ぼくに手招きした。

「投稿がなんで消えてしまったのか、どうしてもわからない」ブリッツキが言った。

「フェイスブックの管理者にきいてみたか？」

「ああ、おまえと話したすぐあとに」

今回ばかりはブリッキに頼らないわけにはいかない。もちろん休暇をとりたかったが、あとで店長とトラブルになると思ったので我慢した。それに、唯一の収入源を失うわけにはいかない。今後も金は必要になるだろう。

「投稿は削除していないって回答が管理者からきた」ブリッキが付け足す。「ネット上のどこかにあるのかもしれないが、探しても見つからなかった」

「ブラッディも？」

「ああ」ブリッキはそう言うと考え込んだまま、テーブルの上のメニューをめくった。

それから顔を上げてぼくをじっと見た。この件もまた深い謎に包まれている。ふたりともそう考えていた。

警察官の犯罪が何年か経ってから明るみになってメディアで報道されることがある。少し前も、十数年前の若い女性の殺人事件に関与していたとして何人かの警察官が起訴された。職務不履行と越権行為、それに捜査妨害の嫌疑だ。

彼らは事件の痕跡を故意に見逃し、何年も真実を隠蔽《いんぺい》していた。加害者と陰謀を企《くわだ》てていたのだ。エヴァの件も同じなのだろうか？　それとも、陰謀説はぼくの妄想にすぎないのか？

たとえ警察が関与していたとしても、どうやってフェイスブックの情報を跡形もなく消すことができたのだろう？　しかもあんなにすぐに。

そもそも、ブラッディはどうやってぼくの写真を手に入れたのか？

疑問が次から次へと湧いてくる。それでも、答えは必ず見つけ出せる。ぼくはそう確信していた。まずは、具体的な何かをつかまなければ。その何かから一気に進むに違いない。

「おれが手伝うだけじゃ足りないって言っただろ？」ブリッツキが言う。

「ああ。それでどうなったかはご覧のとおりだ」

「おれは警察に行けなんて言わなかったぞ」

「じゃあ、なんだ？」

「探偵事務所だよ」

ぼくは一瞬きょとんとしたまま、ブリッツキを見た。探偵事務所と言われても、ときどき報道されるいかがわしい機関とか、パートナーの浮気調査を依頼するところぐらいしか想像できない。

「真面目《まじめ》な事件を扱っているところもある」ノートパソコンをぼくのほうに向けて、ブリッツキは言った。

ぼくはまわりに客がいないかをうかがうと、テーブルのほうに身体を傾けた。あまり乗り気でないままに、《レイマン調査会社》という会社の概要を読みはじめた。

「社長は公的機関の職員だった」ブリッキが言った。「探偵会社としての省庁の認可も受けているし、国の認可リストにも入っている。全部調べた」

ぼくはさらに、会社概要を目で追った。

「WAPIにも入っている」

「なんだそれ？」

「国際探偵連盟のことだよ。一九二五年に世界じゅうの探偵社で結成されたWADのメンバーでもある。見かけだけの会社じゃない」

価格表を見た。具体的にどんな案件を扱っているのだろう？

一時間あたりの料金は百ズロチ。一日八時間の料金は千百ズロチとある。ビジネス案件だともう少し高く、目撃者捜しはもっと安い。レイマン調査会社は法律事務所相手の仕事もしており、ビジネス犯罪の調査、所有物の場所の特定、そしてもちろん行方不明者の捜索もやっている。

行方不明者の捜索が一番高いようだ。「四千七百ズロチから」となっていた。

「どんなスタッフがいるか見てみろよ」ブリッキが促した。

会社の所在地とスタッフについてのページを開いた。

「レヴァルか？　ここから六百キロ離れた海辺の町だぞ」

「そんなことどうだっていい」

「金のある連中にはどうでもいいかもしれないけど、ぼくにはそんなところまで行く金はない」

「ネットで対応してるから大丈夫だ」

ぼくは椅子を引き寄せ、ノートパソコンの前に腰かけた。

「もはや探偵が双眼鏡で誰かを追ったり尾行したりするような時代じゃない。同じことをネット上でできるならね」ブリッキは続けて言った。「この会社の連中はそのやり方を知ってるってことだ」

スタッフリストを見た。スタッフの数はそれほど多くない。当然のことだが、全員顔は隠している。社長はロベルト・レイマン、元税務調査官だ。

何度も表彰されていて、県の年間功労者にも何度か選ばれている。主要調査員は妻のカサンドラ・レイマン。怪しいことをする会社だったら、家族をそのメンバーに入れることはないだろう。あるいは見かけだけそうしているのかもしれないが。

ほかにもスタッフが数人いた。ひとりはAGH科学技術大学卒、もうひとりはウッチ工科大学卒、三人目はカイザースラウテルン工科大学卒で、みんなIT企業で誇らしいキャリアを積んできたらしいが、詳細までは書いてない。

「すごいな」ぼくは言った。「でも……」

「おまえに必要なのはこういう連中だ。ヴェルネル」

「そうかもしれない。ただ、金がかかる」

「少し貸してやるよ」

「ぼくが返せると思ってるのか？」

「なんとかなるさ」ブリッキがなだめるように言った。「いま重要なのは、証拠を消される前にいかに早く真実をつかむかだろ？」

ぼくはわからないというふうに眉を上げた。

「誰に証拠を消されるんだ？」

「わからないよ。それがわからないから、最悪なんじゃないか」

うなずいたが、すぐに最悪なことはほかにあると思った。誰かがぼくに真実を隠していたという事実だ。

いや、誰かではない。エヴァ自身がだ。

いまや、エヴァが、あるいは彼女を暴行した連中が、あの悪夢のような夜のあとに何があったかを明かされないように手を尽くしている。

「わかった」ぼくは言った。

ブリッキは額にしわを寄せてぼくをまじまじと見た。

「おまえがレイマンと手を組むのなら、おれも話に乗る。社長夫婦ともども仕事に堅実なプロに見えるしな」ブリッキに迷いはなかった。「レイマンの周辺も少しリサーチしてみた」

「どういうことだ？」

「彼らをググってみたんだ」

「リサーチじゃないじゃないか。ネットで検索しただけだろ」

「グーグルの力を見くびるな。グーグルのおかげで生きているやつらだっている」

「見くびってなんかいないよ」ぼくは言った。

「ITのスペシャリストなんていっても、その九十九パーセントはグーグルで検索するのが早いだけの連中らしいぞ」

「もっとわかったか？」ぼくはきいた。

「何か政府以外の組織を匿名で支援しているらしいな」

「ぼくに話せるくらいの匿名ってことか」

悪魔の代弁者のように自分が扱われた気がしたのか、ブリッキがため息をついた。

「地元の記者が得た情報ってだけで、確かなものじゃない」

「なんにしても、なんかいかがわしいなあ」ぼくは言い、手を上げてブリッキが反論するのを制した。「いや、言いたいのはちょっとした資産があるのは間違いないようだってことだ。でも……」

「ああ、あるよ」ブリッキも認めた。

「探偵業で？」

「いや、ロベルト・レイマン自身はもう探偵業をしていない。地元の複合企業《コングロマリット》を引き継いだんだ。レストラン、アグリツーリズム農場（農村民泊体験用の農場）をいくつか経営し、ハーバー全体を運営しているらしい。奥さんも、開発者《ディベロッパー》業界で急成長の会社をもたされていた」

ブリッキは事前にそこまで調べているようだった。そのうえ、費用ももってくれると言う。

これ以上、迷うべきではないと思った。

「わかったよ」ぼくは言った。「きみが金を貸してくれるのなら、頼んでみよう」

「よかった。実はもう報酬の話もつけてある」

「なんだって？」

「カサンドラともう金の話をした。まれに見る感じのいい女性だった」

「だろうな」

ぼくは、地元の有力者を夫にもつセレブ奥様でありながら、典型的なビジネスウーマンを想像していた。プライベートを大切にし、主要調査員でありながらも控え目で表に出てくることはあまりないとブリッキは高く買っていたが、ハリウッドによくいるカップルみたいな感じだろうとぼくは想像していた。

「この調査にどのくらいの労力が必要かがわかれば費用が割り出せる。だから、支払いは前金だ」

「で？　いくらだ？」

ブリッツキはそれには答えず、気にするなという仕草をした。ホームページに提示されている額よりずっと高いに違いない。

「この会社は依頼をすべて受けるわけじゃない。そこも大事な点だ」

「メディアに出るものだけってことか？」

「いや違う。パフォーマンス目的で仕事を選んでいるわけじゃないんだ」

本当に表には出ないものを調査するために隠れて活動をしているのだろうか。会社のPRのことを考えれば、すべてがオープンになっているより、謎に包まれた部分もあるほうが探偵社らしく、会社にとって強みになるのかもしれない。テレビなどに登場するマスコミへの露出が激しい探偵の対極にある会社なのかもしれない。

窮地に陥った人たちが頼ってくる会社ということか。ぼくはため息をついた。ぼくもそのひとりだ。自分がどんなに惨めな状況にいるか、改めて思い知らされた。警察は助けてくれず、証拠も出てくるそばから消されていく。だとしたら、ぼくにはあと何が残されているのだろう？

「ひとつ条件がある」ブリッツキが先回りをして言った。

「どんな？」

「今晩、おれのところに寄ってくれ」

「えっ？　寄るってどういうことだ？」

「勘弁してくれよ、ヴェルネル……自分の家に来てもらうときにふつうそう言うだろ？」ブリッキがこぼした。「おまえ、ほとんど人付き合いしてないんじゃないのか？」

その質問には答えるまでもない。ぼくだって十年前まではまわりの連中となんら変わらなかった。人付き合いについてもまったく引けを取っていなかった。

それなのに、いまや他人と一緒にするゲームのマルチプレイさえ拒否するようになった。やるのはシングルモードのゲームだけだ。

「おれの家で、ビールでも飲みながらいろいろ話そう」

「今日？　今夜のぼくの予定は……」

「なんだ？　ひとりで酔いつぶれる気か？」

二日酔いに悩まされながらも、実際にそういう考えがぼくの頭には浮かんでいた。殊に、ブリッキの誘いを断る理由は見つからなかった。飲むと気分がよくなるかもしれない。ふたりでこの件全体を整理し直せるかもしれない。

結局、ぼくはブリッキの家に行き、ふたりで酔いつぶれるまで飲んだ。はじめの一、二時間はビールを飲んでいたが、すぐに冷蔵庫の中のもっと強い酒へと進んだ。一番まずかったのはジントニックだろう。だが、ぼくたちの胃の中の混合物を思えば、それがたとえノンアルコールのビールだったとしても、つぶれていたに違いない。

目が覚めたときの気分はそれほど悪くなかった。ぼくはひとりで迎え酒をすることにした。

ゲストルームのベッドから起き上がり、リビングに行く。部屋はひどい散らかりようだった。空の瓶と空き缶、口の開いたチップスの袋、タバコであふれそうな灰皿。めまいがした。

一本目か二本目のビールを飲んだあとに、レイマン調査会社に連絡したことを思い出した。情報が外に漏れないための策を何重にも講じるやり方に少し不安を覚えた。ぼくたちの事件の担当者と話すのにも、まずはSMSで一回きりのパスワードを受け取り、それをIDとともに入力して該当するホームページにログインする。ドメインはない。あるのは唯一IPアドレスだけだ。しかも、どんな検索エンジンにも引っかからないらしい。

すべては、本物のITスペシャリストに連絡をしているという印象を素人のクライアントに抱かせるように仕組んだ、はったりにすぎない気もした。もしかしたら、実際には素性を明かせないハッカー集団の可能性だってある。

レイマン調査会社に主要情報を伝え、翌日の話し合いの時間を決めると、ぼくたちはブリツキの家にあるアルコールをかたっぱしから飲みまくった。

もしかしたらさらに酒を買いに行ったのかもしれない。記憶は曖昧だったが、リビングの散らかりようからすると、どうやら卸売りできるほどの量をスーパー《マクロ》で買ってきたようだ。

ぼくは自分の荷物をもち、ふらつきながら玄関に向かった。ブリツキを起こす気はない。この件については何もかも彼がやってくれたのだから、せめてゆっくり休ませてやりたかった。

ブリッキの部屋を出て共同階段を下り、アパートの出口まで来たとき、閉まっているはずのドアが少し開いているのに気づいた。

胸騒ぎがした。だが、ぼくの朦朧《もうろう》とした頭はすぐにその不安を打ち消した。夜中に店から帰ったとき、酔っ払いすぎてドアを閉めるのを忘れたのだろう。

それでも、アルコールの味がする唾のかたまりを飲み込んで、引き返すことにした。一瞬迷ってからブリッキの寝室へ向かう。ドアを開けるとき、頭が少しふらついた。

だがそれは、ブリッキの姿を見たときに襲われた衝撃とは比べものにならなかった。

ブリッキはベッドの上で仰向《あおむ》けになり、片手が床に向かって垂れ下がっていた。寝具は血に染まり、開いた目は漠然と天井を見つめている。悲鳴をあげたまま固まったかのように、口は不自然に大きく開いていた。

ぼくはいったいどのくらい、そこにじっとしていたのだろう?

ようやく我に返ったぼくはふらついたままベッドに倒れた。すぐに指を親友の頸《けい》動脈に当てたが、まだ息があるかどうかを確認するまでもないのはわかっていた。

5

オポーレの女性の案件を誰と組んでやるか、わたしは長い間考えていた。現実的なスタッフはふたりだけ。あとの者はほかの案件で忙しい。レイマン調査会社を副業としか思っていないロベルトに相談する気はない。そもそも、彼の趣味で始めた会社だ。ロベルトにとっては、ともすると忘れてしまうぐらいの関心しかないようだ。

結局、カイザースラウテルン工科大卒のヨラ・クリザに頼むことにした。彼女を雇うことにした唯一の理由はこの大学名にある。

クリザは痩せていてコンプレックスがあるように見えたが、だからといっておどおどしているわけではなく、むしろぶっきらぼうな印象だった。でも、それは性格の悪さからではなく照れからくるものだとわたしにはわかっていた。クリザを採用した直後、ロベルトは常に彼女の姿を目で追っていた。女性らしい美貌に惹《ひ》かれたのだろう。

ポビエロヴォ村のグルンヴァルンツカ通りにあるロベルト経営のカフェのひとつ《バルチック・パイプ》でクリザと落ち合った。トップシーズンにはいつも混んでいるのだが、この季節は落ち着いて話ができるのでよくこのカフェを使っている。

わたしたちの会社に事務所はない。法人登記上の所在地も海岸沿いのわたしたちの自宅の住所だ。

ほぼすべての業務をネット上で行なっているので、事務所をもたないのは合理的に思えた。会社は、鮮やかにネットサーフィンをするクリザのようなスタッフたちで成り立っていた。

わたしが必要な情報をすべて伝えると、その日の夜、クリザはクライアントと連絡を取ったようだった。書類上はアダム・ブリッキがクライアントだったが、状況から見るとダミアン・ヴェルネルが当事者のようだ。

約束の時間にクリザが遅れてくるのは初めてだった。一晩じゅう情報収集をしていたのだろう。クリザを雇ったとき、有能なリサーチスタッフが増えると期待したが、実際はそれ以上に完璧な仕事人間だった。

「カサンドラ、ごめんなさい」椅子に座りながらクリザは小声で言った。

わたしは、スタッフには名前で呼んでほしいと思っている。ロベルトも賛成したが、本心は違うとわかっていた。でも、実際にスタッフとはネットでのコミュニケーションがほとんどなので、格式ばったやりとりは無駄だという結論に至った。

「いいのよ」わたしはそう言ってメニューを渡した。

クリザは首を横に振り、乱れた髪を直した。

「あなたも付き合うでしょう?」わたしはプロセッコが入ったワイングラスをさして言った。

「まだお昼ですよ」

「だからこそ、付き合うべきなのよ」

工場のような雰囲気の店内に目をやり、ウエイターに合図し、ワイングラスを指さして見せた。それだけでウエイターには伝わった。

わたしもそれほどは飲まなかった。少なくとも一気には。実はもう七年以上前からプロセッコをちびちびと一日じゅう飲んでいる。ヴォイテックを出産した直後に、妊娠中の長い禁酒期間を埋め合わせるかのように飲みはじめてからずっと。

アルコールに依存しているなどと考えたことはない。古代ギリシャ人やローマ人は、一日の始まりにコーヒーを飲むようにワインを飲んでいたという。でも、彼らは自分がワインに依存しているなどと考えなかっただろう。わたしも古代の習慣を受け継いでいるだけだ。

「ありがとうございます。でもまだ少し仕事があるので」タブレットに手をやりながらクリザが言った。

そのタブレットをテーブルの上に置き、スイッチを入れる。iPadの最新モデルを買えるだけのお金を彼女には払っていた。それでも、素早くシステム管理ができ、自分の用途に合った機種のほうがいいと考えたのか、クリザはもっと安価なタブレットを使っていた。

「興味深い案件ですね」クリザが言った。

「ええ」わたしは微笑《ほほえ》んだ。

彼女は視線を上げ、眉間にしわを寄せた。まぶたが腫れている。

「寝てないんでしょ？　一目瞭然よ」

「みんながあなたのようにいつもきれいなわけじゃありません」

「みんなからきれいだって思ってもらえるのは神様のおかげね」グラスを取ってわたしは言った。「そうじゃなかったら、単にひどく鼻持ちならない貴族気取りの成り上がり女ですものね」

クリザは何か言おうとして口を開いたが、そのときウエイターがスパークリングワインをもってきた。

「そんなつもりで言ったんじゃなかったんですけど」クリザは念を押した。

「いいのよ。自分を客観的に見られてるから。すべてプロセッコのおかげよ」

「でも、本当は……自分のことをそんなふうには思ってないんでしょ？」

わたしは肩をすくめ、クリザはあたりを見回した。

「多くの人にとってあなたは……憧れの存在です。わたしにはわかります。真似《まね》をしたい理想の女性ってことは間違いありません」

「金持ちの男を射留めたから？」

「いえ、むしろそのスタイルとかエレガントさとか気品です」

わたしは笑った。人付き合いに慣れていないクリザには、冗談さえ通じないようだ。

「昇給はあてにしないでね」わたしは言った。「そういうお世辞をもっと言われたら、どうかわからないけど」

「わたしはもっといいものを狙いますよ」そう言ってクリザはタブレットをさした。

本題に入るときが来たようだ。ふたりは真顔になった。

「ええ、頑張って。世間を騒がすことになるかもね」

「有名になるかどうかなんて、どうでもいいと思っていましたけど」

「わたしたちの仕事が有名になるってことじゃないわよ。でも、仕事の成果がどれだけの騒ぎになるかは、それとは別問題だから」

わたしはグラスを向こうにやり、テーブルの上で手を組んだ。背中はまっすぐ伸びている。長年のエクササイズでわたしは意識せずにそういう姿勢がとれるようになっていた。

「何かわかったの？」わたしはきいた。

「最初はこの青年に容疑が……」

「ダミアン・ヴェルネルに？」クリザはうなずいた。

「それに、当時は殺人事件とされていました」

「でも、遺体は見つかってないんでしょう？」

「ええ。それでも青年が彼女を川に投げこんだのではないかと。川の捜索もされましたが、それはヴェルネルからエヴァが失踪したという届出があってずいぶん経ってからのことでした。その間に遺体がまったく違う場所に流された可能性はあります」

「どうして彼が疑われたの？」

警察はまずは身近な者を疑う傾向があるとはいえ、それは理にかなった疑問だった。訴訟が起きると、加害者が近親者であるケースは八割に及ぶが、計画的なものではなく、感情的になっての犯行が多い。警察の統計によると、通常は、二日以内で真実が明らかになる。周囲には失踪したとか出て行ったなどと偽って、妻の遺体を二十年間地下に隠していた者もいる。

「パブの前で言い争いらしきものを目撃した者はいません」クリザが言った。

「じゃあ、ヴェルネルの怪我《けが》は自分でやったってこと？」

「フィアンセが自己防衛をしたときのものではないかと」

「それはかなり歪《ゆが》んだ説ね。そんなことが実際に起こったって思われたわけ？」

「ええ」

「その青年はプロポーズをし、その後フィアンセをレイプし、殺し、川に投げ捨てたっていうこと？　ずいぶんと想像力が豊かね」

「あるいは経験から来る推測です」

心の中では、それは的を射たコメントだと思った。捜査官はさらに凄惨なケースにも出くわしているに違いない。

「つまり、目撃者は誰もいないってことね？」わたしがきいた。

「誰も。ヴェルネルが言っていたのとだいたい同じ時刻にパブから外に出た男性グループがいたことぐらいしか客は覚えていませんでした。ほかはすべてヴェルネルの証言によるものです。だから……」クリザは中断し、肩をすくめた。

「DNAは?」

「男たちが座っていたテーブルから採って検査しましたが、データベースに該当するものはありませんでした」

「事件のあった場所では? ほら、あの……『あざわらいの席』」

「野次飛ばし席ですね」クリザが訂正し、わたしはうなずいた。「あそこはまさにミトコンドリアの宝庫で、ポーランドじゅうのラボに検査試料として渡せるくらいです」

「精液の痕は?」

「見つかっていません」

「汗とかほかの分泌物は?」

「山ほどありました」クリザが答えた。視線は常にタブレットに向いている。「でも、あそこはオポーレでもみんながよく行く場所でした。少なくとも当時は。いまではパブの近くは公園になっていて、ほぼ全面的に再開発されましたけど」

わたしは大きなため息をつき、ワインを飲み干し、クリザのためにノンアルコールの飲み物を頼んだ。ウエイターはうなずきながらも、こちらの会話に耳を傾け、わたしたちから目を離さなかった。

「防犯カメラの記録は？」わたしが質問した。

「当時、カメラはありませんでした。一番近いところで数百メートル先ですが、男性グループの記録はまったく残っていません。カメラに映っていた人たちの身元を確認し、取り調べもしました。でも、ムウィヌフカのあたりには誰も行っていないって言っていて」

「なんのあたり？」

「ムウィヌフカ。オドラ川の支流です」クリザは説明し、それは重要なことではないとでもいうように手を振った。「たいした意味はありません」

「そこには水門とか、ないの？」

「あります。両側に」

「じゃあ……」

「青年が遺体を投げ捨てたとしたら、どちらかの水門で止まっていたはずです。でも、捜索が始まるまでに何度も水門が開けられました。そもそも最初は失踪事件として捜査されていたので、遺体も捜索されていなかったのです」

「最終的には、このクライアントは容疑者から外されたってわけ？」

「公式には」

「非公式では？」

「担当警察官のトマシュ・プロコツキ、今は副署長ですが、彼はその点について納得していないようです」

「どういうこと?」

「ヴェルネルが怪しいと思っているんです。詳しいことは警察の捜査報告書に書いてあるはずですが、手に入らないので」

「いまのところはね」

クリザはわたしの言葉が意味するところを察したのか、少し不満げにうなずいた。クリザなら、どんな情報も手に入れられるとわかっていた。時間さえあれば、そして、他人と関わる必要がなければ。

この仕事に就いたときも、クリザが仕事仲間ときちんと話ができるようになるまでにはずいぶん時間がかかった。大学時代、彼女はこの性格でどれだけ苦労したのだろう。いや、苦労しなかったかもしれない。部屋に閉じこもって勉強だけしていたのだとしたら……。輝かしい成績はその成果かもしれないではないか。

クリザの報告は、その後三十分以上続いた。

ダミアン・ヴェルネルが殺人犯だという証拠は何も見つからず、最終的には、フィアンセの失踪はヴェルネルとは関係ないということになった。論理的に考えればもっと早くわかりそうなものを、警察はこの結論に至るのに時間をかけすぎているように思える。

わたしがそう言うと、クリザは唇を突き出しながら、こう言った。

「用心深かっただけですよ。少なくともヴェルネルに関しては。それより、別のことが気になります」

「別のことって？」

「警察は、あの事件のとき、ヴェルネルの身体と服も調べました。暴漢たちにどんな扱いを受けたかがわかる証拠が顔にも残っていたはずです」

わたしが眉を上げるのを見たクリザがさらに言った。

「わたしが言いたいのは、靴の跡とか……」

「それぐらいわたしにもわかるわよ」軽く笑いながらわたしは答え、プロセッコに手を伸ばした。「いったい、その何が疑わしいって言うの？」

「パブにあった足跡とヴェルネルの顔に残っていた靴の痕跡とを照合していないんです。唇の跡やジョッキに残った指紋などのちょっとした手がかりから、犯人のプロフィールをつくることができたはずなのに」

クリザが続けた。

「有力な証拠が得られたはずなのに、何かの理由でしようとしなかった」

「警察の誰かが何かを隠そうとしたってこと？」

「ありえます」

わたしもクリザもしばらく黙っていた。ウエイターはずっとわたしたちを見張っている。それがクリザには落ち着かないようだった。でも、ロベルトがわたしを見張るように部下たちに命令したことをどうすることもできなかった。

「つまり、女性は十年前に消息を絶ち、その後、ヴェルネルの知り合いがたまたま行ったコンサートに突然現れたってことね」わたしはまとめた。

「ただの知り合いではなく、ヴェルネルの親友です。わたしが特定できた唯一の人物です」

「そのうえヴェルネルのスマートフォンだけに入っていた写真がネットに現れた」

「そうなんです」クリザが同意した。

「さらに、その件を詳しく調べようとしたとたんに、投稿されていた写真がアカウントもろとも消えてしまった。水に落ちて消えた石のように」

この最後の言葉が気に入らなかったのか、クリザは顔をしかめた。

「石よりひどいです」クリザは言った。「水の中の石なら見つけられますが、ブラッディってやつは見つけられないんですから」

こんなことをクリザが言い出したのはおそらく初めてだ。クリザはいつも言っていた。自然のなかではなんの痕跡も残さずに消滅するものがないのと同じように、ネット上でもそんなことはありえない。ネット上の痕跡を消す名手でも必ず跡を残すものだと。

わたしは黙って話の続きを待った。だが、クリザは続ける気はなさそうだった。

そこでわたしが言った「あなた、ネットで隠れるより砂漠で隠れるほうが簡単だって言ってたじゃない。何か痕跡に行き着かなかったの？」

「行き着きましたよ」クリザはそう言うと、大きくため息をついた。「グーグルが投稿をアーカイブしていました。でも手に入れられたのは……フェイスブックにフィル・ブラッディがいたことの残像だけ。確認できたのはIPのみで、そこからわかったのはＴｏｒを使ったということだけでした」

Ｔｏｒ、オニオンルーター。ネット上の動きをシャッフルできる多重ネットワークのことだ。オニオンルーターは追跡機関から隠れようとする人の間でよく使われている。

「その種のルーターはおびただしい数が出回っています」クリザは続けた。「そのほとんどは英国にあります。ブラッディのパソコンにそのひとつがあったとしても不思議ではありません。だから、簡単には特定できないのです」

「つまり、写真を捨てる前に痕跡を残さないように少し細工をしたってことね」

「もちろん、ふつうに削除するよりはずっと」

クリザの目が輝いた。この事件のことでクリザが眠れなかったのも無理はない。わたしがクリザでも、徹夜をして糸口をひとつでも見つけ出そうとするだろう。

「わかったわ」知りたかったことはすべてわかったので、きっぱりと言った。「で、これからどうするつもり？」

「二枚目の写真を追ってみます。ヴェルネルのスマホにしかなかったものなら、それを手に入れることができたのは誰か、調べないと」

「あの親友じゃない？」

「ええ、一番可能性があるのはブリッキです、ヴロツワフにもいたわけですし、タイムラインにアップしていた写真も見つけてますからね」

「でも、わたしたちに報酬を支払ったのも彼よ」

「ごまかすためかもしれません」

わたしは窓の向こうを見つめたまま、しばらく黙っていた。数ヶ月前までは観光客でいっぱいだった通りがいまは閑散としている。その様子に少しリラックスできた。

「基本的な質問だけど、あの写真に写っているのは本当にエヴァなのかしら？」わたしはつぶやいた。

「間違いないようです」

「消息を絶った双子の妹とか？　そっくりさんとか？」

「双子でもそっくりさんでもありません」

「じゃあ、十年間、彼女には何があったの？　それにどうしていなくなったの？」ききながらわたしは首を横に振った。「誰かが監禁してたってこと？」

その質問がわたしの独りごとなのか自分に向けられているのかわからないとでもいうかの

ように、クリザは不審そうにわたしを見た。

「コンサートの写真では誰かに強制されているようではないですけど」

「そう見えただけかも」

「ええ、もしかしたら」クリザは認めた。「確かに、うしろ向きに立っていた男性とは仲がよさそうには見えませんでした」

可能性はいくらでもあった。できるだけ早く写真のふたりの周辺を洗うようにクリザに指示しながら、わたしは立ち上がった。ロベルトが《バルチック・パイプ》の前に自分のシルバーのBMW4シリーズで乗りつけたのに気づいたからだ。走っているだけで人目を引く車だ。そうでなかったとしても、到着したのは夫だとすぐにわかっただろう。約束の時間になっていたからだ。夫は時間に遅れたためしがない。

クリザに別れを言い、席を離れたわたしは、店員にプロセッコを会社の支払いにするよう告げた。

そして、購入してもう一年以上になるというのにいまだに新車のにおいがするその車に乗り込んだ。ロベルトは、店の窓のそばに立っているウエイターのほうをしばらく見ていた。ウエイターは夫に向かってうなずいてみせ、窓辺から立ち去った。

夫は咳払いをした。

「カサンドラ……」

「何も言わないで」先回りをしてわたしは言った。「昨日のことはもう終わったから」

「本当か？」

本当だった。でもそれは、ロベルトが考えているのとはまったく別の意味だった。ロベルトがしたことは重大な結果をもたらすだろう。彼の人生を壊し、わたしの人生まで劇的に変えるに違いない。だが、彼はまだそれを知らない。

黙っているのがその答えだと判断したロベルトは、Uターンして海岸沿いの自宅に向かって車を走らせた。

「話し合いはどうだった？」ロベルトがきく。

「クリザは適任よ」

前を見たまま、ロベルトはうなずいた。それからわたしを見つめた。わたしが知り尽くしているあの目つきで。

「やめてよ、ロベルト……。クリザには何も言ってないわ。何を疑っているのよ？」

返答はなかった。

6

グロットゲル通り沿いの両親の住むアパートメントに着いたとき、ぼくは汗びっしょりで疲れ果て、混乱していた。実際、自分が何をやっているのかさえわからなかった。何か生物学的なメカニズムが、危機的状況のなかで両親に助けを求めるようぼくに命令したのかもしれない。

平日だったが、両親が家にいるのはわかっていた。ふたりとも数年前から年金生活を送っていて、いまでは一日の大半を昔読んだ本をもう一度読み返すのに費やしている。何か新しいことをしてみたら？　とぼくがいくら勧めても、聞く耳をもたなかった。

母がドアを開けたとたん、何も言う隙を与えずにぼくは中に入った。母の動揺した表情がいまでもぼくの脳裏に残っている。

「ダミアン？　何かあったの？」母の声は震えていた。

はあはあ息をはずませながらぼくは素早くドアを閉め、そこに背をあずけた。それから目を閉じた。

いい質問だ、と思った。

「何かあったの？」

ブリッツキのアパートを出る前に寝室に血のついたナイフがあるのに気づいた。ブリッツキの傷は肋骨《ろっこつ》の下の一箇所だけのようだった。血はベッドのほぼ全体に広がり、ブリッツキがしばらくのあいだ苦しみもがいたのがわかった。もしかしたら助けを求めていたのかもしれない。あるいは、命がけで暴漢に抵抗したのか。

ぼくは身震いをした。

偶然などありえない。疑いの余地はなかった。

家のものが盗まれた形跡もなければ、ブリッキには敵もいなかったはずだ。みんなに好かれていたし、誰かを怒らせたこともないだろう。関係をもった女がいたとしても、すぐに別れて、彼がどこに住んでいるかさえ知らないはずだ。

ブリッキを殺したのは、エヴァの失踪を助けている誰かだ。

「何かあったの?」母が繰り返しきいた。

ぼくがようやく目を開けて母を見たそのとき、額にしわを寄せた父が部屋から出てきた。

「息子か?」聞き慣れた太くて低い声。

ぼくに話すときいつも父はそういう言い方をした。名前で呼んだことはおそらく一度もない。「ダミアン」は母が決めた名前で、父は気に入らなかったのだ。最初はその名前に対する抵抗の表われだったのが、やがて習慣になったようだ。

両親はふたりとも善良で堅実だった。たとえ彼らが自分の親でなかったとしても、ぼくはそう言っただろう。誰の目にも明らかな絶対悪でさえ、悪とはまったく無縁の両親にとっては理解不能なのではないかと思うこともあった。

だからこそ、何があったのかを説明するのは難しかった。

それが言えるようになるまでに何時間もかかった。古ぼけた家具が並ぶ、広くもないリビングでぼくたちは腰かけて、紅茶を飲みながら話をすることになっていた。だが、実際にはカップはテーブルに置かれたままで、口をつける前に紅茶は冷めきっていた。

ぼくの話を信じることができなかった両親は、しばらくするとぼくの言うことを否定した。だが、最後にはぼくの身に起きたことを受け入れてくれた。同じような立場に立たされたふつうの人たちよりもずっと早く。ぼくにはその理由がわかった。ぼくたち家族はすでに悲惨な事件を経験していたので、免疫ができていたのだ。エヴァが失踪してからは、どんなことに対しても心の準備ができていた。

両親にとってエヴァは娘のような存在だった。ムウィヌフカで襲撃される一年足らず前に、エヴァの両親が自動車事故で亡くなってからは特にそうだった。それまでは、ぼくの両親とエヴァの間には少し距離があるように見えた。父も母も彼女の両親とはそれほど親しくなかったからかもしれない。ぼくの両親は教養のない労働者の家庭の出で、富や財産とは無縁だった。一方、彼女の両親は裕福だった。

両親がエヴァととても親しくなったそのときに、運命によって引き裂かれたのだ。あの事件のおかげで、ぼくたちはみんな強くなったと思ってはいたが、それでも今回のことを両親に伝えるのはつらかった。少なくとも家族のうちのひとり、ぼく自身は吐き気が止まらず、ちっとも強くなどなっていない。

「顔が真っ青よ」母が言った。

ほかにどんなコメントを期待できたというのだろう。母が深い憂いとともにぼくを見つめている一方で、父の呆然《ぼうぜん》とした目は壁に釘《くぎ》づけになったままだった。ぼくたちはしばらくのあいだ黙っていた。

「なんてこと……」母が嘆きの声をあげ、首を振り、突然立ち上がった。「ちょっと待って。何かつくってあげるから。だって……何も食べてないんでしょ？」

「うん」

母はキッチンに行き、ぼくは父と含みのある視線を交わした。どんなに悲惨な状況にぼくが置かれているか、父にもわかってきたようだ。

「警察には届けたのか？」父がきいた。

ぼくは首を横に振った。

「届けたほうがいいんじゃないのか？　おまえから話したほうがいい」

「それでどうなるの？」

「印象がよくなる」

「警察の印象なんてはっきりしている」ぼくは言い返した。「どこもかしこもぼくの指紋だらけなんだ」

「だから、言っているんだ。できるだけ早く、自分はまったく関与していないと証明したほうがいい」

長年重荷でしかなかったトラウマのおかげで、いまはむしろ冷静に考えることができた。それでもぼくにとって有利なシナリオはひとつも考え出せなかった。

「奇跡は起こせない」ぼくはソファに深く腰を沈めて言った。「それにもう誰かが警察に通報しているはずだ。指紋だって採られているかもしれない。今日じゅうにデータベースでチェックして、ぼくを捕まえに来るよ」

「そんなこと、わからないだろう?」

「そうじゃないとでも?」

ぼくは鼻を鳴らした。それは無力感を示していた。ぼくは目を閉じて頭をうしろにのけぞらせた。一瞬、すべてはアルコールによる錯覚のような気がした。

「そこにナイフがあったんだろ?」

「うん。たぶん」

何もかもが霧に包まれている気がしたが、それがずっと続くとも思えなかった。エヴァの事件のときと同じようになるはずだ。はじめはぼやけていてカーテンで覆われているかのように断片的にしか覚えていない。でもやがて、記憶の底から悲惨な事実が這い上がってきて全容がはっきりしてくる。そして最後には、目の前の出来事のように明らかになるのだ。

「ナイフにおまえの指紋はない」父が付け加えた。「それで充分だ」

「手袋をしていたんだなって言われるよ」

「手袋があったのか？」

「父さん……」

「全部、当たり前の質問だ」

ぼくは力なく首を横に振った。

「父さんにとってはそうかもしれないけど、警察にとってはそうじゃないんだ」ぼくは断言した。「手袋をもって逃げて、あとでどこかに捨てたって思われるに決まってる」

そう言うのがやっとだった。ブリッキの家から逃げたのが最悪だったといまになって痛感した。あそこからすぐに警察に連絡すべきだった。何も動かさずに警察が来るのを待っているべきだったのだ。

キッチンから卵を炒《いた》めるにおいがする。どこで食べるより美味《おい》しいスクランブルエッグを母がつくっている。だが、いまは食べ物のことを考えている場合ではなかった。

ぼくはテーブルに肘をついて、両手に顔をうずめた。

いったい何が起きているんだ？　誰が、どうして、ブリッキを殺したんだ？　しかもあんなやり方で。なんの目的で……。

そこでぼくの考えは止まった。身体がカーッと熱くなり、手のひらが湿ってきて、吐き気がよりひどくなった。ぼくはゆっくりと手を下ろし、呆然と父のほうを見た。

「どうした？」父がきく。

「あのナイフ……」

父が眉を上げた。額の長いしわが薄くなった白髪頭に近づいたように見えた。

「畜生……」

「何があった？」

「あの夜、あのナイフを使った」落ち着きなく首のうしろをさすりながらぼくは言った。

「ワインを開けるのに使ったんだ。ボトルの口に巻かれたプラスチックを切るのに……」

「同じナイフだったのか？」

ぼくはうなずいた。百パーセント確かなわけではないが、そう考えるのが理にかなっている気がした。人殺しが部屋に入ってきて、キッチンのカウンターにナイフがあるのを見て、それを使うことにした。ブリッキはぼくと同じくらい酔っていたので、あまり抵抗できなかった。ぼくより酔っていたかもしれない。

酔っ払って目が覚めたとたんに殺されるってどんな気分なのだろう？　無意識のうちに想像すると、身の毛がよだった。

しばらくのあいだ、ぼくと父は言葉を交わさなかった。そこに、母がスクランブルエッグをもって部屋に入ってきた。母は皿を配ったが、スクランブルエッグもまた、口がつけられていない紅茶と同じ運命になることはわかっていたに違いない。それでも、何らかの形でぼくたちのことを気遣い、何かをしないではいられなかったのだろう。

母はソファの父の隣に座り、心配そうな目でぼくを見た。

「どうするの？」母がきく。

「いまは何も」ぼくが答える。

やはり警察に連絡したほうがいいと父が説得してくるのを恐れていたのだが、父は何も言わなかった。少し経ってようやく、ぼくの決断が本当に正しいのかという疑念を父は別の方法で伝えることにしたのだと気づいた。

ぼくがよく知っているあの視線をこちらに向けてきたのだ。

「無意味だよ」ぼくは言った。

「まだ何も言ってない」

「言わなくてもわかるよ。まだ警察にこだわっているんでしょ？」

「こだわってなどいない」

「だったらいいけど」感情が高ぶって少しきつい口調になった。「ぼくがはめられたってわかるよね？　そしてすべての事件の裏にいるやつらと警察がなんらかの形でつながっているってことも」

父はため息をつき、母は視線をそらした。それはまた、エヴァが失踪してからしばらく、ぼくが繰り返し言っていたせりふでもあった。両親にとってはまるで聴き古した歌のように響いたはずだ。あのとき、ぼくはうつ病のすべての段階を経験し、誰かれかまわず、すべてをまわりの者のせいにした。

刑事が証拠を隠蔽し、彼らもまた事件に関わっている、とぼくは主張した。暴漢は職務を終えた警察官たちで、遊びのためにやったに違いないと考えたことさえあった。最終的にはぼくはそうした陰謀説もほかの馬鹿げたシナリオもみんな捨てたはずだったのに、いままた浮上してきたのだ。

「もうポーランド人民共和国の時代じゃない」父が言った。「いまは機械もあるし、技術もある……実際に何があったのか、解明できるだろう」

ぼくは生き残り、ブリツキは死んだ。

理由はひとつしかありえない。殺人犯はぼくの親友を殺したかっただけでなく、警告したかっただけでもない。ぼくに濡《ぬ》れ衣《ぎぬ》も着せたかったのだ。でも、どうして？　それならいっそのこと、ぼくも殺したほうが簡単だったのではないか。

自分がどんなに死と隣り合わせにいたのかを考えると、さらに身体が熱くなった。人間の生死を決めるには一瞬で足りるのだ。

「警察は、ぼくを犯人に仕立て上げる証拠だけを見るよ」ぼくは小声で言った。「誰かわからないが、よく考えられた計画だ」

誰かがさらに口を開こうとする前に、ビクッとする音がした。ブリツキのスマートフォンの音だった。誰かと連絡を取る手段になると思って、慌ててブリツキの家からもってきてしまったのだ。スマートフォンをポケットから取り出して未読のメッセージを見た。

すると、レイマン調査会社からパスワードが送られてきていた。ぼくは無意識に、スマートフォンをソファの肘掛けの上に置いた。だがすぐに、額にしわを寄せたまま消える直前の画面を見つめた。

ぼくは立ち上がり、昔の自分の部屋に行った。そこはいま、父が書斎として使っている。いつだったか、ぼくは自分の古いパソコンを両親に譲った。彼らも、そんなに便利ならインターネットを使ってみたいと言っていたからだ。ぼくの古いパソコンは最適とは言えなかったが、新しいパソコンを買うようにいくら勧めても両親は受け入れなかった。戸棚にもぼくの最初のノートパソコンが置いてあった。博物館に置いてもいいような代物《しろもの》だ。駄目なパソコンを二台もっているよりいいパソコンを一台もっているほうがずっといいのに。

パソコンの電源を入れ、ホームページにログインし、パスワードを入力した。

小さいウィンドウが開き、リストにあったのはふたりのユーザーだけだった。ぼくたちを識別するのは、ランダムな数字とアルファベットの羅列だけ。サイトに書き込んだものは適切なセキュリティを使って保護されることになっている。だがどこまでが真実で、どこまでが単なる宣伝なのかはわからない。レイマン調査会社のサービスを使おうとブリッキに決断させるために社員が準備しただけなのかもしれない。

軍用プロトコルAES－256　CTRですべての情報は自動的に暗号化することが保障されている。それは送信者のパソコンからデータが送られる前から作動するので、受信者はすでに暗号化されたものを受け取ることになる。だから事前にSMSで受け取ったパスワードなしでは読めないのだ。

追加の保護機能として、情報がレイマン調査会社のディスクに保存されるのはたったの十秒。

黒いモニターを眺めながら待っていると、ようやく質問が現われた。

[xc97it] すべてうまくいっていますか？

返答を考えるのに長くはかからなかった。

[w0p6z1] いいえ、何もうまくいっていません。

[xc97it] あなたはヴェルネルでしょう？

[w0p6z1] はい。あなたは？

[xc97it] ヨラです。

テキストが表示され、すぐにそれが消える様子をぼくは見ていた。ヨラという名前はぼくにとってなんの意味もない。向こう側に本物の女性がいるのかさえわからなかった。

[xc97it] 昨日、話しましたよね。

[w0p6z1] あまり覚えていません。

長い間があった。少なくともぼくにはそう思えた。次のテキストが出てくるまでに十数秒ではなく十数分かかったような気がしたのだ。

[xc97it] 何かあったんですか？

昨日、ぼくたちが連絡を取った相手は、ヨラ・クリザだと名乗っていたのを思い出した。彼女がエヴァの事件の担当だった。ブリッキはこれほどいいことはないと言った。クリザが脚の長い金髪女性で、砂時計のような身体つきをしていると想像していたからだ。

ぼくは部屋の中を見渡し、両親がぼくの子ども時代のものをまだたくさん残してあることに気づいた。小学生の頃にエヴァからもらったものもいくつかある。当時ぼくが夢中になっていたスパイダーマンのフィギュアもあった。メリー・ジェーンがピーター・パーカーをそう呼んだように、エヴァはぼくのことを「タイガー」と呼んでいた。ふつうなら少し恥ずかしいところだが、ぼくはスパイダーマンの大ファンだったので嬉しかった。

高校時代にブリッキと一緒にどこかから拝借してきた道路標識もあった。

いまになってようやく、起きたことの重みを実感した。でも、ブリッキの死を哀しんでいる場合じゃないこともわかっていた。一瞬にしてすべてを壊してしまわないように気をつけなくてはならない。

もしかしたら、ぼくは思い込みが激しいのかもしれない。とはいえ、違う行動をとっていたならどうなっていたかもわかっていた。警察は即座にぼくを逮捕し、起訴していただろう。拘置所に入れられ、そこで裁判を待つ。そしてそのまま刑務所に送られる。

そうなればエヴァの手がかりを見つけ出すことも、彼女を捜し出すこともできず、エヴァは永遠に失踪者となってしまう。

ぼんやりとモニターを見つめながら、ぼくの考えはどんどん先へ進んでいった。我に返ったのは、また同じ質問が映し出されたときだった。

[xc97it] 何かあったの?

こうなると、ヨラはぼくを助けられる唯一の人だ。ぼくは覚えていることを入力した。詳しいことまでは知らせなかった。重要なことではないと思ったからだ。しばらくするとテキストは消え、ぼくはまた黒い何もない画面を見つめることになった。白いカーソルが心配そうに点滅している。

[xc97it]書くものはある？

引き出しから黄色い付箋《ふせん》を取り出した。そして表示された番号をメモした。

[xc97it]リサイクルショップで中古の携帯とプリペイドカードを買って。そしてこの番号に買った携帯の番号を送って。ショートメッセージには「b4lt1cp1p1」とつけて。

ぼくは全部メモした。

[w0p6z1]そのあとは？

[xc97it]あとで指示する。でも、まずはブリツキのスマホを処分しないと。

[w0p6z1]逃げたほうがいい？

暗闇の中の獣の目のようにカーソルがまた点滅した。ぼくは唾を飲んだ。やっと答えが出てきた。

［xc97-it］ええ。

すると、いきなりログアウトされた。クリザがぼくの知らない情報を入手したとわかるまで呆然と座っていた。

ぼくより多くを知っていたのかもしれない。

いくつかの選択肢があったが、どれも同じぐらい不確実で危険だった。結局一番ましだと思うものを選ぶことにした。ブリッキがなんらかの理由でクリザを信頼していたのなら、ぼくも信じるべきだろう。

ぼくは、ブリッキがクリザのせいで殺されたかもしれない、とは考えなかった。

7

家に帰ると白いアイリスの花束がわたしを迎えてくれた。どの部屋にも花束が置かれ、全部合わせるとかなりの数になる。アイリスはわたしの一番好きな花だとロベルトはよく知っている。だから、ことあるごとに贈ってくれるのだ。花に込められた意図の理不尽さを知りながらも、わたしは嬉しかった。それに白は「潔白」を意味する。

だが、夫は潔白など誇ることはとてもできない。

家に帰る途中、車の中で、夫はわたしが恨んでいないか？と何度も確認した。わたしは「いない」と繰り返した。広々とした玄関に入ったとき、夫はわたしの反応を注意して見ていたようだ。だから、夫に謝る必要なんてないということがはっきり伝わるように大げさに反応した。

抱き合い、キスをすると、夫はわたしの手を引いてダイニングまでエスコートした。ダイニングは庭の北側に面した一階にある。南側には森が見えるが、北側には広大なバルト海の景色が広がっていた。わたしたちの家は小さな丘の上に建っている。おかげで遠くに水平線を見渡せた。天気のいい日には果てしない海に浮かぶ超大型船も見える。超大型船とはいえ、空を背景にするとただの小さな点のようだ。

食事の用意ができていた。わたしたちは、家電のほとんどを遠隔操作できるアプリを使っている。出かける前に料理をオーブンに入れておき、帰り道にそのスイッチを入れるだけでいい。

ロベルトは、ベトナム風鴨肉《かもにく》を出してくれた。ロベルトが唯一熱中できるのが料理だった。

アニスの風味が感じられるスパイシーな味はすでにおなじみのものだ。ロベルトがこの料理を作るときはいつもこうなる。すべてがわたしたちにとってはルーティンのひとつだった。

「ヨラとはなんの話を？」ニュージーランド産のピノ・ノワールをグラスに注ぎながら、ロベルトがきいた。鴨肉とこれほど相性のいいワインはないと思っているようだ。

「用件を話しただけよ」

「あのことについては話さなかっただろうな」

「だから、話してないって言ったでしょ」

わたしのグラスの三分の一までワインを注ぎ、ロベルトは向かい側に腰かけた。

「ひとつきみに言っていなかったことがある」

「何？」

「悪かった」

わたしは夫に目をやり、ため息をついた。確かにロベルトはこれまで、自分のことを悪く思っていないかとばかりわたしに質問してくるだけで、謝ってはくれなかった。いつだって謝罪は形式的だが、それでもやはり、必要なものなのだ。

それがわたしたちふたりのルールだった。ふたりの愛が続くように。白いアイリス、わたしのために特別につくった料理、そしてそれを給仕してくれる。まるでわたしが女王様で彼は召使いのように。すべては一時の幻想にすぎないのだが。

そして、それは昼間だけだった。

「いいのよ」わたしは言った。

ロベルトは視線を落とし、深く反省しているように見えた。だが、本当に反省しているのだろうか。わからない。ロベルトとは大学時代に知り合い、すぐに愛し合うようになった。でもこれまで、夫を完全に理解できたことなど一度もない気がする。

「ワインを飲んで」ロベルトが言った。

「さっきプロセッコを飲んだから、混ぜたくないの」

彼も強く勧めはしなかった。わたしもそれ以上言う必要はなかった。もしここで酔っ払ったら、後悔することになるだろうとわかっていた。日が暮れるまでにはまだかなり時間がある。わたしには今夜飲むつもりの白のスパークリングワインがまだたくさんあるのだ。

高機能アルコール依存症者（日常生活に支障がないよう、自分である程度コントロールしているアルコール依存症者）は誰でも、一定の酒量を守らなくてはならないとよくわかっている。大事なのは、どんなことがあろうとその量を超えないことだということも。

ロベルトは鴨肉を一切れ食べると、ゆっくりとナイフとフォークを揃《そろ》えて置いた。まだ視線は落としたままだ。

「もう二度とやらないよ」ロベルトが言う。

「わかってる」

「飲み過ぎたんだ、カサンドラ。完全にどうかしていた」

「もう言ったじゃない……」

「気にしなくていいって、きみは言った」首を横に振りながらロベルトが言った。「でも、そうじゃない」彼は立ち上がり、わたしのほうに来ると椅子の前でしゃがんだ。わたしの手を取り、わたしの目を長いあいだ見つめる。後悔と恥ずかしさと深い悲しみにあふれた目だ。けっしてわざとらしくはない。本当に苦しんでいる。

ただ、矛盾に満ちていた。それはわたしも同じかもしれないが。

「そんなふうに簡単に片付けるわけにはいかない」ロベルトが言う。

「もういいのよ」

「きみに手をあげたんだよ、カサンドラ」

これが最初でもなければ最後でもないじゃない、とわたしは思った。

それに、回を重ねるごとにひどくなっている気がする。いや、気がするのではない。間違いなくひどくなっている。最初は悪気などなかった……。どんな暴力も最初はそうなのかもしれない。

ある晩、ロベルトはわたしをひどく罵った。海岸沿いの物件について取るに足らないようなことをわたしがきちんと確認していなかったためだ。あまりにもくだらないことだったので、何についてだったかさえ覚えていない。

最初は罵倒しただけだった。それがあるときからエスカレートした。平手打ちのあと、わたしを小突いた。だがロベルトは、まるで昏睡《こんすい》状態から覚めたようにすぐに我に返った。わたしに向かって謝り、許しを請い、もう二度とやらないと約束した。

そのときはわたしもその言葉を信じた。信じたかったのだ。わたしは惨めで、自分が無力な気がしていた。ロベルトは、わたしが頼れる唯一の人だった。理屈ではない。愛する人から暴力を受けたことのある者でなければ、誰にも理解できないだろう。

それから間もなくして、ロベルトはわたしを怒鳴るようになった。殴ることもあった。わたしはひたすらふたつのことを祈った。これ以上エスカレートしないで、そしてヴォイテックに聞こえませんように。ひとつ目の願いについてはまだ答えが出ていない。ふたつ目の願いについては天から願いをかなえてもらえているようだ。

昨夜のロベルトはどうかしていた。わたしの髪の毛をつかみ、怒鳴り散らしたあと、わたしの下腹部を何度も殴った。そのとき、もうこれ以上我慢はしないと決めた。今日がその日になるはずだった。新たな人生への第一歩として記憶に刻まれる日に。

だからこそ、ロベルトは、わたしが何をしていて、誰と話したのかきいてきたのだろう。そして、わたしを監視するように従業員のひとりに命令したのだ。やりすぎてしまったと自覚していたから。彼がまた同じことをするのを許すつもりはない。

アイリスの花束に目をやった。いまでもこの花が好きだと自分をだましているが、本当は、いつの頃からか大嫌いになっていた。この花はいまや、わたしの絶望的な状況の証《あかし》なのだから。

「このままではまずい」ロベルトがつぶやいた。

「どういうこと？」

「法医学的検査をすれば……」

「何それ？」

「きみをカミエンポモルスキに連れて行く。そこの病院で……」

「気は確かなの？」

「きみはその検査結果を証拠にできる」

わたしは椅子を引き、ロベルトのほうを向いた。ロベルトはわたしの膝に顔をうずめた。

しばらく沈黙が続き、わたしは優しく彼の頭を撫《な》でた。

髪の毛一本で吊《つ》るされたダモクレスの剣のように、自らを危険にさらすことで戒めたいのだろうか。自分がわたしにしたことの証拠をわたしに渡そうというのか？

それ以外考えられない。彼は本気なのではとさえ思った。なんとか変わろうとしているのをこの目で見たこともある。手を出す前に自分の感情をどうにか抑えられたことも何度かあったのだ。

だが、それはいつもというわけではなく、あくまで例外にすぎなかった。

「それで何かが変わると思う？」わたしはきいた。

「いつでもきみが訴えられる状態になれば……」

「えっ？　警察に行くってこと？」

　ロベルトは顔を上げた。ガラスのような目をしていた。怒鳴り、わたしを苦しめ、無分別に殴っていた面影はいまやかけらもない。

「あなたを刑務所送りにするってこと？」わたしは付け加えた。「ヴォイテックから父親を奪うつもりなの？　あなたなしでわたしたちに生きていけというの？」

「そんな言い方をしないでくれ」

「だってそうじゃない、ロベルト。あなたはどう思ってるの？」

　記憶の限りでは、わたしたちは思ったことを率直に言い合ってきた。だが、どう問題に対処するかについては、お互いの関係によって状況はかなり違ってくるだろう。女性のほうが離れていくこともあれば、暴力の話はタブーになってしまうこともある。

　でも、わたしたちはそうではなかった。なんでも話したし、相手をだましたこともない。嘘をついたことは一度もないといってもいい……。自分には残酷な部分があることを彼がわたしに黙っていたことを除けば。

　ロベルトはわたしのほうに身を寄せ、わたしの腰を抱いた。

「きみはどうしてこんなクズと一緒にいられるんだ？」

「わからない」わたしは答え、無理に笑顔をつくった。

「おれがきみだったら、あの素晴らしい車に傷をつけるくらいのことはしてるはずだ」

「夜中にスプレーで落書きしてやるつもりよ」

「いい考えだ」

もう一度ロベルトがこちらを見たとき、手で彼の頬を強く押さえてキスをした。夫婦だったらそのまま寝室に行くのがふつうの展開だ。わたしは、自分たちがそうではないことについて考えた。

わたしたちは滅多にセックスをしなかった。暴力が始まってからはますます減っている。ロベルトはわたしを殴ることで性欲も満たしているのだろうという気がしたほどだ。制御できない野性的な感情が彼を暴力に向かわせる。抑えられない動物的な本能に突き動かされているようだった。同時に、傷跡を残さないように殴る狡猾《こうかつ》さももち合わせていた。それが一番怖かった。激しい感情のどこかに冷ややかな理性が隠されていると思わずにはいられなかったからだ。

目を閉じ、彼の唇の感触に集中する。ああ、本当にこんなことで勇気をくじけさせてしまっていいのだろうか。数時間前までは彼の思いどおりには絶対にさせないと決心していた。侮《あなど》られてなるものかと。

彼が迎えにきたときには、そう決意してＢＭＷに乗ったはずだった。

それなのに、こんなに簡単に自分の考えを変えてしまっていいのか。本当に変えてしまったのだろうか。わたしはその質問に答えることができなかった。わかっていたのは、自然がつくりあげたもののなかで、愛ほど危険な毒はないということだけだった。

ロベルトは自分の席に戻り、ワインをぐっと飲んだ。不審な表情で鴨肉を見る。

「失敗したのか、自己嫌悪が味に移ったのか」

「両方かもね」

「そうかもしれない」そう言ってロベルトは皿を向こうへやった。

ロベルトは、ヨラ・クリザと同じくらい青白い顔をしていた。クリザはおそらく建物から建物へと移動するときにしか新鮮な空気に触れることがないのだろう。肌はまるで死人のようで、腰まで伸びた長い黒髪だけが目立っていた。いつも頭が少し前に傾いているので、頬に髪が軽くかかっていた。

そういえば、エヴァの件で何か進展があっただろうか？　昨夜のことから気をそらすいいきっかけになる。わたしはその話をロベルトにすることにした。

「失踪した女性について話したでしょう？」

ロベルトはグラスを遠くに置き、わたしを観察するように見た。話題を変えるべきなのか、考えているようだ。

「川辺でレイプされたあとに消息を絶ったっていうことだけ。暴漢も一緒に」

「写真が出てくるまではね」

「ああ、そうだな。オポーレだったっけ？」

わたしはうなずいた。

「なんか聞いたことがあるな。かなり昔のことだったような」

「十年前よ」

「そんなに経ってから見つかったって、本当に思っているのか」

「見つかったみたいよ。でも、その手がかりを誰かが消そうとしているの」

「失踪した女が自分でやってるんじゃないのか？」ロベルトが言った。

わたしは鴨肉を食べはじめた。

ロベルトが続ける。「見つけてほしくないってことか？」

「なんともいえないわ」わたしは肉を食べながらそう答えた。肉は少し辛すぎた。でも、そう言うつもりはない。せっかくお詫《わ》びの印につくってくれたのだ。いつも忙しいロベルトが、かなりの時間を費やしてくれたのだから。

「レイプされたあとで、何もかもやり直すことにしたのかもしれない」ロベルトは言った。

「フィアンセをそのまま残して？　考えられないわ」

「家族と話したのか？　知り合いとは？　誰かが何か知っているかもしれないし、連絡を取り合っている者がいるかもしれない」

「家族はいないの」やはりワインを飲もうと思いながらわたしは答えた。「両親は交通事故で亡くなった。それから一年も経たないうちにレイプされたのよ」

「不幸の連鎖」

「不幸な人生」わたしはそう言って肩をすくめた。

ロベルトはあまり興味がなさそうだったので、それ以上この話を続けるのはやめた。レイマン調査会社を設立した当初は、ロベルトも何かを成し遂げるのに夢中だった。欲しかったおもちゃをようやく手にした男の子のように。でも、時とともにその情熱は消えてしまった。わたしも同じだ。仕事を頼んでくるのは、主に配偶者について隠れて調べてほしい人か、金をもったまま突然姿をくらました債務者を見つけたい人ばかりだった。エヴァの失踪のような案件をわたしたちは待っていた。そういう案件なら、ロベルトは以前のようにやる気を取り戻すかもしれないと思ったからだ。でも、そうではなかった。

重要だったはずのどの問題も何も解決しないまま、わたしたちは食事を終えた。テーブルから立ち上がったとき、頭が少しふらついた。プロセッコと赤ワインはあまりよい組み合わせではなかったかもしれない。特にプロセッコで一日を始めた場合には。

そしてプロセッコでその日を終えたいと思っているのなら、なおのことだ。

現実を忘れさせてくれるプロセッコで一日を始め、プロセッコで終えるようなことに今日こそはならない、と自分に思い込ませようとする日もあった。だが、思いどおりになることは決してなかった。クリザからショートメッセージが来たときにそれがまた明白になった。ロベルトはもう出かける準備をしていた。ヴォイテックを迎えに学校まで行くことになっているのだ。でもわたしは、小学校の近くまでBMWで迎えに行くことをよく思っていなかった。息子が悪目立ちし、休み時間だけでなく四六時中、からかわれることになるからだ。ワインをボトル半分空にしたこともロベルトに反対する気持ちをかき立てた。でも、それは心の中でだけのこと。反対してもロベルトは車に乗っていくだろう。また喧嘩《けんか》になるのが落ちだ。

ロベルトは警察を恐れる必要がなかった。たとえ彼を捕まえたとしても、罰金を科すどころか、自分たちが割りを食うことになる。ルヴァル村には村長がいるが、各地域にはそこを仕切っている別の者がいる。ロベルトもそのひとりだった。観光や外食産業を支え、住民を雇用している権力者なのだ。

「どうかした?」席を立ちながらロベルトがきいた。

わたしはスマートフォンを見た。

「クリザからメッセージが来たの」

「なんて? 何か進展でも?」

「むしろ問題が発生したみたい」わたしは重い口調で答えた。「わたしとできるだけ早く話がしたいって。状況が複雑になってきたらしいわ」

「《バルチック・パイプ》まで送ってやろうか?」

「いいわ。電話で話すから」

ロベルトは食器を下げて軽く流し、食洗機に入れた。水で流さないでほしいとロベルトに説明した。先に流しておくと洗剤は食洗機のなかで役目がなくなるからと。だが、ロベルトはわたしの言葉を無視した。

十五分あまりで帰ってくるにもかかわらず、ロベルトはわたしに別れのキスをして家を出た。それからしばらくすると、BMWのエンジンの低い音が聞こえてきた。

深呼吸をしてクリザに電話をかける。クリザは電話が来るのを待ち構えていたように、すぐに応答した。

「ブリッツキが死にました」

彼女はいつだって婉曲《えんきょく》的な言い方をするタイプではないが、さすがにわたしは二の句が継げず、しばらくどう答えればいいかわからなかった。

「自宅で遺体が見つかったのです」テレビの無感情なレポーターのような口調でクリザが付け足した。

わたしは立ち上がって冷蔵庫のほうに行った。どうやら今日は高機能アルコール依存症者の聖なる掟《おきて》に違反しなくてはならない日のようだ。

「何かほかにわかっていることは?」わたしはきいた。

「警察は詳細を発表していません。いつものことですけど、捜査に支障がないように隠しています」

「非公式には？」

「ヴェルネルがブリッキのところに泊まっていたみたいです」

グラスをもっていた手が硬直した。

「もしかして、あなたが疑っているのは……」

「違います」クリザがわたしの言葉をさえぎった。「何のためにブリッキの命を奪わなくちゃいけないんですか？」

わたしはワインを一口飲んで、少し気を取り直した。

「馬鹿げてます」クリザは続けた。「ブリッキはヴェルネルの唯一の友達ってだけでなく、彼を助けようとしていたんですよ。それにヴェルネルならもっと気の利いたことを計画するだけの頭があると思いますし」

「じゃあ、誰かがヴェルネルを陥れようとしているってこと？」

「最悪のケースはそうです。最善のケースはただの偶然です」

偶然とは思えない。偶然とは、問題の原因がわからないときに使う無意味な言葉だと思っていた。

「とにかく、現場にはヴェルネルを容疑者に仕立てるには充分な生物学的痕跡が残っていますがね」

「確かなの？」

「百パーセントではありません。どれも人伝《ひとづ》ての情報なので。でも、ヴェルネルが重要参考人になっていることは間違いありません」

「だったら彼を……」

「かくまう？　わかってます。もう手を打っています」

わたしは眉をひそめた。だったらなぜ、わたしに電話をしてきたのか？　進行中の案件については状況を常に把握しておきたいと言ったことは何度もある。でも、それは何か重要な決断を下さなければならない場合だけだ。今回、クリザはひとりで決断したのだ。

わたしはワイングラスをキッチンのカウンターに置くと、カウンターに向かって座り、大きな窓ガラス越しに海岸を見た。

「本当にヴェルネルがやってないかを確認して。あとで会社の恥をさらすことのないように」わたしはそう指示した。

「そうします」クリザは約束した。「でも、まずは彼が逮捕されないようにしないと連絡が取れなくなってしまうので」

「ええ」わたしはつぶやいた。「それは当然だけど、そのために電話してきたわけじゃないでしょう？」

「違います」

「じゃあ、なんのため？」

「資料をもう一度全部見直しました」

彼女の声は興奮した子どものようだった。口調から、まだ話していないとっておきのネタがあると感じられた。

「エヴァには伝えたかったことがあるのです」クリザは付け足した。

「どういうこと？」口をついて出た。「何を誰に？」

わたしの頭の中で質問が渦巻いた。

「それはまだわかりません」クリザが答えた。「でも、それをこれから解明します」

8

携帯電話を一番近いリサイクルショップで買い、その先のキオスクでＳＩＭカードも買った。時間を無駄にしたくなかったので、すぐにレイマン調査会社の女性が示してきた番号に情報を送った。

すぐに電話がきた。

「いいわ」いきなり女性が言う。「これで安心して話ができる」

「まだ安心とまではいかない」

「当然でしょう」

ぼくはあたりを見回しながら神経質に髪を撫でた。通行人がみんなぼくを見ているような気がする。警察が捜索している男だとみんながわかっているように思えた。

「どうしてこんなことに？」ぼくはつぶやいた。「どうしてこんなことになったんだ？」

「これから整理していきましょう。でも、いまは……」

「いや」ぼくはさえぎった。「何が起きているのか知りたい。誰のしわざだ？　どうしてだ？」

通りがかりの男が不審な目でぼくのほうを見た。すれ違いざまにその男を見たが、見えたのは男の背中だけだった。

馬鹿な考えが頭をよぎる。だが実際、そうなったときのことも考えておいたほうがいい。

「どうしてブリッキは殺されたんだ？」ぼくは諦めない。

「全部調べましょう」

「誰のしわざだ？　警察か？」

「ヴェルネル、ちょっと聞いて……」

「やつらはいったい何がしたい？」

「ヴェルネル！」

　ぼくは頭を振り、我に返った。馴染《なじ》みのないヨラ・クリザの声がよく知っている人の声のように思えたからだろう。自分がいかに脆《もろ》い立場にいるのかを思い知らされた。唯一頼れる相手は、まったく知らない人物なのだ。

「落ち着いて」クリザが言う。「何が起きたか整理しましょう。いま一番重要なのは、あなたが自由の身でいることよ」

　ぼくは放心状態のままうなずいた。

「聞いてるの？」

「ああ」

「いまはまだ誰もあなたを正式には追跡してない。それを利用しなくちゃ」

「正式には……」

「国外に出ても違法にはならないってことよ。あなたに対して訴訟も起きていなければ令状も出ていない。一般市民としてあなたは自由なのよ。だからそれを利用すべきよ」

「国外に出たほうがいい？」

「いいえ。でも、あなたがポモージェにいたら、いろいろ助けられると思うの」

　ピアストフスキ橋の上でぼくは立ち止まり、鉄鋼でできたアーチを眺めた。このアーチに登る人が絶えなかったので、「上に登ることを禁止する」という警告板が取り付けられている。

ぼくは橋の右側に立ち、手すりに寄りかかった。オドラ川とムウィヌフカ川に囲まれた小さな島、パシェカに立ち並ぶ二軒のホテルを見る。「野次飛ばし席」はその反対側にあった。

「どこにも行かない」ぼくは言った。

「賢明とはいえないわね。というのも……」

「何も賢明なことをやろうなんて思ってない」ぼくは小声で言った。「そうじゃなきゃ、とっくに警察に行ってるよ」

「それが最良の解決策とは思えないわ。ヴェルン」

「ヴェルン?」

「似合ってるわよ」クリザがぼそっと言った。

「ダミアンか、ヴェルネルだ。ヴェルンはやめてくれ」

円形劇場から延びている広い並木通りを見つめた。そこを歩いている人たちが羨ましかった。ぼくが背負っているような将来への重荷などまったくない人たち。希望のない現実に身を置いていない人たち。霧に包まれた不安な未来などない人たち。

あと、ぼくにできることはなんだろう? 事件の裏に誰がいたとしても覚悟ができている気がした。それを確認するには、目をつむるだけで充分だ。まぶたの裏に、血まみれのブリツキの死体が見える。

「やっぱりそうしたほうがいいのかも……」

「そうしたほうがって？」

「警察に知らせたほうが」

「絶対ダメ。どう考えてもそれはダメ。特にこんな状況では」

「どうしてダメなんだよ？」ぼくは手すりに寄りかかった。「ぼくたちは疑心暗鬼になっているだけかもしれないじゃないか。警察官はこの件とまったく関わりがないかもしれない」

「それを確かめたいからって、自分を犠牲にする気？」

「何が悪い？」ぼくの声は確信に満ちていた。声だけは……。「警察署の中のほうが安全かもしれない。監視カメラもついているし、人もいるし、それに……」

「そうすればもう悲惨なことは起きないって言いたいの、ヴェルン？」

「ヴェルネルだ」

「もっとよく考えて決断し、行動しなくちゃいけないって言ってるの。正式にはまだ誰にも追われていないんだから、あなたには自由に動く権利があるの」

「そんなの理屈だけの権利だ」ぼくはうなだれて答えた。「ぼくは犯罪のあった場所から逃げたんだ。すぐに警察に届けるべきだったのに」

「それは、あなたがショックを受けたから」

ぼくは唇を固く結んだまま言った。「裁判にかけられたら、少なくともぼくが町を出たことについては疑われるだろうな」

「それでも大丈夫よ」

ぼくは鼻を鳴らした。彼女の自信は根拠がない気がした。だが、探偵事務所が警察と手を組むことはほとんどないだろうから、そう思うのも無理もないのかもしれない。

「ショックといえば」クリザが言った。「ブリッツキのスマホは処分したの?」

「まだ」

「そもそも、なんでブリッツキの家からスマホをもってきちゃったの?」

「わからないんだ」

しばらくクリザは黙っていたが、彼女が何を言いたいのかはよくわかっていた。親友が残してくれた唯一のものだからといってそんなものをもち出すべきではなかったのだ。遅かれ早かれ、ブリッツキのスマートフォンはぼくにとって足かせとなるに違いない。

ぼくは深呼吸をして、反対を向き、誰も見ていないことを確かめてからブリッツキのスマートフォンをオドラ川に投げ捨てた。スマホはあっという間に濁った水の中に消えていった。

「聞きたくないとは思うけど、あなたは……」

「いま捨てたよ」ぼくは口を挟んだ。

「じゃあ、いいわ」

クリザはまたしばらく黙っていた。沈黙が何よりも事態の深刻さを物語っていた。何を言うべきかを必死で考えているに違いない。結局、彼女は最悪の選択を口にした。

「現時点では誰も信じないことね」

「ありがとう」ぼくが答える。「まさにその言葉が欲しかったんだ」

　クリザはため息をつき、ぼくは歩きはじめた。

「もし、ポモージェのわたしの家に来たくないなら、少なくとも防犯カメラのないところに行って」

「どうやって？」

「全面的にサポートするから」クリザは約束した。「あなたのために郊外のモーテルを予約するわ。そういうモーテル、あるかしら？」

　ぼくは懇願するような目で天を仰ぎ見た。

「一番安い宿でさえ、払う金がない」

「お金については心配しないで」

「でも、誰が払うんだ？　きみの会社？　急にローン会社に変わったのか？」

　いまや、誰も信じられなかった。でも、ブリツキが頼りにしていた人物だけは信用すべきなのかもしれない。

「あなたの件はカサンドラも気にかけている」まるで、それがぼくにとって何か大きな意味があることのようにクリザは言った。

「誰だって？」

「カサンドラ、レイマン調査会社のトップよ」

「ロベルト・レイマンが社長だと思っていた」

「ええ、そうよ。でも彼はずいぶん前から会社には関わってない。いまは、彼の奥さんがすべてをやってるの。あなたに劣らないくらい真剣に彼女がこの一件に取り組むよう仕向けるつもり。もうすでに、彼女は一生懸命だけどね。進展具合によっては、もっと深く関わってくれるはずよ」

「だからって、ぼくの宿泊費まで払ってくれるってわけじゃないだろ?」

「安心して。細かいお金にとやかく言う人たちじゃないから」

クリザは社長夫妻にうまいこと言って宿泊費を出させようとしているのだろうか? あるいはぼく自身が誰かに金を出してもらうことを実は期待しているのか?

旧市街に向かいながら、またぼくのほうをじっと見ている通行人とすれちがった。ようやく、気のせいじゃないと確信した。でも、考えてみればなんの不思議もない。ぼくは道に迷ったかのようにきょろきょろ見回したりして、自らまわりの人たちの気を引くようなことをしていたのだから。

気持ちを落ち着けようと深く息を吸った。

「どうしてぼくを助けてくれるの?」

「亡くなったあなたの友達に依頼されたからよ」

ぼくは黙っていた。

「それじゃ理由にならない？」クリザがきく。「それとも単刀直入すぎて気を悪くした？」

どちらの質問を肯定できるか、自分でもわからなかった。

「どうしてそこまでしてくれるのか、よくわからない」

「どうして彼が死んだのかを知りたいのよ」クリザが言う。「それにあなたがフィアンセを捜すのを手伝いたいの」

「ずいぶん親切なんだね」

「これがわたしの仕事。報酬の支払いもすんでるし」

それ以上続けるのはやめた。ヨラ・クリザは明らかにどこかおかしい。よくいえば、彼女には何か事情があってこの件に興味をもっているようだ。悪くいえば、何か精神的な問題を抱えている。

「エヴァに何が起きたかを調べれば、ほかのこともわかるわよ、きっと」クリザが付け加えた。

そのときは、本当に彼女が言うとおりになるのか、よくわからなかった。

「あなたの携帯電話に入っていたあの写真から始めましょう」クリザは続けた。「どんな写真だったか細かく説明できる？」

「もちろん。細部まで知り尽くしてるよ」

中心街をうろうろと歩き回りながらぼくは写真について詳しく説明した。クリザはときおり何かつぶやいた。その情報がなんの役に立つのかわからない。その写真を見つけ出したいと思っているのなら、警察署のどこか安全な場所に保管されているぼくのスマートフォンにリモートアクセスすべきではないだろうか。

「じゃあ次の写真よ。あのヴロツワフで撮られた」

その写真についてはそんなにはよく覚えていなかった。だが、長時間あの写真を眺めていたので、重要なことはすぐに思い出せる。

「うしろ向きに立っていた男は、フー・ファイターズのトレーナーを着ていた。そこには“There is nothing left to lose”という文字、それに十字と爆弾も描かれていた。たぶんフー・ファイターズのロゴかCDジャケットだと思うけど、確かじゃない」

「エヴァは？　同じような服を着ていた？」

「いいや。違うことが書いてあるTシャツを着ていた」

「どんなこと？」

「何か、いい日がどうのこうのって」

「思い出して、ヴェルン。具体的な情報が必要なの」

しばらく考えた。

「The better days（よりよい日々）」ぼくは言った。

「確かなのね？」

「うん」

「ちょっと自信がないような声だけど」

確かに彼女の言うとおりだった。そのグループの名前はそのとき初めて見た。それにアンダーグラウンドのインディーズ・ロックバンドを連想させる名前だったからだ。

ぼくは低層集合住宅の裏で立ち止まり、壁に寄りかかった。まるで夢遊病者のように町じゅうを歩き回っていたことにようやく気づいた。どこをどう歩いてきたのかも、はっきり覚えていない。おそらくアンデルス通りとヴァリンスキ通りあたりをうろうろしていたのだろう。

「the はついていなかったかも」ぼくは言った。「Better days だけだったかもしれない」

クリザがキーボードを打つ音が聞こえる。

「エクスクラメーションマークがついてた？　ついてなかった？」

「ついてない」

「ということは、《ブルーサーズ》のアルバムじゃないわね。残念だわ。かなりいいパンクバンドなんだけど」

壁につけた頭が重くうずく気がした。アドレナリンがだんだんと少なくなっていき、二日酔いが存在感を示してきたからだ。

「そんなことをきいて何になるんだ？」ぼくはきいた。

「何にもならないかもしれないし、何かあるかもしれない」クリザが無難な答えをした。「で、グループの名前は覚えてる？」

「覚えてない」

「でも、フー・ファイターズじゃないんでしょ？」

「ああ、フー・ファイターズじゃあない。スペインのバンドだったと思う」

「どんな？」

「だから言ったじゃないか……」

「思い出して。大事な情報かもしれないから」

「どうして？」

「どうしてって、ふつう、コンサートに行くときってお目当てのバンドのTシャツを着ていくものでしょ？」

彼女の言うとおりだ。だが、そこまで注意していなかった。そもそも、エヴァはフー・ファイターズが好きだったことはない。どの曲も支離滅裂に聴こえると言っていたほどだ。フー・ファイターズのニューアルバムに興味をもってもらおうとブリッキが何度かぼくたちに熱弁をふるったことがあったので、それだけはよく覚えている。

シャツのイラストの記憶をたどった。プロがつくったアルバムとかではなく、素人が描いたものだった気がする。だからインディーズ・ロックバンドだと思ったのかもしれない。

「それで？」クリザが急《せ》かす。「バンドの名前は何？」

ぼくはこめかみをさすった。何かと関連づけて正しい答えにたどり着くように。あるいは、何かをひらめかせてくれるような具体的なものをひとつでも見つけられるように……。すると、ついにひらめいた。

「待って……」小声でぼくは言った。「スパイダーマンのマスクをつけたサッカー選手と関係ある気がする」

「なんの話？」

「ゴールを決めると、そのマスクをつけて手首から蜘蛛《くも》の糸を出す仕草をするアルゼンチンの選手」

クリザは黙っている。

「当時、ぼくはスパイダーマンに夢中だった」

「ああ」

「エヴァはそういうぼくを受け入れてくれた。彼女は子どもの頃、ぼくみたいに夢中になるものなんてなかったけど。考古学は別だったかな。特にポーランドでの定住の始まりに興味をもっていた」

クリザは小さく咳払いをした。

「誰でもちょっと変わったところがあるものだよ」ぼくは付け足した。

クリザは黙ったままだった。ぼくが大好きだったアニメのヒーローを連想させるバンド名がシャツに書いてあったのは偶然ではなかったのかもしれない、と思った。

いや、偶然だ。ありもしない隠された意味を、ぼくが勝手に見つけた気になっていただけだ。

いや、やはり違うかも。

「検索してみたら……」

「いま、やってるわよ」クリザが口を挟んだ。「そのサッカー選手はホナス・グティエレス？」

ぼくは指を鳴らした。

「グティエレスだ。シャツにはそう書いてあった」

また沈黙。前回の沈黙はスパイダーマンの熱烈なファンに対する冷ややかな反応に思えたが、今回の沈黙はぼくを不安にさせた。

「聞こえてる？」ぼくはきいた。

「え？　ええ……」

急に力が全部抜けたような弱々しい声になった。どんな青ざめた顔をしているか、想像がついたほどだ。

「何か問題でも？」

「その名前、もしかして……」絞り出すようにクリザが言った。「ナタリア・グティエレス・イ・アンヘロ？」

「かもしれない」

「まさか……」

「どうしたの？」

彼女は答えない。

「もしもし！」ぼくはいらいらして叫んだ。「どうしたんだ？」

「想像もできないようなことよ」

9

そのことについては、考えていなかった。

電話ですべてを伝えるのではなく家に行ってもいいか、とクリザがきいてきたとき、わたしはすぐにオーケーした。それがロベルトを怒らせることになるとまでは考えていなかった。相談もせずにわたしがこういうことを決めるのを、彼は嫌った。

ほかの夫婦にとっては、約束なしで友人が訪ねてきたとしてもたいした問題ではないだろう。でも、この家では違っていた。誰かを呼ぶときには、数日前に決めておかなくてはならない。ロベルトには準備が必要だし、わたしに家の準備をする時間を与えるという名目でもあった。

クリザが来る前に、ロベルトはヴォイテックを連れて帰ってきた。これで、少なくとも夫がわたしに何か言うのをある程度抑えることができるだろう。

ヴォイテックはリュックを玄関に投げ、そのまま自分の部屋に行こうとした。

「どこに行くの?」わたしはリビングのドアのところに立ってきいた。

ヴォイテックは立ち止まり、わたしに気づいた。

「ただいま、ママ」

「おかえり、あわてんぼさん」

ヴォイテックがやってきてわたしに抱きつく。まだこういうことを恥ずかしがらずにやる年齢だ。でも、これもあと三、四年だろう。校門の前でわたしがヴォイテックにお別れのキスをするところを見た友達にからかわれるだけで充分だ。その日、ヴォイテックはうなだれて家に帰ってきて、親子の愛情表現はそれでおしまいになるに違いない。

わたしはヴォイテックの髪をくしゃくしゃにし、リュックをもっていくようにと言おうとした。でも、ロベルトがもうヴォイテックのリュックをもち上げていた。ロベルトは、ヴォイテックにとってこれ以上はないといえるくらい素晴らしい父親だ。BMWで学校の近くまで送り迎えするなど、少し度を越すことがあったとしてもほぼ理想の父親だ。夫として欠けている部分を父親としてカバーしていたのだろう。だからこそわたしは、ロベルトにひどいことをされても最初は許していたのかもしれない。そのうちにそれがふつうになった。辛《つら》いことが続く日常に慣れてしまったのだ。辛い経験をしても何も変わらなかった。

たとえ変わったとしても、すぐに戻ってしまう。あの最後の暴力があったあとの固い決意と同様に。

「学校はどうだった？」わたしはきいた。

ヴォイテックは自分の部屋のほうを見ている。早くパソコンのところに行きたくて仕方ないのだ。スマートフォンのおかげで、学校にいながらもいつでもネットとつながっているし、車に乗ったとたんすぐにタブレットをいじりはじめるという始末なのに。

「別に何も」ヴォイテックが答える。

この息子とも毎日奮闘しなくてはならなかった。「別に何も」から少しずつ具体的な話を聞き出していく。でも、この日だけはさらに聞き出そうとはしなかった。息子を部屋に行かせ、ロベルトがリュックを部屋のなかに置くと、わたしはロベルトに向けて少し微笑んだ。

ロベルトはまだ怯《おび》えたような目でわたしを見ている。昨日、また犯してしまった行為が、彼に罰を与える地獄の火になるのを心配しているかのように。そして、その炎はわたしがつけるかのように。

わたしは近寄って彼の手を取った。

「クリザが何か重要な手がかりを得たみたい」わたしはささやいた。「あの女性が何かメッセージを送ってきたみたいよ」

「メッセージ?」

「クリザは詳しいことを電話ではちょっとって。直接会って話したいらしいのよ」

「じゃあ、《バルチック・パイプ》まで送ってやるよ」

「ここで会おうって言ったの」間髪を入れずにわたしは言った。「そんなに時間はかからないし、二階のわたしの仕事部屋で話すから」

実際には、その部屋は完全な二階ではなく、屋根裏部屋だった。でも、かなり広くて天井が斜めになっているところがわたしは気に入っていた。家の中で最も居心地のいいわたしの聖域だった。

はじめはどうしてそう感じるのかわからなかったが、後になってわかった。そこは、この家でロベルトがほとんど入ることのない数少ない部屋のひとつだからだ。そして、ロベルトがわたしに暴力を振るったことのない場所でもあった。

いまのところは……。

ロベルトがまた暴力を振るうとは考えたくなかったが、彼の視線を見るとどうしてもそう思わずにはいられなかった。

「ここで？」そうきいたロベルトが唇を固く結んだ。

それから首を横に振り、反対を向き、キッチンに行く。沈黙。冷蔵庫のドアをいらだたしそうに開け、また首を横に振る。彼の中で怒りが膨らんでいくのがわかった。

怒りを抑えるのにどれだけ苦労しているかも。

ロベルトはワインを取り出し、それをグラスに注いだ。二口で飲み干した。

「何度繰り返せばいいんだ？」ロベルトが口を開いた。

「クリザにそう言われたから、それでわたしはただ……」

「おれが急な来客を嫌いなのは知ってるだろ？」

「ええ、でも仕事の話だし。わたしの仕事部屋でさっさとすませるから」

「バルチックで会うわけにはいかなかったのか？」

ついに彼はわたしのほうを向いた。彼の目のなかで不満がどんどん燃え上がっていく。

「あそこの何が気にくわないんだ？」

「何も。ただ、あなたに面倒をかけたくなかっただけよ」

「何も面倒なんかじゃない。よそ者をここに連れてくるよりずっといい」

「クリザはあなたの社員よ。ロベルト」

ロベルトはしっかりとした足取りで、わたしのほうに一歩踏み出した。わたしは思わず後ずさりした。いつもならこれが暴力の前触れだった。だが、今回はなんとかこらえたようだ。

「ここにも入れないから」キッチンとつながったリビングを見ながらわたしは言った。「そのまま上に行くから」

沈黙。ロベルトがにらみつける。わたしはロベルトの抑制が効かなくなることをとても恐れていた。殴りはじめたら最後、戻ることはない。でも、もっと恐れていたのは、ロベルトの暴力よりもクリザとの約束をキャンセルさせられることだった。もしかしたらロベルトは、それを自分でやるかもしれない。クリザに電話をしてわたしの体調が悪いとかなんとか言って。これまでにも同じようなことが何度かあった。

ところが、ロベルトがわたしのほうにさらに一歩近づこうとしたとき、門のベルが鳴った。

わたしたちは黙って顔を見合わせた。

「わたしが出るから」怯えながら言う。

「いまか？　で、なんて言うつもりだ？」

「彼女に言いわけする必要なんてないでしょ？」

「ない」冷めた声。「入るがいい」

ロベルトはボタンを押して門を開け、廊下から見えないようにソファの端に座った。わたしがクリザと連れ立って二階に行くあいだも黙って座っていた。

わたしたちの家に初めて来る客と同じように、クリザも家の中をあちこち見回して、賛辞と感激の声をあげると思っていた。壁のほぼ一面がガラス張りになっているリビングからの眺めに魅了される人もいるし、階段の全面が書棚で埋められているのに驚嘆する人もいる。

ところが、クリザは何も気づかなかったかのように、黙ってわたしの仕事部屋まで来た。初めて口を開いたのは、その部屋に入り、大きな天窓の下にある小さなテーブルのそばに座ったときだった。テーブルのほかには、わたしの机と椅子が数脚、それにあまり大きくないガラスの本棚がある。

クリザはテーブルに肘をつくと、落ち着きなく顔をこすった。頬には赤く跡が残っていた。それから一瞬、幽霊かと思うような表情でわたしを見た。

「ありえないことが起きました」クリザがきっぱりと言った。「完全におかしいです」

わたしは彼女の隣に座った。

「何がわかったの?」

「わたしじゃなくて、ヴェルンが自分で」

わたしは眉を上げた。

「ヴェルネルのことです」クリザはそう言うと、そんなことはどうでもいいという仕草をした。「実際にはふたりで話しててわかったんですけど。すべてはエヴァが仕組んでいたんです」

「どういうこと?」

クリザは姿勢を正して、咳払いをした。

「例のフェイスブックにあった写真、残念ながら誰かが消してしまったけど。あの写真でエヴァはフー・ファイターズとは関係ないTシャツを着ていました」

「ええ」

「フー・ファイターズのコンサートに行ったんですよ。それなのに、彼女は違うバンドのTシャツを着ていた」

「それで？」

「それだけです。それが気になったので。そうしたら、そのTシャツには『ナタリア・グティエレス・イ・アンヘロ』って書いてあったんです。わたしに促されて、ヴェルンが記憶をたどってわかったんです」

「それ誰？」

「『ベターデイズ』は？」

「わからないわ」

「知ってるはずですよ。結構な騒ぎになってたじゃないですか」

少しいらだった表情でわたしはクリザを見た。問題の核心に至る前にロベルトがドアをノックして、「出かけないといけないから」とクリザにわざわざ断りに来るのではないかとびくびくしていた。ロベルトは感情を抑えている。でも、夫のことを知り尽くしているわたしは、その状態が長くは続かないとわかっていた。

「FARCについて聞いたことはあるでしょう？」クリザが本題に入った。

「あるわ。いつだったか、コロンビア政府と和平合意をして物議を醸した連中でしょ？」

コロンビア革命軍のことだ。当時、メディアでは、五十年にわたる流血の内戦を経て二〇一六年に和平合意をしたと大きく取り上げられていたので記憶に残っている。内戦では二十万人を超える命が奪われ、五百万人が移住を余儀なくされた。そして、和平合意を主導したサントスがノーベル平和賞を受賞した。だが、それだから覚えているわけではない。

コロンビアでは和平を支持するかどうかの国民投票が行なわれ、和平は僅差で否決された。和平合意によって犯罪者が処罰されないままになることに国民は反対の意を示したのだ。

コロンビア国民の考え方は合理的ではなかったかもしれないが、なぜかわたしは好感をもった。

「そうです」クリザは勢いづいた。「では、要点だけ言えばいいですね」

わたしはドアのほうに目を向けたまま、手で急ぐように促した。

「二〇一〇年にコロンビア軍特殊部隊はFARCキャンプに向けて空襲を行ないました」クリザは背筋を伸ばしながら言った。「目的のひとつは、そのキャンプに十年近く拘束されている人質を解放することでした。でも、攻撃に入る前に人質にそのことを知らせる必要がありました」

「どうして?」

「FARCは政府の人質解放に対抗するという明確な方針があったからです。だから人質が解放されそうな兆候があっただけで、人質を射殺したでしょう」

「なるほど」

「攻撃にあたってエスペホ大佐には課題がありました。つまり、どうやって人質に、援軍が来ているので逃げる準備をするようにと伝えるかってことです。十年来、人質とは連絡が途絶えていましたし、たとえ暗号化されていても公に出したらすぐにゲリラに読み取られてしまいます」

クリザが急いでくれるように願いながら、わたしは何度もうなずいた。

「軍は、マーケティングのスペシャリストのホアン・カルロス・オルティスを雇うことに決めました。情報を秘密裏に知らせる革新的方法を考え出してもらうために」

「それで、どんなアイデアが?」

「モールス信号です」

「それほど革新的でもないと思うけど」

「ゲリラたちはモールス信号をあまり知りませんでした」クリザは気にせずに続ける。「でも、逆に人質になっていた軍人たちはよく知っていた。それでオルティスは、人質たちはすぐにモールス信号に気づくだろうと考えたのです」

「でも……」

「もちろん、モールス信号をそのまま出すことはできません。FARCの過激派には、モールス信号を解読できなくても、誰かが情報を送って何かの準備をしていることは知られてしまいますから。それに、モールス信号をどうやって人質に知らせるかも問題でした。人質は人里離れたジャングルで拘束されていたんです。それでオルティスは、歌の中に信号を入れ込み、それを一番大きいラジオ局から流し続けることを思いつきました」

わたしは眉間にしわを寄せた。

「アーティストふたりとバンドに依頼して、モールス信号が入ったメロディーをつくってもらいました。二十ワードが暗号化されてリフレインに入れられたのです。よくあるポップスのヒット曲のようだけど、実はモールス信号がテクノのリズムに組み込まれている」

「やるものね」

「その歌をジャングルの近くで流しました。約三百万人が聞いたと推測されます。そのなかで暗号だとわかったのは、伝えたかった人質たちだけでした。それで人質解放は成功したのです」

「でも、それとエヴァとにどういう関係が？」

「これまで、ラジオ局でしか仕事をしたことのないふたりの無名のアーティストのグループ名が、ナタリア・グティエレス・イ・アンヘロでした。そして、暗号化された情報の入った歌のタイトルが……」

「『ベターデイズ』」

クリザは髪をうしろにかきあげ、顔には達成感があふれていた。こんなに満足げな表情のクリザを見たのは初めてかもしれない。

「そのあと、レコーディングされたものもなければ、広告もありません。もちろんTシャツも」クリザは付け足した。「エヴァがこんないわくのあるTシャツをコンサートで着ていたこと自体がメッセージです」

「どんな?」

「自分はいまも拘束されているというメッセージですよ」

わたしは立ち上がり、部屋の中を歩いた。大きな天窓の下で立ち止まり、空の雲がゆっくりと動いていくのを眺める。それからクリザのほうを向いた。

「川辺で強姦した連中が彼女を連れ去ったってことね」わたしがそう言うと、クリザはうなずいた。

「この女性は十年間、計り知れない恐怖を経験してきた」

「残念ながら」クリザが認める。「でも、このシャツは助けを求めるサインだってことは間違いありません。エヴァがあのコンサートに現われたのも偶然じゃない。ブリッキがそこに来るのがわかっていたからです」

「そう思う？」

「彼女はブリッキがフー・ファイターズに夢中なのを知っていたのです。オポーレの近くでやるコンサートだし、見逃すわけがないだろうって」

わたしは首をさすりながら考えた。

「でも写真では楽しそうだったんでしょう？」わたしは質問した。

「ヴェルンが言うには、そうだったみたいです」

「じゃあ、拘束されているっていうのと合わなくない？」

「楽しそうに振る舞うよう命令されていたのかもしれません」

「かもね」わたしも同意した。「それにしてもそもそもどうして、そのコンサートに彼女を行かせたのかしら。おかしくない？」

「そうともいえません」

わたしは不審げにクリザを見た。

「誘拐された女性は、監視下でときには自由にされるケースが多いんです。何年も隔離したあとに拘束していた者を外の世界に出すことで、どんなに違和感があるかわからせる。拘束されている場所に喜んで戻りたいと思わせるのです。それが誘拐犯の狙いです」

「で、彼女は誘拐犯を逆に利用したって言いたいのね」

クリザはまた髪を直した。今回はいつもの神経質な動きになっていた。

「エヴァはかなり前から準備をしていたはずです」クリザは言った。「Tシャツを注文することも簡単じゃないし。でも、どこで拘束されていたにせよ、助けを求められるだけの自由はあったというわけです」

わたしたちは顔を見合わせた。この先どうなるかを知りたくもあり、知るのを拒みたくもあるような気持ちだった。

「十年……」ため息まじりにわたしは言った。

「そう。悲惨な話です」

「その間、彼女の身に何が起こったか？」

その言葉にクリザは肩をすくめた。

「レイプしたあと、ヴェルンを川辺に残し、彼女を車に乗せてどこかに連れていったに違いありません。ムウィヌフカのそばで襲ったときと同じように彼女をさんざん痛めつけたんだと思います。しかも長期にわたって。彼女が壊れて、言いなりになると確信するまで」

わたしはしばらくのあいだ黙っていた。でも、すべてが何を意味するかを理解するには本当は数秒で充分だったのかもしれない。わたしはまた話そうとした。

エヴァからのメッセージを知ったいま、わたしたちに何かできることがあるのか、クリザと話したかった。だがそのとき、ドアをノックする音が聞こえた。返事を待たずに、ロベルトが中に入ってくる。彼は優しげに、そして申しわけなさそうに微笑んだ。

何を言おうとしているか、わたしにはわかった。ロベルトが時計を見る。予想どおりだ。

「お邪魔して申しわけない。だが、ぼくたちは出かける用意をしなくちゃいけないんだ」ロベルトが言う。「約束があるものでね。遅れるわけにはいかないんだ」

椅子に火がついたかのように、クリザがぱっと立ち上がった。

「もちろんです。わたしこそごめんなさい。レイマンさん」

「いや、大丈夫だ」

「ロベルト、聞いて……」わたしが始めた。

「早くしないと遅れるぞ」彼はそう言うと、クリザに帰るように促すのがどんなに心苦しいかという表情をした。

名優だ。今晩は平穏な夜にはならないとわたしは思った。

10

ぼくは、あの忌々《いまいま》しいTシャツのどんなに些細《ささい》なことにも何か手がかりがあるような気がした。エヴァの身体つきやポーズや表情の細部に至るまで、何もかもが助けになるはずだ。何かヒントがあったに違いない。クリザが言ったことを聞いてからは、エヴァはただ助けを求めているだけではなく、ほかにも何かあるはずだと確信していた。隠されたメッセージ。

もしかしたら、どこでエヴァを捜せばいいかの情報が隠されているのかもしれない。

だが、記憶はぼくの期待を裏切った。頭痛と疲れ、それにブリッキのアパートの血まみれになったシーツの光景が何度もフラッシュバックし、ぼくの邪魔をした。それに、自分は捜索されているという恐怖がのしかかっていた。正式でないにしても、捜索されているのは確実だ。出くわした警察がぼくに気づいたら、逃れられないだろう。

休まなくてはいけないのはわかっていた。少しでも気分転換をしてから頭を働かせるべきなのだ。

クリザと話をしてから一時間、いや一時間半ぐらい経っていたかもしれない。また電話が鳴った。

「どこにいるの？」クリザの声だ。

「ザオドジェに戻っている」

「町を離れたほうがいいわ。できるだけ早く」

「そのつもりだけど……」

「フションストヴィッツェがどこかわかる？」

「うん」ぼくは答えた。

「そこにホテルがある。チェンストヴァに行く通り沿いに」

「知ってるよ」

そのホテルはみんなが知っていた。オポーレの郊外には大きなテニスクラブがふたつある。ひとつはフションストヴィッツェに、もうひとつはザヴァダだ。テニス選手のアグニエシュカ・ラドワンスカがポーランドでまだ知られていない時代につくられたものだ。

「そこにしばらくいてちょうだい」クリザが言った。「部屋数も多いから誰もあなたに気づかないと思うわ。それに道路沿いのモーテルのようなものだから、通りすがりの客も多いはず」

「そうとは言えないよ」ぼくは反論した。「バイパス沿いにあるからといって……」

「バイパスってほどの道路じゃないわ」

ぼくはあきれて電話を耳から離して天を見あげた。

「そうやってぼくの揚げ足を取りつづける必要があるわけ？」ぼくはきいた。

「大事なことを早くやってしまいたいだけよ」

「じゃあ、ほかの場所にしたほうがいい。あのホテルにはレストランがあって食事に来る人も多い」

クリザは聞き取れないような小声でぼそっと何か言った。たぶん悪態をついたのだろう。

「レストランに入らないで、ホテルの中を歩くことはできるわよね？」

「できるけど……」

「だったらすぐにチェックインして。そして外には出ないで」

それ以上反論する気になれなかった。それに、彼女が正しいかもしれない。いずれにしても、写真にほかに何が写っていたのかを落ち着いて考えられる場所が必要だ。ぼくたちがエヴァの誘拐犯を捜しているのを感づかれなければ、その写真は消されずにいまでも見られていたはずだ。ぼくは心の中で悪態をついた。

それでもやはり、わからないことがある。

「ヴェルン？　聞こえてる？」

もう、自分の名前を訂正するのはあきらめた。

「ちょっと考えごとしてて」

「考えてないで、さっさと行動して」

「それがきみのモットー？」

「違うわよ。でも、あなたの場合にはそれが必要なの」

ぼくは、通り過ぎる車を目で追いながら黙った。誰もぼくには注目していない気がしてきた。これまで抱いてきた妄想がなくなりつつあった。

「ところで、フィル・ブラッディって誰なんだ？」ぼくはきいた。

クリザは答えない。

「彼はどっちの味方？　それにこのことで、どんな得があるわけ？」

沈黙が続いたので、ぼくはわざと咳払いをした。

「なんて言ってほしいの？」クリザが言い返した。

「なんでもいい」

「わかっているのは、フェイスブックのアカウントを削除してから新たに開設はしてないってことだけ。それになんの痕跡も残ってないこと」

もしかしたら、彼もブリッキと同じ運命をたどっているかもしれないと思い、身震いをした。エヴァを誘拐したのが誰であれ、英国にいる誰かに手を出すほどのことはできないだろう。

ぼくの考えが間違っていないことを願った。

「ホテルまではなんで行くつもり？」

ぼくは悪い夢から覚めたかのように、頭を振った。

「農園までバスが出てるよ」

「だから何？」

「そこから歩いていく」

「目立たないようにしてね」

「そうする」ぼくは約束した。どこか知らない世界にいるような気分だ。そこで何をしたら自分は見つかってしまうのか、本当に目立たないようになんてできるのか、わからなかった。

それでも、待ち受けている不安な将来のことを考えながら、一番近いバス停に向かって歩きだした。

「ホテルに着いたあとは?」ぼくがきく。

「わたしがあなたのところへ行くから」

それで何かが解決されたわけではない。だが、どういうわけか気分が上向いた。

「そのあと、わたしの家でしばらく隠れることになる」

「本気なの?」

「本気じゃなかったら、そんなこと言わないわ。それで、これからどうするか考えましょう」

「できればいま、考えたい」ぼくは答えた。「写真もなければ手がかりも何もない。わかっているのは、エヴァが助けを求めているってことだけ。フェイスブックが全部削除されたってことは、やつらが状況をつかんだってことだ。それがどういうことかわかってる?」

クリザは黙った。きっと、わからないのだろう。

「十年続いたことがもう少し続くってことよね」時間をおいてクリザが言った。「彼女は何とか生きのびられているのは明らかなようね」

それにはぼくも疑いの余地がなかった。だが、自分の身を守るためにこれからエヴァが何をしなくてはならないかについては、考えたくもなかった。彼女がぼくと連絡を取ろうとしたのを知った誘拐犯は怒ったに違いない。

実際に何があったのか、いまになってぼくは実感できた。十年後になってようやくエヴァはぼくにメッセージを伝えられたのだ。彼女は生きていた。自由になるために戦い、行動を起こそうとした。それが一番重要なことだ。

「彼女はぼくたちの助けを必要としている」ぼくは言い、バス停に近づいた。「それもできるだけ早く」

「やるべきことをやりましょう、ヴェルン」

「やるべきことって？」

「落ち着いて全部分析するのよ。あなたは少し休んで、あの写真を細かく思い出してみて」

「思い出せたとしても、それだけじゃだめだ。もっと何かが必要だ」

十七番のバスがないかと探しながら、時刻表を指で追った。このバスはダンボニア通りが始発で、チェンストホフスカ通りの農園まで行く。そこからホテルまでは五、六キロだ。

だが、これが本当にぼくの行くべき方向なのか。自信はなかった。

「何か名案でも？」クリザがきいた。

「ブリッキのアパートに戻る」

「なに馬鹿なこと言ってるの」

「もしかしたらフェイスブックに出ていた写真のスクリーンショットを撮っているかもしれないし、彼のパソコンで何か見つかるかも……」

「完全にどうかしてる」クリザがさえぎった。「何も見つからないどころか、すぐに警察に捕まるわよ。警察官たちがどれだけ細かいか、わからないわけ？」

心の奥ではクリザの言い分が正しいとわかっていたので、口論する気はなかった。むしろ自分の考えを彼女に却下してほしかったのかもしれない。

「ヴェルン、わたしの言うとおりにして。そうすればうまくいくわ」

「もうぼくには、うまくいくことなんてないよ」

時計を見た。バスが来るまで十五分ある。バス停の屋根の下に腰かけ、うなだれた。

「受け身になるのが一番よくない」ぼくは付け足した。「だから、動こうと思う」

「どうやって？」

「タイムラインを利用する。でも、特定の人を探すわけじゃない。あのコンサートの写真を探すんだ」

クリザは電話口に向かってため息をついたようだ。

「ネット上にあるものはすべて見たわ」重々しくクリザが言う。「どこにもエヴァらしき写真は見つからなかった。あるいは全部削除されたのかも。連中は写真がネット上に残らないように気をつけたか。あの一枚は、うっかりして表に出ちゃったのかも」

「やつらはカメラを向けられていないかは注意していたけど、スマホは見ていなかったってこと？」

「そうだと思うわ」

「じゃあ、誰もネットに載せていないだけで、本当はもっとたくさん写真があるのかもしれない」

それは当たり前のことだと思ったクリザは、改めて同意すらしなかった。こういうイベントは記憶に残すのではなく、スマホに残すのがふつうだ。みんなアトラクションそのものを見るのではなく、アトラクションが映っているスマホの画面を通して見ているのだ。

「タイムラインを利用するのは賛成できないわ。ヴェルン」

「もっといいことなんて思いつかないよ」

「自分だけじゃなく、彼女までさらにひどい目に遭わされるかもしれないわ。あなたが別の写真を探していると誘拐犯が悟ったら、彼女の状況は悪くなる」

「どうして?」ぼくは即座にきく。「何か自分の助けになりそうなものをぼくが必死で探していると思うだけだ」

そう思いたかった。やつらはプロとはほど遠い、鈍い数人の誘拐犯のグループだと思いたかった。だが、そうやって自分をだまそうとしているだけだともわかっていた。

「これが唯一のチャンスなんだ」ぼくは言った。

バスが停留所に止まり、排気ガスのにおいが漂ってくる。少なくとも、少しはクリザを納得させられたとぼくは思った。でも、自分まで本当に納得できたのかはよくわからない。

多少のリスクはある。それでもぼくは父に、十七番のバスの停留所で待つように頼んだ。やはりノートパソコンが必要だった。いまの状況ではぼくの古いパソコンでも事足りそうだ。

父が最初に携帯電話を買ったときから番号を変えていたら、連絡の取りようがなかっただろう。当時はまだ、何かのときに備えて電話番号を覚えていた時代だった。いまや、新しい番号をスマホに入力したとたんに頭からは消えてしまう。

父は、乗客がバスから降りている間に、ノートパソコンが入った小ぶりのカバンをドア越しに渡してくれた。

「母さんが食べ物を少し入れてくれた」父が言った。

ぼくは、ずいぶん久しぶりにつくり笑いではない本物の笑顔になった。それ以上言葉を交わすことなく、ぼくたちは互いに見つめ合った。ドアが閉まったとき、父が走り去るバスを目で追っているのが見えた。

子ども時代のキャンプや林間学校に出発するときのような気分だった。だが、あのときといまとでは状況が違う。当時は町を去りながらまたすぐ戻ってくる気がした。いまは、そうならないとわかっている。

ホテルでチェックインをした。誰もぼくに注意を払っている気はしなかった。ノートパソコンが入ったカバンは、ぼくが旅行中だと見せかけるのに役に立った。

使い込んだパソコンを部屋で開け、一番摩滅しているW、A、S、Dのキーを見た。ゲー

ムプレーヤーのコンピュータには必ず見られる現象だ。

ワイファイにつながるのに少し時間がかかる。パソコンはいまにも死にそうだが、どうにか動いている。なんとかフェイスブックに新しいアカウントをつくることができた。プロフィールに適当な写真をアップし、ランダムに数人選んで友達に加えたりもした。

そのとき初めて、頭がしっかりと動き、わざわざタイムラインを使わなくてもいいと気づいた。写真をシェアしてほしいとフー・ファイターズのファンページに載せるほうがずっといい。誘拐犯がプロなら、そのページも監視しているだろう。だが、そうするほうがエヴァの写真に行き着く可能性は高いと思えた。

十数秒ごとにフー・ファイターズのファンページを更新する。誰かがすぐに反応してくれる奇跡に期待した。細かいことはこの際いい。コンサートの写真を探しているとだけ投稿した。そうすれば誘拐犯に気づかれないかもしれないと思ったからだ。だが、その考えはすぐに打ち消された。やつらがアンテナを張りめぐらせているのは明らかではないか。

一時間後に最初の写真が何枚かアップされた。主にスマートフォンからの写真で、友達がタグ付けされている。まだ余韻が残っているコンサートの感動を思い起こすのにいい機会だとでも思ったのだろう。

そこにエヴァの姿はないだろうと期待もせずにだらだらと写真を眺めた。十年来、ぼくには運がないのだから、これぐらいで何かが変わると思えなかったのだ。

案の定、何も変わらなかった。一晩じゅう、人混みの写真の中にエヴァの姿を探したが、収穫はなかった。うとうとしかけたとき、短い聞きなれない音がした。はじめはどこから音がしたのか見当がつかなかったが、新しい携帯電話がショートメッセージの着信を知らせる音だとわかった。

何の期待もなく携帯を手に取った。クリザからに違いない。父には何があってもこの携帯には電話をかけないでほしいと言ってある。ぼくだけでなく、父自身にも害を及ぼしかねないのだから。

にもかかわらず、メッセージは父からだった。

テレビをつけてみろ

それ以上は何も書いていなかったので、何のことだかわからない。リモコンを見つけ、父の言うとおりにした。一チャンネルも、二チャンネルも、主要な民間の局でもぼくの気を引くようなことは何もやっていない。

民放のニュースチャンネルTVN24になったとき、父の言いたいことがわかった。

「オポーレで十年間行方不明だった女性の遺体を発見」と黄色い帯でニュースが流れていた。

11

日が沈むまでは安全だとわかっていた。わたしにはふたつの生活がある。ひとつは、わたしのことを気遣い、思いやりがあり、ロマンチストの夫との日中の生活。もうひとつは、まるで別人のような夫と過ごす日没後の生活。

ヴォイテックの宿題を手伝ったあと、スティーヴン・キングの新刊を数ページ読んだ。わたしはキングの作品を高く評価していた。読者の恐怖心をかき立てるからではない——恐怖なら実生活で充分すぎるくらい味わっている。キングの描写の仕方、最も強い悪魔の描写の仕方に惹きつけられたのだ。人間の精神の中に眠っている悪魔。このアメリカ人作家はわたしの人生を知り尽くし、理解しているような気がした。

しかし、今晩はあまり長くは読めないとわかっていた。ロベルトが寝室に入り、ドアを閉めたときにそれを確信した。ロベルトの動きはあまりにゆっくりで静かだった。自分を制御しているところを演じて見せるかのように。

それからこちらを向き、長い間わたしを見つめた。

自分の中の悪魔と戦っているのか。感情を抑制できた、とまだ自分をごまかそうとしているのか。自分の考えと戦っているのか。自らの心の闇にあるものに負けないよう、全力を尽

くしているのか。

わたしにはわからない。そんなふうに見えるのは確かだ。でも、それがただの見せかけなのか、彼が本当に戦っているのか、判断するのは難しかった。

「本当にそうしなくちゃいけなかったのか?」彼がきく。

わたしは答えなかった。それが一番よい方法だと学んでいたから。謝れば彼の怒りを増幅させるだけだ。そうなると彼の中で支配者意識がどんどん強くなっていく。わたしの支配者という意識だ。

わたしが逆手に出て反論すれば、はじめこそ少しためらいを見せるが、結局はより強くより長く、わたしを殴る。

「彼女と会うのを明日にはできなかったのか?」

ジーンズのポケットに手を入れたまま、わたしのほうに近寄ってくる。そうすることで、なんとか拳《こぶし》をあげずにすんでいるかのように。

「きいてるんだぞ」

「急いでたのよ」

「そうか?」

ロベルトはベッドサイドに立ち、わたしは本を閉じてサイドテーブルに置いた。これから何が起きるかをわたしはよくわかっていた。と同時に、直前に何かが変わることを祈った。

もう暴力を振るわないというロベルトの言葉を信じるべきではない。でも、またいつか同じようなことになったら「きちんとブレーキをかける」と、毎朝、ロベルトはわたしに訴えるように言った。おそらく彼はそう信じていただろうし、わたしもそう願っていた。

「おれの夜を台なしにしやがったな」強い口調でロベルトが言った。

「本当に話さないといけなかったのよ」

「電話だってネットだってあるだろうが、この野郎。連絡を取る方法なんていくらでもある」吐き出すように言う。「なのにおまえはここに連れてきた。それでおれの機嫌を損ねたんだ」

本当にわたしが悪いことをしたかのように、そして自分はもう耐えられないというように、ロベルトは首を横に振り、鼻を鳴らした。

彼がどんな思いなのか、わたしは完璧にわかっていた。それがどんな気持ちかをロベルトは何年もこと細かにわたしに説教してきたのだから。ロベルトは、何かほんの少しでも自分の計画どおりにいかなかったら、感情が抑えられなくなり取り憑《つ》かれたようになる。数時間、頭の中で何度もそのことを思い起こし、感情がさらに高まっていく。

今回も同じだ。

嫌悪の目がわたしに向けられ、しばらくそのまま動かない。そして、ついに激しくわたしの布団をはぎ取ったかと思うと、小声で悪態をつきながらわたしの隣に仰向けになった。

手を頭の下で組んでいる。

意外だった。

今夜は本当にこれまでと違うかもしれない、とわたしは思った。

「あの女を滅多打ちにしてやる」

「ロベルト……」

「それだけじゃない。クビだ」

「グラズルをクビにしたばかりじゃない。これ以上辞めさせるわけにはいかないわ」

ロベルトは天井をにらみつけた。わたしにはそれがありがたかった。わたしのほうを見ていたなら、わたしはさっきより嫌な気持ちになっていただろう。

グラズルもレイマン調査会社を辞めなくてはならなかった。わたしが《バルチック・パイプ》で彼と会ったからだ。以前、数回会ったときと同じく仕事の話のためだった。ただ、最後に会ったときは、そのことをロベルトに言うのを忘れてしまった。

翌日、ロベルトがグラズルをクビにするにはそれだけで充分だった。だから夫の言葉は冗談とは思えなかった。ロベルトは、朝になったら人事部に電話をしてヨラ・クリザとの契約を切るよう命令しかねないのだ。

「知ったことか」ぼやいた。「どうせ役立たずだ」

「重要な案件を……」

「重要だと勝手に思ってろ」

ロベルトは、そう言うとしばらく動かないで横になっていた。そして、わたしなんかとは話にならないというように、また小さく鼻を鳴らした。布団をつかんで引っ張り、わたしに背を向ける。

ほっとした。

「電気を消せ」

わたしは黙って電気を消し、恐る恐る仰向けになる。とても薄い氷の上に足をのせたような気分だ。どこか遠くで氷にひびが入る音が聞こえたが、大事なのは、それでも氷が割れなかったことだ。

十五分間横になっていた。彼の落ち着きのない呼吸が聞こえる。寝ていないのはわかっていた。彼の心の中はまだ燃えたぎっている。

彼がそれを制御してくれることだけを願った。

はかない願い。

ロベルトは突然ベッドから飛び出てバスルームに行き、ドアをバタンと閉めた。すぐに水道の水を流す音がする。鏡に映る自分の顔を見て何度も冷水を顔に浴びせかけているところを想像した。自分の中の悪魔と闘っているのだ。

バスルームから出てきたとき、その闘いに彼は負けたのだとすぐにわかった。

「一晩まったく集中できないだけじゃない。おまえのせいで夜中になっても寝られもしない！」わたしのほうに来ながら言う。「なんで、おまえはそうなんだ？　えっ？」

「ロベルト……」

手をあげていきなりわたしの顔を平手打ちした。わたしは瞬《まばた》きをして、顔を背けた。それがわたしにできる唯一の反応だった。

ロベルトはパジャマの上からわたしをつかみ、ベッドから引きずり出した。わたしを床に押し付け、起き上がろうとしたときにはもうそこに彼がいた。

「ロベルト……」

「黙れ！」

「わたしに言ったこと覚えてる？」そう言いながら、急いで起き上がろうとした。

動かないほうがよかったのかもしれない。でも、道理よりも逃げたい気持ちのほうが強かった。彼はすぐにわたしをつかまえ、床に押さえつけた。

「覚えてる。畜生、覚えてるさ」彼が言う。「おれが毎日身を粉にして働いてるのを、おまえは覚えてんのか？　おまえたちが不自由ないように働きどおしなのを」

ロベルトがわたしの身体を揺さぶり、わたしの頭を床に打ちつけた。

「その代わりにおれがおまえにしてほしいことはなんだ？　そんな大それたことか？」

わたしは口を開こうとしたが、ロベルトの平手がまた飛んできた。

「きいてるんだ！」

「ロベルト……」

「おれはただ、夜、数時間ゆっくりしたいだけだ、畜生！」怒鳴り、さらにひどくわたしを揺さぶる。

そうなると、ロベルトはもう正常な判断ができない。あとはただ状況が悪化するだけだ。

これまでもそうだった。

シナリオはいつもだいたい同じだ。ロベルトは怒鳴りながら次の質問をし、それがどんなに取るに足りないようなことでも、すべてをわたしのせいにする。どうやら、彼の考えでは、ちょっとしたことが引き金になってすべての不幸を引き起こし、すべてがうまくいかなくなるようだ。

より強さを増す殴打を繰り返しながら、わたしの身体を寝室じゅう引きずり回し、腹を拳で殴り、床に叩きつけて蹴る。

クリザの訪問が彼の一日の予定をどんなに台なしにしたか。それで熟睡できないのだ。このぶんだと明日も頭が朦朧とし、商談もうまくいかなくなる。損失が大きくなり、支出を切り詰めなければいけなくなる。それが彼の言い分だった。

そのシナリオは膨らみつづけ、終わりを知らない。次に続くものはどれも、キングが書いているように、最も現実味を帯びた恐怖で燃えさかる焚き火《たび》にくべられた木のように思えた。

それがふつうは数時間続く。ときには二時間、ときには六時間のこともあった。わたしはその後、眠ることができなかった。たとえ結末は、彼の涙と後悔と許し請いと、いつも同じだとわかっていても。

ロベルトはたいてい、その後に自分自身を殴る。バスルームの鏡を割ったこともある。感情が鎮まり、わたしが流した血が固まって痣《あざ》と傷になる頃、彼はまったく別人のようになる。

今回も同じだった。冒瀆《ぼうとく》され、屈辱を受けたわたしを床に残したまま、ロベルトはバスルームに消えていった。しばらくの間、家じゅうが静寂に包まれる。その後、悪態をつきながら自分自身を傷つける音がしてくる。最後には泣き声。

いつもと同様、わたしは自分の傷の評価をしたくなかった。舌で歯を触り、鏡の前に立ち、動いてみるのが怖かった。震えがきたら、たくさんの場所が傷つけられたとわかる。肉体的な傷のことだけではない。

数分後、ロベルトは戻ってきた。視線を上げず、鼻をすすり、一回、もう一回とこめかみを平手で叩いている。わたしの前で片膝をつき、許しを請う。そしてわたしを起こして、ベッドに横になるのを手伝った。ロベルトはわたしの膝の間に顔をうずめた。パジャマのズボンに涙がしみるのをわたしは感じる。

わたしの中でアドレナリンが下がり、それが痛みに変わる。

いつの間にか身近なものになってしまった重苦しい無力感の中で、わたしは朝まで横たわっていた。頭に浮かぶはずの考えもすべて、自分から切り離した。思考停止。その習慣のおかげで、これまでこんなに長く我慢できたのかもしれない。

朝になると、横に寝ている夫は昨夜とはまったく別人のようだった。ロベルトはきまり悪そうでもあると同時に、自分自身に怒っていた。まるで誰か別の人間がわたしを傷つけ、彼はなんとしてでもその人を罰するとでもいうように。

ロベルトは朝食を運んできたあと、長い間、わたしに「気分はどうか」としつこくきいた。いつものように許しを請い、次は、わたしに手をあげる前に自分の手を切り落とすと約束した。

必ず治療するから……。

夜は、別の部屋に閉じこもることにするよ……。

そうだ、きみがもっていられるように武器を買おう……。

前夜にどれだけのことをしたかによって彼の「約束」の内容は変わった。今回はなんでも約束するつもりのようだ。最悪なのは、そういう提案は口先だけではないという確信が彼の目の中に見てとれることだ。

つまり、わたしは、彼が言ったとおりに自分の身を守るための武器をもとうと思えばもてたのだ。

わたしたちは、外からはとても円満な家庭に見えるだろう。本当はハチの巣のようなものだった。軽く棒でつついただけで、崩れて大惨事になる蟻塚《ありづか》のようでもあった。蟻塚はドアの向こうに閉じ込めておかなくてはならない。

十時頃、わたしは海岸を眺めながらリビングでプロセッコを飲んだ。ロベルトはヴォイテックを学校に送っていき、わたしはひとりで家に残っていた。身体の傷の程度は見てみたものの、心の傷の分析はしたくなかった。

けっして最悪ではない、少なくとも見た目は。青痣がいくつかできているが、どれも簡単に隠せそうだ。これまでの経験から、これなら大丈夫だと思えた。ただひとつ、内臓が破裂したかのように絶え間なく続く腹痛だけが心配だった。

スパークリングワインは、いつものように強力な味方になってくれる。わたしは、ケース付きのタブレットを取り出し、それをテーブルの上で開き、ケースを支えにして立てた。ニュースを読みはじめる。いくつかの記事を読んだときに、電話が鳴った。

クリザだった。

「もしもし?」わたしが答える。

「見ましたか?」クリザがいきなりきいてきた。

「何を?」

「どこでもいいから、ローカルニュースのポータルを覗いてみてください」

最初は、ここレヴァルのローカルニュースの話だと思ったが、すぐにそうではないと気づいた。クリザはいま、別世界にいるのだった。エヴァの事件の世界だ。『ガゼタ・ヴィヴォルチャ』オポーレ版を見たとたんに、完全に固まった。

血の気が引いていくのがわかる。同時に、昨夜のことも、腹痛も、夫がこの先エスカレートする前に何か手を打たなくてはという考えも、吹き飛んでしまった。

「そんな、ありえない……」わたしはうめき声をあげた。

「でも、ご覧のとおりです」

「いつ気づいたの？」

「今朝です」

「なのにどうして、いまごろわたしに電話してきたの？」

「もっと早く電話していたら何か変わっていたとでも？　彼女は死んだんですよ。もう何をするにも遅すぎます。それにほかにもいろいろ問題があるし」

頭の中はエヴァのことでいっぱいだったので、いろいろとはどういう問題なのかまでは追及しなかった。わたしは頭を振った。

「エヴァの遺体だっていうのは確かなの？」

「DNA検査で確認したらしいです」クリザが答える。「わたしたちが捜している女性に間違いありません。わたしたちが墓場に連れ込んだ女性です」

「ちょっと待って、それは……」

「事実ですよ。わたしたちがこの問題に深入りしなかったら、エヴァはまだ生きていたはずです」

わたしはグラスに入ったプロセッコを飲み干した。手が震えている。この神経質な反応を誰かに見られているかのように、その手を反対側の脇にさしこんだ。

「わたしたちがそうさせたわけじゃないわ」わたしは言った。

「罪悪感を抱かないように、そうやって自分を納得させるつもりですか?」

「罪悪感を抱く理由なんてないわ。ヴェルネルもよ」

「それはあなたの考えです」

ボトルに目をやった。もう一杯注ぐべきではないが、今日みたいな日は特別だ。いや、やっぱりだめだと心の中で思った。一度許してしまったら、完璧なアルコール依存症になってしまう。深みにはまって、結局はアルコールを断たなくてはいけなくなる。

そんな馬鹿げたことはない。いま我慢しなかったらもうアルコールが飲めなくなってしまうのだ。その恐怖心から、わたしは欲求を抑えた。その思いがむしろ自制心となり、ボトルを冷蔵庫に戻した。

矛盾。わたしの中にたくさんある矛盾のひとつだ。

「わたしたちが彼女の人生を終わらせたんです」クリザが言った。

クリザはわざと婉曲的な言い方をした。「わたしたちが殺した」と言われるよりも受け入れやすいからだ。

「それがどんな人生だったにせよ」彼女はさらにそうつぶやいた。

「あるべき本当の人生からはかけ離れたものだったかもしれないわ」

「そうかもしれません」クリザも認めた。「でも、わたしたちは彼女を助けられたはずです。可能性はあった」

「そうとも限らない。手がかりは消されていたわけだし」

「そうやって自分をごまかすんですね」クリザが小声で言った。「でも、それはあなたが選択することだから」

「わたしの視点ではどう見えるかを話しただけよ」

「あなたの視点からでは、あまり多くは見えていませんけどね」

　この言葉は、ロベルトとともにつくりあげてきた生活に対する不当な中傷のように聞こえた。他人の目からすれば、わたしたちは理想的な夫婦に見える。夢のような海沿いの邸宅に住み、ガレージには高級車が数台、夫婦とも誇りに思っている健康な子ども。会員制の贅沢《ぜいたく》なパーティーにも連れ立って出かけ、そこでの評判もよく、わたしたちの未来はきらきらと輝いている。

　まるで、美しい絵画だ。ただし、その絵画は血と暴力と憎しみと偽りで描かれていた。わたしたちの生活についてのあらゆる批判を予測し、わたしは過敏になっていた。だが、クリザが言いたいのはそういうことではなかったようだ。今回の話はまったく違った。

「あなたは全部を知っているわけじゃないってことです」少しの沈黙のあとにクリザが付け加えた。

「どういうこと？」

「ヴェルンがさっき連絡してきました」

「それで？」

彼女の声は、ひとつの岐路に行き着いたと言いたげだった。わたしは神経質に身体を動かした。

「一枚の写真から何か重要なことを見つけたって、ぎりぎりのところでわたしに知らせてきたんです。酔っているようでしたけど……」

「何を見つけたの？」

「そこまではきけませんでした」

「どうして？」

ため息が聞こえる。

「さっきも言ったように、わたしたちは自分たちの問題を抱えていますしね……。それも、けっこう深刻な問題です」

「なんの話？」こちらから質問しない限りクリザから情報を引き出せない。その状況にわたしは少しいらだちを覚えた。それに慣れるべきなのかもしれないが、彼女のほうも少しは態度を変えてもいいはずだ。

「人事部長がヴェルネルとの会話を中断したんですよ。至急、わたしに話があるって言って」

そのあと、なんという言葉が来るのか、わたしにはわかった。

「わたしはクビだって言われました。それもいますぐ」

フローリングの床の上で椅子を引くと立ち上がった。椅子の脚の跡が床の保護剤の上にくっきりと残った。

冷蔵庫からまたプロセッコのボトルを出し、カウンターの上に置く。だが、小さく悪態をつき、わたしはボトルを元に戻した。

ロベルトは自分の行為を悔いる前に、夜中に人事の誰かを叩き起こして、クリザを辞めさせるよう指示したに違いない。それを予想すべきだった。ロベルトは何度か殴るのを中断してわたしから離れた。わたしは意識が朦朧としていて、そのとき彼が何をやっているのかまで考えられなかった。

「考えてみると、わたしがクビを言い渡されるのも驚くことじゃないのかもしれません」クリザは付け加えた。

「どうして？」

「あの女性を捜しはじめたとたんに遺体で見つかったんですから」

「違う、それは違うわ。心配しないで。なんとかするから」

「することなんて何もありません」

「クリザ、そういうことじゃないのよ」

「もう、どうでもいいです」彼女は言った。「クビになってむしろよかったのかも」

その声はきっぱりしていて、これ以上議論しても意味がない気がした。少なくともいまは。レイマン調査会社で仕事を続けるのは、最悪の決断だとクリザは思っているようだった。気持ちを落ち着ける時間を彼女に与えなくては。そして、ロベルトに解雇の決定を取り下げるように説得しなくては。

できるだろうか？

ロベルトのことはよく知っているので、それが無理なのもわかっていた。それでも今回だけは考えを変えてほしい。

「SMSでヴェルネルの電話番号を送りました」クリザが言い足した。「メッセージには、管理人としてレイマン調査会社の連絡用アプリケーションにログインする方法が書いてあります。わたしの後任者に伝えるか、あなたが自分で使ってください。わたしにはもう関係ないので」

「そんなあっさり……」

「どうしてです？」彼女が口を挟む。「エヴァは遺体で発見されたんですよ。会社を辞めることにならなかったにしても、これでわたしの仕事は終わりです。わたしたちの仕事はフィアンセを亡くした男を慰めることじゃないですから」

こちらに何か言わせる間も与えずに、クリザは電話を切った。これまで雇ったなかでも一番優秀な社員との関係がこれで終わった。

一時間経ってからグラスにワインを注ぎ、少しずつ飲んだ。わたしにしてはずいぶんと辛抱したものだ。二階の仕事部屋のコンピュータの前に座り、首のうしろで手を組み、しばらくじっとしていた。

わたしは不意に、仕事をすべきだと思い直した。まだこの件は終わっていないのだ。ヴェルネルは新しい何かに行き着いた。それが何かを知らなくてはならない。

同時に、夫の機嫌を損ねないように気をつけなくてはならない。クリザと一緒にわたしが力を注いできたエヴァの件を、今後もレイマン調査会社で扱うのをロベルトは嫌がるかもしれない。

今後もわたしがエヴァの件に関わるとなると、ロベルトは反対してくるだろう。

自分が会社にどれだけの影響を及ぼせるというのだろう。自分がどんなに自由を束縛されているかも実感した。ロベルトは、わたしに来る請求書をすべてチェックする。仕事中も、家の防犯カメラを使ってわたしの行動を把握しているに違いない。

それでもわたしは、クライアントと連絡が取れるプラットホームにログインした。それから一回限りのパスワードをヴェルネルに送る。ふつうはクライアントがログインしたときだけそのプラットホームに入るものだが、自分からログインしてヴェルネルを個人的なチャットに呼び込むのがいいと思った。

匿名化することに過度な労力を費やすことはないだろう。いずれにせよ接続は暗号化されているし、メッセージもすぐに削除される。それでも、管理人のアカウントからユーザー名を含むいくつかの設定を変更した。

ユーザー名を入れておくことでヴェルネルは接続先に誰がいるかわかる。長い間彼はログインしてこなかった。わたしは、やり方が間違っていたのだろうかと不安に思いながら緊張して待った。ロベルトへの裏切り行為を自分に許しているような気がした。いや、許しているのではなく、しっかり考えたうえでのことだ。

まるで出張先のホテルのバーの入り口でとても気の合う男性と知り合ったかのようだった。何も不徳なことではないが、それが何につながるかは明らかだった。

ようやくヴェルネルが現われ、わたしはキーボードの上で手を止めた。なんと打ち込もうか考えたが、あまりいい言葉が浮かんでこない。

画面に質問が現われた。

［ヴェルン］カサンドラ？

どこまで彼に説明すべきか、迷った。

［ヴェルン］レイマン調査会社のオーナーでしょう？

［カサンドラ］ええ。

［ヴェルン］クリザはどうしたんです？

［カサンドラ］ほかの案件を担当しなくてはならなくなったの。いろいろあって。

しばらくしてようやく返事がきた。

［ヴェルン］戻ってきてもらわないと。

［カサンドラ］いまのところその可能性はないわ。でも、わたしができるだけのことをする。

メッセージは次から次へと消えていき、カーソルはわたしたちのどちらかが書き込むまで点滅している。わたしは机に肘をつき、モニターを見つめた。わたしのことを信じていいものか、ヴェルネルは確信がもてないようだ。使っているプラットホームの安全は確保されているはずだ。それに連絡を取っているのは、これまで唯一自分に手を差しのべてくれたのと同じ会社の人だ。

［カサンドラ］　あなたが何かわかったってクリザが言っていたわ。

ずいぶん長い間、答えを待たされた気がした。

［ヴェルン］　わかったんです。思っていたよりもずっと大きなことが。
［カサンドラ］　っていうと？
［ヴェルン］　エヴァは生きている。
［カサンドラ］　なんですって？
［ヴェルン］　信じられないのはわかります。でも、証拠がある。

いつの間にか、グラスに手を伸ばしていた。

［カサンドラ］　確かなの？
［ヴェルン］　確かです。

まるで相手がこちらを見ているかのように、わたしは大きくうなずいた。でも、遺体が見つかったんでしょ？　と打ち込もうと思った。だが、それは意味がない。彼だってそんなことはわかっているはずだ。

［ヴェルン］あなたが何を考えているかはわかっている。フィアンセを失ったショックがあまりに大きくて、藁《わら》をもつかむような思いで、ありえないことを妄想しているって思ってるんでしょ？　でも、ぼくの言葉を信じるべきです。

わたしは深く息を吸いこんだ。どう反応すべきかわからない。反論すれば彼を傷つけるかもしれない。かといって、すぐに彼を信じるのも軽率な気がした。結局、ヴェルネルの次の言葉を待つのが一番いいと考えた。

すぐにまた次のメッセージが現われた。

［ヴェルン］彼女は生きている。証拠もある。

第2章

1

レイマン調査会社のオーナーがぼくの言うことを信じてくれるとは思ってもみなかった。調査会社として依頼を遂行しなければならないのだろう。そのおかげでカサンドラはぼくを見放さなかったのだ。この案件が終了するまでの費用はすでにブリツキが前払いしてくれている。だが、会社にとっては報酬より評判のほうが重要かもしれない。途中で仕事を放棄して依頼人からクレームが来たら、会社の評判に傷がついてしまう。

最初のレイマン調査会社とのチャットは三十分以上続いた。カサンドラがぼくを「ヴェルン」と呼ぶことについて、ぼくはあえてコメントしなかった。次第に増えていく略語についてもいちいち質問しなかった。たとえばRICの「C」は、レイマン調査会社チャットの「チャット」という意味だろうと想像がついた。

ぼくは、クリザの復帰について諦めきれなかった。クリザが戻れるようにできるだけのことをするとカサンドラは約束したが、その可能性はかなり低いように思われた。信じられないことに、それはクリザ自身の決断だからだ。

だが、実際には、ぼくはクリザのことを何も知らなかった。エヴァの遺体が見つかったとわかった時点で、クリザはこの調査の打ち切りを宣言することにして、次の調査に取りかかることもできたはずだ。

もし、この件の調査が本当に完了したと判断したのなら、いま、カサンドラがぼくに連絡を取っているのはおかしい。カサンドラがこの件に興味をもつようクリザが仕向けてくれたのは確かだが、それが何を意味するのかは考えてもみなかった。レイマン夫妻についてブリツキが言っていたことを思い出した。金持ちで、幸せで、みんなから尊敬され――そしていつだって、富を増やすのに、あるいはそれを使うのに――とても忙しい。

カサンドラが個人的にぼくを助けるのには、明らかに何か別の意図があるようだ。エヴァが生きているというぼくの確信を彼女はおそらく信じていない。それなのに、自ら仕事を引き継ぐことを申し出た。

エヴァが生きている証拠をぼくは何ひとつ提示していないばかりか、証拠があるとは言ったものの、実はそんなものはないのだ。

現段階で確実に言えることなど何もない。警察の調書は信憑性《しんぴょうせい》があるように見えるものの、誰も信じてはいけないとわかっていた。

いや、ほぼ誰もだ。父から電話がかかってきて、例外がいることを思い出した。出るかどうか迷った。警察が正式にぼくを追跡しはじめているなら、両親も見張られているに違いない。

電話は盗聴されているのではないかと疑ったが、捜査の手はいずれ携帯電話の販売記録にも及び、ぼくの足取りが割り出されるだろう。両親をトラブルに巻き込むことになるかもしれないが、神様は両親がこれまでにもう嫌というほどのトラブルを抱えてきたと知っている。それでもぼくは電話を取った。父の声を聞きたかったし、いずれにしても、前回の会話はすでに記録されているだろう。父はすぐに、ぼくがどこにいるのかときいてきた。はじめは、ぼくの居場所を知ろうなんてどうかしていると思った。

それとともに、この異常な状況にできるだけ早くけりをつけなければならないとも思った。エヴァが発見されては困るやつらにぼくは追われている。そう思うと、気が狂いそうだった。だが、よく考えてみればやつらはもうぼくに用はないはずだ。エヴァの遺体が発見されたらしきいまとなっては、ぼくを追いつづける理由がない。

考えをまとめることができなかった。何が真実で、何がそうでないかがわからない。どの仮説が論理的で、どれが疲れた頭が生み出した妄想なのか。毎晩眠れないことが冷静な考えの妨げとなっていた。

ぼくは、自分の居場所を父に告げた。ぼくには父が必要だった。母も必要だった。あてにできるのは両親だけだ。全部をひとりで抱え込むのは無理だとわかっていた。

ぼくを悩ませている疑問の答えを見つけたければ、車とお金が必要不可欠だ。その現実がぼくを動かした。

両親はそれから一時間も経たないうちに現われた。ホテルの裏で落ち合って、ふたりを部屋に連れてきた。ぼくは部屋のドアを閉め、そこに背中をあずけた。

「何か食べたの？」母がきいた。

　ぼくは首を横に振り、窓の外を見た。

「被害妄想だって言われるかもしれないけど、誰かにつけられていないか、確認した？」今度はぼくが質問した。

「ああ」父が答える。

　ぼくは床に座りこみ、神経質に髪をかき乱した。両親が来る前に頭の中ですべてを整理していた。そして直感から、頼めることはひとつだけだという結論に至った。その直感が、唯一可能なシナリオを与えてくれたのだ。

「すべてうまくいくわ」母が言った。

「わかってるよ」

「エヴァが見つかった以上、わたしたちはもう……」

「あれは彼女じゃない」ぼくは反論した。

　両親が心配そうにぼくを見た。この視線には覚えがある。ぼくがインフルエンザなどの病気にかかって初期症状が出たときに両親から投げかけられる視線だ。

「彼女じゃないのは確かだ」

「でも、息子よ……」

「ニュースでどんなふうに報道されたかは知ってるよ」ぼくは譲らなかった。「でも、これはすべてやつらが仕組んだゲームの一部にすぎない。どうして彼女を殺さなきゃいけないんだ？　何年も経ったいまになって」

ふたりの答えはわかっていたので、先回りをした。

「ぼくはこれからもエヴァを捜す。それは変わらない。エヴァが失踪したときからずっとやってきたことをこれからもやりつづけるんだ」

両親は互いに顔を見合わせた。

「ぼくはこれまで、彼女を見つけだすきっかけさえなかった。だとするとやつらには、見つけられるのを恐れる理由もなかったはずだ。それに、やつらがやってきたことを考えると、あいつらは何かを、あるいは誰かを恐れるような連中じゃない気がする」

両親は黙ったままベッドの上に腰かけた。ぼくがふたりの立場でもやはり黙っているだろう。ぼくは足を出して床の上に座り直すと、膝に手を置いた。

「どこで見つかったことになってるの？」ぼくはきいた。

「知らないのか？」父が言う。

目を通すべきだとわかっていながら、メディアの最新ニュースをきちんとはチェックしていなかった。それは間違いだったのかもしれない。やつらの計画を細かく知ることで、いかにやつらの決意が固いかを思い知るべきだった。だが、ニュースから目を背けるのは、現実に対する抵抗でもあった。起こったことへの抵抗だ。

「川辺よ」母が言う。「ボルコのどこかの」

町の真ん中にある小さな島、ボルコは、散歩、サイクリング、ランニング、カヌーを楽しむ人たちと、缶ビールを空ける若者から毛布を敷いて横になる年金生活者まで、娯楽を探している多くの人たちのための飛び地になっていた。

防犯カメラが設置されていないので、遺体を棄《す》てられる場所、あるいは遺体を発見したように見せかけられる場所はたくさんあった。そういう場所では、本当に遺体がそこで発見されたのか、確認のしようもない。

「どうしてやつらはあえてあそこに遺体を棄てたんだろう?」ぼくがきいた。

「遺体」という言葉が両親に強いショックを与えたようだった。だが、ぼくは、エヴァという名前をあえて使わなかった。あれは、彼女とは無関係の誰かの遺体にすぎないのだ。

「エヴァの遺体だったとしたら、誰にも見つけられないような場所に隠したはずだ」ぼくは付け足した。「何もかもがおかしい」

「捜索を終わらせようとしたんじゃないか」父が言う。「おまえがやつらに近づいていると感づいたのかもしれない」

「どうやって?」

父は「それはわからない」と言いたげにぼくを見た。

「彼女の身元も確認された」しばらく経って父が加えた。

「うん」納得できないままに、ぼくはつぶやいた。「それもかなり早くね」

「いまやDNAの検査はすぐにできる。比較試料がある場合はなおさらだ」

「だけど、いくらなんでもあんなに早いはずがない」

両親の顔に浮かんだ憐《あわ》れみの表情に耐えられず、視線をそらした。ぼくは何年も運命に苦しめられただけでなく、自分で自分を苦しめていると両親は思い込んでいる。発狂する一歩手前まで、ぼくは何がなんでもエヴァの死を否定するに違いないと考えているのだ。

ぼくは立ち上がり、シャツに手をかけた。自分のためというより、むしろ両親のために平静を装わなければならない。壁ぎわのあまり大きくないテーブルの前に座り、母がもってきたバッグを手に取った。

昔、学校に弁当をもって行くのに使っていた容器を見て、ぼくはぎこちなく微笑んだ。

「ヌテラ（チョコ味のヘーゼルナッツペースト）入りのもある？」サンドイッチを取り出しながらきく。

母が、疲れた顔で微笑み返した。

「遺伝子検査は、たとえ国家レベルの重要な問題に関わるものであってももっと長くかかるはずだ」ぼくは付け足した。「こんなに早くできるなんてありえない」

「いつ遺体が見つかったかは報道されていない」父が言った。「だから、かなり時間が経っている可能性もある」

「そんなことはないと思うよ」

「あなたが希望をもちつづけるのは当然のことよ」母が口を挟んだ。「でも、確実な情報でなければ公表はされないってことも頭に入れておかないと……」

「ぼくが唯一確かだと言えるのは、この件は何かがおかしいってことだけだ」

そんなことを言うと、頭がおかしくなったと思われるのではないかとわかっていたが、それはどうでもよかった。少なくともぼくにとっては。ただし、両親の不安のほうは刻一刻と増しているようだった。

「彼女の死因はなんて言われてるの？」ぼくは口いっぱいにものを入れたまままきいた。

「予想される死因だけだ」

「つまり？」

「溺死じゃないかと」

「それだけ？」

父にはそれ以上返答のしようのない質問だった。父は神経質そうに身体を動かし、母は落ち着かせようとしてか、父の膝に手を置いた。

「ぼくが言いたいのは、なんで、誘拐犯は十年も経ってからオドラ川だかボルコの池だかに、エヴァをただそのまま棄てたのかってことだよ。そんなこと、考えられない」

「誰もそうは言っていない。もしかしたら彼女を気絶させて、それから……」

「違う」ぼくは断言し、サンドイッチを容器に戻した。

「どうしてそこまで確信がもてるんだ？　何か見つけたとでもいうのか？」

「父さんと母さんが思っている以上のことをね」

両親はほぼ同時に眉を上げた。同じ反応をするのは今回だけではない。気がついていないようだが、ふたりはよく同じことをした。長年連れ添ってきたので波長がぴったり合っているのだろう。

ぼくとエヴァも何年かすればこんな夫婦になれたはずなのに、という思いが頭をかすめる。

「あのコンサートでエヴァの写真を撮った人がいた」ぼくは言った。

「誰だ？」

「わからない。たまたまエヴァが行ったコンサートに居合わせた人だよ。その写真をインターネットで見つけた」

詳しい話をする気はなかったし、両親もそれ以上はきかなかった。ふたりとも、ぼくの古いパソコンでインターネットを使うことにするなんて言っていたが、見栄《みえ》を張っていただけで試してみたことさえないのはよくわかっていた。インターネットはふたりにとって、あおられてその気になってみても鼻先でかわされる闘牛の赤い布のような存在だ。だが、ぼくにとっては救いだった。

「エヴァはなんとかぎりぎり写真に入っていたって感じだった。顔は見えないけど、Tシャツの一部はよく見えた」

「どういう関係がある？」

「そのシャツにぼくへのメッセージがあったんだ」

「どんなメッセージだ？」父が不審げに尋ねた。

その声から父が疑っているのは明らかだったが、無理もない。クリザが話してくれたことを大まかに両親に説明したものの、ふたりとも聞いたことを消化するのに時間がかかるようだった。

「エヴァにとって、あんなことを仕組むのはさぞや大変だっただろう。それに、細心の注意も払ったはずだ」

母が咳払いをする。

「だからあなたは……」

「誘拐犯にエヴァの計画は気づかれなかったと思っている。それにエヴァはいまでも生きている。ぼくの助けを待ってるんだ」

「おまえの話にはなんの根拠もない」父が言葉を挟む。

「ああ、ないよ」

沈黙がホテルの部屋を支配した。沈黙の意味はどんなふうにも取れた。両親の頭の中に新たな疑惑が芽生える前に本題に入ったほうがいいだろうとぼくは思った。どうしてふたりを説得する必要性を感じたのかはわからない。見つけた手がかりを頼りに進んでいくのに、両親にもぼくを受け入れてもらいたかったのかもしれない。

「父さんたちを待っている間に、ネットに出ているオリジナルのイラストとシャツにあるものとを比べていたんだ」

「ネットに出ているのか？」父が遠慮がちにきいた。「そのグループは架空のものじゃないのか？」

「そうだよ。ロゴもないしCDのジャケットもない。でも、イラストが出てきたんだ。この事件はネット上ですぐに広まったから、たぶん事件について書かれた何かの記事に使われたものだと思う。エヴァはまさにそのイラストを使ってTシャツをつくっていた」

ぼくはノートパソコンを開き、画像を見せた。テントの中のテーブルに置かれた古い受信機が描かれ、その上に赤と青の蒸気が見える。線は繊細でなめらかだった。オリジナル版では、刑務所の囚人を彷彿《ほうふつ》させる人物がフェンスの前に立っていた。Tシャツにはそのイラストの全部は入っていなかった。エヴァは、誘拐犯に警戒させないようにという配慮から、意味がわかるシンボルだけを入れたのだろう。

ぼくはパソコンを両親のほうに向け、画像をさした。

「このイラストとエヴァがつくったTシャツのイラストとの違いは、Tシャツのほうには、あまり大きくはないけどはっきりとした雲が描かれていること。右側は雲の輪郭が塗りつぶされていて、左側はイコライザーの棒グラフになっている」

理解できないという目で両親はぼくを見た。

「これは音の高低を周波数で示す棒グラフ」ぼくは説明した。「イコライザーっていうんだ」

「ああ……」

「それだけじゃ何のことかわからないでしょ?」

またもや沈黙。だが、今回の沈黙の意味は明らかだった。

「でも、ぼくにとっては意味がある」

「どういうふうに?」父がきく。

「これは、有名なロゴなんだ。サウンドクラウドの」

「なんのだって?」

「誰でも音声データを無料でアップロードしたりダウンロードしたりできるサービス。誰かがそこに『ベターデイズ』の一部を入れ、そこにさっき見せたイラストがジャケットの代わりに入ってたんだ」

少なくともひとつのオーディオファイルに、と心の中で思った。検索して出てきたリストのジャケットの中には、エヴァがつくったTシャツと同じイラストのコピーもあった。だが細かい部分が一箇所だけ違っていた。サムネイルの右上の角に、ほとんど気がつかないほど小さなサウンドクラウドのロゴがついていたことだ。

それを見たとき、ぼくはエヴァとつながったと思った。十年の沈黙を経て、やっと彼女の声を聞いた気がした。まわりの騒音にかき消されながらも、かすかに聞こえた。

ただ何を言っているかをつきとめなくては。

サーバーのファイルに入れるのは登録したユーザーだけだ。すぐにアップロードした者のハンドルネームを見た。「ポールフランシス」これが何を意味しているのかはわからない。エヴァがこのサーバーのファイルに入れたときに、このハンドルネームを選んだということ以外は。

その事実を感覚として受け入れるにはかなり時間がかかった。ぼくはついに彼女の手でなされたものに行き着いたのだ。もちろん物理的に行き着いたのではなく、バーチャルな形でしかない。だが、そんなことはどうでもいい。銀行口座にある金だって財布に入っている紙幣と同じくらい現実的だ。

サウンドクラウド上で音楽の視覚化として機能するイコライザーをぼくは目で追った。エヴァが『ベターデイズ』を選んだということは、その曲の中に彼女のメッセージがあるはずだ。

コロンビア革命のエスペホとオルティスとまったく同じことを彼女はやった。ただ、違うのはラジオのアンテナを通してメッセージを送るのではなくインターネットに載せたことだけ。

そのように状況を両親に説明しながら、いわゆるインターネット用語をいくつか使ったが、ふたりともなんの質問もせずにうなずいていた。

「つまり、具体的な曲を彼女はおまえに示した……」父がつぶやいた。

「うん」

「それを聴いたのか？」

「もちろん。父さんたちも驚くと思うけど、歌の間に別のモールス信号が隠されていたんだ」

ぼくはまた笑顔になった。今回のはつくり笑顔ではなかった。

「どんなメッセージだ？」

「ウエブスター」

両親にはそれが何を意味するのかわからなかった。誰にもわからないだろう。ぼく以外は。

2

その日はいつもとまったく違っていた。夜が来るのを恐れるのではなく、むしろ心待ちにしていた。夜になれば、二階の仕事部屋にこもり、ＲＩＣにログインしてヴェルネルがどうしたかを知ることができる。

エヴァが生きていることを証明する何かを彼がつかんだことは確かだ。だが、具体的なことはきいていない。ロベルトが帰ってきたのがわかったので、チャットをやめなくてはならず、ききそびれたのだ。

ロベルトは決まった時間に仕事をするわけではない。定時に出勤しなければならないというものでもなかった。彼の実際の仕事は、レヴァルやその近郊の住民たちが想像するものとはかなり違っていただろう。

わたしたちの生活は見せかけだった。プライベートでも、仕事でも。

予想どおり、ロベルトは花を抱えてリビングに入ってきた。今回は、さほど大きくない、ぱっとしない鉢植えのアイリスだった。ロベルトは、自分が世話をし、大きく花開くようにできるだけのことをすると言った。大輪の花はわたしたちの関係に似つかわしくない。弱々しい茎のほうがよっぽどふさわしい。

わたしは、夫が後悔の念にさいなまれていることを利用することにした。謝罪の言葉とこれからは絶対に変わるという約束がやっと終わったとき、わたしはクリザの解雇の話をもちだした。これ以上のチャンスはない気がしたのだが、間違いだった。

ロベルトはいきなり硬直した表情になり、その視線は完全に冷えきった。

「だめだ」ロベルトはそれだけ言った。

彼の態度がそれまでと一転したのを見て、わたしはそれ以上話すのをやめた。少なくともいまはやめておこう。女性はデリケートだと言われるが、男性のエゴほどデリケートに反応するものはない。

だが、この状況では、いずれにしてもクリザは戻ってくることはできない。たとえヴェルネルが確たる証拠を手に入れたとしても、クリザはエヴァが生きているなどとは信じないだろう。

わたしはプロセッコを飲みながら夜になるのを待った。頭を鮮明にしておいたほうがいいとも考えた。だが、これまでの長年の経験からすれば、プロセッコを控えたことがよい結果に結びついたことはなかったのも事実だ。

アルコールをやめることは、その決定だけでなく、わたしの人生にまで関わってくる。いや、それよりもっと大きなこと、わたしの存在そのものを変えるほどのものなのだ。唯一の錨《いかり》となったのがヴォイテックだった。彼のおかげでアルコールのない状態でわたしは狂気の嵐にさらわれずにすんだのだ。

結局、アルコール依存についていえば、最良の解決策は、すべてをプロセッコという穏やかな水に流すこと。結局、アルコールだけがその助けになるということだ。

リビングのソファでドラマシリーズ『フォーティチュード』を何話か続けて見ながらロベルトと一緒に数時間過ごす。遠く離れた北の極寒の地を舞台にした暗いミステリードラマだが、興奮するほどのものでもない。それでも不条理で自滅的な心地よさをそのドラマに感じていた。わたしは悲しみに浸るのが好きなのだ。それはもうかなり前からわかっていた。

見終わったあとでロベルトはノートパソコンの前に座り、彼が直接関わらなくてはならない仕事を片付けはじめた。そういう仕事は徐々に減っていた。部下に仕事を任せるようになったおかげで、わたしやヴォイテックのために過ごす時間が増えていった。

日中はそんな彼の態度が嬉しかった。大好きなドラマを一緒に見てくれて、最高のレストラン並みの料理をつくってくれ、わたしがまるで彼の世界のすべてというように扱ってくれる。

その分、夜はできるだけ短ければいいのにと思った。

わたしたちの関係は長年、そんなふうに成り立っていた。わたしもこのおきまりの日常に慣れていた。

でもいまは違う。わたしは、自分の仕事部屋に閉じこもれるときをいまかいまかと待っていた。いや、閉じこもるのではない。ロベルトはわたしがそうするのを嫌い、ドアを開けたままにしておかなければならなかった。

ヴェルネルとはＲＩＣを通して連絡を取るつもりだったので、ドアを開けっ放しにすることは大きな問題ではなかった。ヴェルネルとのＲＩＣは、もはやわたしのバーチャルな聖域だ。

RICにログインすると、セキュリティ認証用パスワードを打ち込んだメッセージをヴェルネルに送った。すぐに専用画面が現われる。ヴェルネルはまるでキーボードに指を置いて待っていたかのように、即座にメッセージを送ってきた。

[ヴェルン] やっとだ。

チャットをやきもきしながら待っていたのはわたしだけではなかったとわかり、少し嬉しくなった。でも、ヴェルネルの場合には、その理由がわたしとはまったく違うと気づいたのはしばらく経ってからだった。

[ヴェルン] もっと早くログインできなかったの?

[カサンドラ] ええ。

詳しく説明しないほうがいいと思った。わたしにとってヴェルネルは、個人的な告白を聞いてもらう人ではなく、現実から逃避させてくれる人のはずだ。エヴァについての彼の発見に関わることで、悪夢のような日常を忘れられる。

[ヴェルン] クリザを説得した?
[カサンドラ] 残念ながら、できなかったわ。
「残念ながら」という言葉は嘘っぽく感じられる気がしたので、すぐに付け足した。
[カサンドラ] あの手この手で引き留めようとしたんだけど、ダメだった。この町から離れて、まったく違うことをするみたい。
[ヴェルン] 畜生。
[カサンドラ] ヴェルン、必要なサポートはわたしがするわ。
しばらくまったく返信がなかった。一秒が永遠のように感じられた。耳をすませながらドアのほうを見る。キーボードを打つ小さな音が下から聞こえてきた。ロベルトがまだパソコンの前に座っているようだ。
あまり時間がない。時間を有効に使わなくては。
わたしが何かを打ち込む前に、彼のほうからメッセージがきた。
[ヴェルン] ヴェルネルだ。

わたしは眉を上げる。

［ヴェルン］ヴェルンじゃない。これじゃあまるで『八十日間世界一周』の著者ジュール・ヴェルヌのように、変な旅をしているみたいじゃないか。

［カサンドラ］ある意味、正しいでしょ。

［ヴェルン］ぼくならそんなニックネームはつけない。終わりのない悲劇みたいだし。

わたしはうなずいた。その言葉が、わかりすぎるほど理解できたからだ。

［カサンドラ］何が必要？

［ヴェルン］過去に戻ってショートメッセージを送れる力かな。それがあれば、その昔ゴミで散らかっていた川辺はプロポーズには不向きな場所だと自分宛にメッセージを送る。そして、ネットフリックスの株が市場に出たらすぐに買うように、とね。

まったくポジティブにはなれそうもない状況でありながらも、彼のユーモアにわたしは軽く微笑んだ。

［ヴェルン］ ついでに二〇一四年のワールドカップでブラジルがドイツに七対一で負けることも。賭けで大儲《おおもう》けだ。

どう返信すればいいかわからない。結局、最悪の決断をした。

［カサンドラ］ ☺

絵文字は幸い、すぐに消えた。少なくとも画面からは。いまのヴェルネルには、実は取るに足りない絵文字のほうが複雑な表現よりもずっと多くのことを意味するのかもしれない。古代エジプトでも象形文字を使っていたことを思いながら、わたしはプロセッコを飲んだ。

［カサンドラ］ それ以外に何か必要なものは？

［ヴェルン］ いまのところ、ない。母がサンドイッチをもってきてくれた。

一瞬、冗談かと思った。冗談に違いないと思って、今回は何も書かないことにした。

[ヴェルン] でも、近いうちに必要になるかもしれない。
[カサンドラ] 何が？
[ヴェルン] そのうちわかる。

わたしを信じていないのだろうか。当然だろう。彼からしてみれば、わたしは突然現われた悪魔のような存在で、こちらのそっけない返事は、警告、いやもしかしたらエヴァの調査に対するやる気のなさの表われと思われているかもしれない。

[カサンドラ] できれば、いま知りたいわ。
[ヴェルン] Too bad.（難しいなあ）

グラスをコツコツと爪で叩き、ワインを飲んだ。わたしは言葉こそ少なかったが、この会話はお互いにとって心地よいと思えた。あるいはそう思いたかっただけなのかもしれないが。

[カサンドラ] 了解。じゃあ、あなたが特定できたことについて話しましょう。
[ヴェルン] まず、オーディオファイルをつくったユーザーは、「ポールフランシス」だということ。

[カサンドラ] その名前、ローマ法王、ヨハネ・パウロ二世と何か関係があるのかしら?
[ヴェルン] いや。別のことだ。
[カサンドラ] 別のことって?

返信まで少し間があいた。

[ヴェルン] 歌のメロディーに暗号化されたメッセージがなかったら、そんなこと考えもしなかったと思う。

わたしは髪をうしろにかきあげた。そしてモニターを見つめながら、少し上気した顔を軽く前に傾ける。ここにロベルトが入ってきたら、こんなにもわたしの感情を高ぶらせているのはなんなのかを気にするに違いない。そうなれば、これがヴェルネルとの最後のチャットになってしまう。気をつけなくては。

[カサンドラ] どんなメッセージだったの?
[ヴェルン] ウエブスター。

［カサンドラ］よくわからないわ。少なくとも具体的なことは。

［ヴェルン］きみだけじゃない。誰にもわからないよ。ぼく以外はね。ポールフランシスとの関連した何を探せばいいかをはっきりと示している。

［カサンドラ］どういうこと？


わたしはワイングラスを手の中で神経質に回した。


［ヴェルン］少し不安にさせた？　そうでしょう？

［カサンドラ］ええ、少しね。

［ヴェルン］でも、きみも同じことをぼくにしている。ぼくがきみに対してしてるのと同じように。

［カサンドラ］どういう意味？

［ヴェルン］きみは女友達と一緒になって、今回のことを笑い話にしてるんじゃないかって思ったりする。きみたちが大声で笑っているのが想像できるんだ。


彼に聞こえるかのように、わたしは鼻先で笑った。わたしと女友達。

女友達だけの集まりに行くのを最後にロベルトが許してくれたあと、わたしは三夜続けて行ったことを後悔した。彼は何かにつけその話をもちだしては、信じられないようなことを言ってきたのだ。わたしたちが彼の噂をしていたとか、彼と別れようと考えていたとか、友達がわたしに新しい男を探してくれているとか。
それからはもう、相手が女友達であってもひとりで会うのはやめた。ロベルトと一緒にカップルの集まりにしか行かなくなった。
キーボードに手を置き、しばらく考える。そして、プロ意識に徹するべきだという結論に至った。

［カサンドラ］ ポールフランシス。ウエブスター。どういう意味？
［ヴェルン］ スパイダーマンに興味をもったこと、ないでしょう？
［カサンドラ］ ええ。
［ヴェルン］ ぼくはある。エヴァはそれをよく知っている。

現在形だ。ヴェルネルは本当に彼女が生きていると信じている。

［カサンドラ］ それで？
［ヴェルン］ スパイダーマンのヒット曲を作ったアメリカのソングライターのことなんだ。

ぼくが口ずさんだら、きみもすぐにわかると思うよ。四本の映画にその曲が使われていたから。一作目は、あのサム・ライミのオリジナルバージョン。二作目はマイケル・ブーブレ、三作目は大きなフェスティバルのときに通りで演奏されたもの。それにピーターがこんな鐘をもっているアンドリュー・ガーフィールドのリメーク版でも。

モニターを見たが、どんな鐘かわからなかった。

［カサンドラ］それで、どういう意味なの？

［ヴェルン］次のヒントをどこで探せばいいのかわかった。

［カサンドラ］じらさないでよ。

［ヴェルン］サウンドクラウドに『スパイダーマンのテーマ』って書くだけで欲しかったファイルが見つかったんだ。

わたしは新しいタブを開き、彼と同じことをしてみた。検索結果はたくさん表示された。オリジナルバージョンにはもちろん無数のコピーがあり、それにカバー、スパイダーマンのファンの陽気な作品、関連するほかのサイト、ウエブスターの象徴的な作品に深く関連するものとそうでもないものがあった。

[カサンドラ] けっこうあるわね。
[ヴェルン] 何に注目すればいいかわかっていたら、それほどではない。
[カサンドラ] あなたはわかってたの?
[ヴェルン] もちろん。そうでないとエヴァはぼくにそんなメッセージを残さないよ。
[カサンドラ] それで、どのサイトを開ければいいの?
[ヴェルン] 「タイガー」っていうユーザーがアップロードしたもの。
[カサンドラ] タイガー?
[ヴェルン] エヴァはときどき、ぼくをそう呼んでたんだ。
[カサンドラ] あまりいい響きじゃないけど。
[ヴェルン] それはまあ……ぼくたちふたりの間でのことで。たとえば、イケアでふざけてどちらが先にシーツを替えられるか競争するみたいなもの。家で映画を観るのにソファとブランケットで砦《とりで》をつくるとか。
[カサンドラ] 砦?
[ヴェルン] 昔のことだよ。テレビの前を砦のようなもので囲って映画館のようにするってこと。どうでもいいことだけど。

わたしは軽く笑ってうなずいた。

［カサンドラ］その曲でもメッセージはモールス信号で入っていたの？

［ヴェルン］うん。

そういう情報をわたしに提供することが彼にとってはどれほど嬉しいか、想像ができた。

わたしは不安げにまたドアのほうを見た。階下からは何も聞こえてこないので、心配になる。

［カサンドラ］どんな？

［ヴェルン］bit.ly. というアドレスで。

［カサンドラ］それは何？

［ヴェルン］ＵＲＬの短縮サービス。

わたしはしばらく何も返信しなかった。

［ヴェルン］インターネットの長いＷｅｂアドレスを短いものに変換し、転送しやすくするサービスだよ。

［カサンドラ］どこに送るの？

［ヴェルン］サウンドクラウドのコピーのようなサイトへ。問題はブロックされていること。

［カサンドラ］どういうこと？

［ヴェルン］パスワードを入れないと開かない。

［カサンドラ］パスワード、わからないの？

［ヴェルン］まだわからない。


ヴェルネルが見えているかのように、わたしはまたうなずいた。


［ヴェルン］何が待ち受けているのかはわからない。だけどひとつだけ、確かなことがある。

［カサンドラ］何？

［ヴェルン］やみくもに動くのはもう終わりってこと。エヴァにはぼくに伝えたいことがはっきりとあるんだ。

3

カサンドラ・レイマンはぼくが想像していたとおりの人だった。謎めいていて、口数が少なく、クール。もしかしたら、この件への関心が薄いだけかもしれない。だけど、そのどこか冷めた態度に、なぜか惹きつけられる気がした。

モニターに現われる文字からそんな彼女の人物像をつくりあげた。だが、そんなに奇妙なことではないだろう。最初に本を読みはじめたときから人間は言葉によって頭の中にイメージの世界を膨らませてきたのだから。

ブリッキが一度だけうまいことを言ったことがある。「音楽は現実を刻む」。こんなにぴったりはまる表現は滅多にない。同じように、言葉は人間を刻む。なぜなら、言語は人の考えをコントロールする道具なのだから。ただ、それを適切に使う能力が必要なだけだ。

カサンドラにはそれができる。口数は少ないし、適度な距離も維持している。チャットのやりとりにあまり興味がないように感じることも何度かあった。

買いかぶっているのだろうか？　うちのチームでは最高の選手だけがプレーしているという印象を相手に与える、有能で抜け目なく狡猾《こうかつ》で冷淡な女性像を頭の中でつくりあげていたのかもしれない。

深く考えるのはやめよう。重要なのは、ぼくが見つけた手がかりだ。

パスワードを入れたらエヴァからのメッセージが見られるという確信があった。彼女がまだ生きているという確信も。フィアンセだからこそ、そういうことがわかるのだ。たとえプロポーズから十年経っていても。

だけど、パスワードは何だろう?

ぼくだけにしかわからないものに違いない。フー・ファイターズのコンサートの写真を見て『ベターデイズ』を見つけ、あのページを見てスパイダーマンがタイトルに入ったサイトに行き着くことができるのはぼくしかいないとエヴァは確信していた。今回も扉を開けられるのはぼくだけだという確信が彼女にはあったはずだ。

パスワードが何かを考えながら頭をかいた。これまでの手がかりの中にはない。誰かほかの人間にパスワードを知られてしまう危険があるからだ。だから、エヴァはほかの方法を考えなくてはならなかった。ひとりだけがたどり着けるSMSの一回きりのパスワードに適したものを。

ぼくは部屋の中を歩き回りながら、ありえそうなパスワードを考えた。何も思いつかないのではない。反対に、候補が多すぎるのだ。

ふたりの思い出はたくさんありすぎて、なんでもパスワードになるような気がした。イケアでどちらが先にシーツをかけられるかふざけて競争したのは、無数の思い出のひとつにすぎない。

窓辺に立って外を見た。両親の車がホテルの駐車場に停《と》めてある。ぼくのために車を残し、自分たちはバスで帰ったのだ。古いシュコダフェリツィアは走りはするものの、まるで遺跡のようだ。だがディーゼル車である点は、ぼくの経済状態を考えるとありがたい。

あとはどこへ行けばいいかをつきとめるだけだ。

窓にもたれて考え込む。いろいろな言葉があふれんばかりに流れ込んでくる。そのどれかが正しいに違いない。

原始的な方法、つまり試しに思い浮かんだものをかたっぱしから入れてみるのが、一番いいのではないかと思った。

使い古したエイスースのパソコンの前に座り、最初の言葉を入れる。AMZBGMAN。

これはスパイダーマンのゲームのパスワードのひとつ。エヴァを説得してやらせることができた唯一のゲーム。それもこのチートコード（チートとは、専用ソフトなどを使い、ゲームデータを改造する行為）のパスワードを入れて、簡単にするという条件だけでやった。ゲームのプレーヤーの設定で、ヒーローをバッグマン――マスクの代わりに顔に袋をかぶったキャラクター――に変えられた。これは、なかなかよいパスワードに思えた。とにかく何かから始めなくては。

モニターに星が出てきた。エンターを押すとき、ハンマーで叩いたように心臓が高鳴った。

ページが変わった。

ところが、黒いウィンドウに白いドクロが現われた。

すると今度は、ドクロの下にこれまで何回間違ったパスワードを入れたかの警告が点滅しながら出てきた。

1／3

三回のチャンスのうち一回を無駄にしたということだ。この方法は長くは続けられない。小さく悪態をついた。全過程を綿密に準備したエヴァは、この手の安全策も取らなくてはならなかったのだ。

三度間違えると、このページはなくなり、二度と戻れなくなるのは確実だった。自滅システムかキルスイッチが組み込まれているはずだ。

ぼくは椅子から立ち上がり、また窓のほうに行った。そうやって、たったいまわかった現実から逃げてしまおうとするかのように。

チャンスはあと二回。

あと一回だけ試すことができる。

テニスやバドミントンのコートのそばにあるレストランにやって来る人たちを見て、そういう生活が羨ましかった。この人たちにとっては、週末までまだ何日もあることが最大の悩みなのだろう。

少なくともいまのぼくには無縁の悩みだ。《スパイスX》のオーナーは、連絡も取れないぼくをとっくに解雇したに違いない。

一番人気のメニューの鶏料理を出すこともうない。鶏は生まれる前も死んでからも食べることができる唯一の生き物なので鶏を使った料理はどれも格別なのだ、と上司は言っていた。

　そこには何か詩的なものがあるが、だからといってそれがいまのぼくの問題解決の助けになるわけではない。頭を元の問題に戻そうとしながら、ため息をついた。具体的なものが何も思い浮かばない。首のうしろをかきながら、部屋の中を歩きはじめた。

　ようやくノートパソコンの前で立ち止まり、モニターを見た。

　その瞬間、驚愕《きょうがく》のあまり、固まってしまった。モニターにはもはやドクロマークはなく、デジタル時計が出ている。いつからカウントダウンが始まったのかわからないが、終了まで八分を切っている。

　制限時間だ。エヴァは、パスワード入力の回数だけでなく、このページに来た人に対して考える時間を制限することまで考えていたのだ。

　自分の最期が刻一刻と近づいているような気がする。タイマーを見ながら唾を飲み込むのもままならなかった。パソコンの前に座り、頭を振った。時間だけが奪われていく。

　それなのにぼくは、パスワードを考えるのではなく、どうやったらセキュリティを回避できるかを考えはじめた。IPアドレスとMACを替えればもう一度あのホームページに行ける。カウントダウンをはじめからスタートさせられるだけでなく、パスワードを試す機会もまた手に入る。

いや、そんなやり方が有効なはずがない。

それに、たまたまここに行き着いたインターネットユーザーがそんなことをできるサイトがあるわけがない。あるとしたら、たまたま最初に行き着いた者がエヴァの計画すべてを知ることになる。

サイトは検索にかからないだけでなく、URLも複雑すぎるので、偶然そこに行き着くことはないようにできている。ポール・フランシス・ウエブスターの一部にモールス信号で暗号化されたリンクを見つける以外にこのページに行き着く方法はない。

つまり、すべてはぼくだけのためにあるのだ。

額をこすった。モニターの時計の表示では刻々とぼくの貴重な時間が奪われていく。そしてぼく自身も、誰かから少しずつ奪われているような思いだった。

状況はさらに悪化した。

終了まで残り六分ちょっとになったとき、白いドクロが現われて小刻みに揺れはじめたのだ。画面に長い紐《ひも》が現われ、その紐に無数の針が刺さっている。ドクロの口が開き、針の列が口の奥の闇に消えていく。

カウントダウンが速くなった。

ぼくはキーボードに飛びつき、二回目のチャンスを無駄にしてしまう前に、何でもいいからとにかく何か入力しようと思った。

やはり迷った。そして、時間切れになった。

黒い画面に現われたのは「2／3」。

ドクロは針の刺さった紐とともに消えた。またカウントダウンの時計が現われたが、今回は十五分からスタートしている。今回も終わりに近づくと速くなるのだろう。

ほんの少しでも動いたら時間をもっと早く奪われてしまうかのように、ぼくは硬直したまままったく動かなかった。汗が首をつたうのがわかったが、拭いもしなかった。

ぼくがいま見たものは偶然であるはずがない。ぼくだけに伝えられたヒントなのだ。身震いした。

針のついた紐。それが何を連想させるだろう？

紐だけではない。針と一緒に飲み込まれる。

そのとき、突然ひらめいた。奇術師のハリー・フーディーニ。彼の最も有名なパフォーマンスのひとつだ。長い紐に五十から百本の針を刺し、それを飲み込み、観衆の前で口の中が空っぽなのを見せる。それから手を喉に突っ込むようにして、今度は体内に消えたはずの紐を引っ張り出すのだ。

最後にエヴァと観にいった二本の映画から、ぼくたちは奇術に興味をもちはじめていた。二〇〇七年一月、ヒュー・ジャックマンとクリスチャン・ベールの映画『プレステージ』を観た。三月にはエドワード・ノートンの『幻影師アイゼンハイム』を観にいった。

そのあとユーチューブで奇術師についてのドキュメンタリーを見た。もちろんハリー・フーディーニが一番多く登場し、針を使ったトリックはなかでもぼくたちが最も衝撃を受けたもののひとつだった。

見た目とは裏腹にトリックはさほど危険ではなかった。フーディーニは命をも危険にさらすようなマジックをやるが、このマジックについては違った。ショーの前にあらかじめ口の中に先の尖《とが》っていない針のついた紐を入れておく。先の尖った針がついているほうは、口の中に入れるように見せかけて、実際にはたしか袖の中だか襟の中だかに入れる。口の中が空っぽなのを観衆に見せるときには口の中の尖っていない針をうまく隠すだけでいい。

ハリー・フーディーニ。

エヴァがパスワードとして彼を選ぶのも納得できた。ぼくがすぐに気づくとわかっていたのだ。パスワードが何かも。

カウントダウンを見た。いまはもう時間なんてどうでもよかった。いくら時計が速くなっても、時間内に正解を入力できる。

フー・ファイターズのコンサートから始まってマジックで終わった。

エヴァと過ごした時間が懐かしく思い出された。

ぼくは首を横に振りながら笑った。エヴァに敬服した。すべての要素をつなぎ合わせてひとつにする接着剤のようなものを見つけだす力には、特に感心した。

彼女には女性版フーディーニのような才能がある。だが、このようなふたりの思い出をヒントに使うと決めながら、エヴァはぼくに何を伝えたかったのだろう？　あの日、川辺で消息を絶つと決めたのは彼女自身だったと伝えたいのか。

それについては考えたくなかった。このページの答えが用意されているいまは特に。

エヴァからハリー・フーディーニに考えを戻す。彼は奇術師として名を馳《は》せただけでなく、スピリチュアルの分野で常識を覆した人でもある。死者の魂との交信というテーマを特に好んで扱った。自分の知識を利用し、交霊会で死後の世界から魂を呼び起こす霊媒師たちのトリックを暴いた。

その結果、敵を増やしてしまい、アーサー・コナン・ドイルとの友情も失った。それでもフーディーニは、降霊術といった魂の交信自体が不可能だとは信じなかった。

逆に、死者の魂との交信を実現できる人間がいるとしたら、それは自分にほかならないと確信していた。

最終的にフーディーニは妻と約束を交わした。その約束は、彼がもし死後に彼女と接触する方法を見つけたら……という内容だった。

愛するものとの離別と死後の交信というテーマに思いをめぐらせそうになったが、踏みとどまった。フーディーニ夫妻といまのぼくとエヴァには多くの類似性があることについて考えそうになったが、それをやめたのだ。

隠されたほかのメッセージについて考えるのはあとでいい。いまはひとつのことだけに集中しよう。

考えをフーディーニと妻との約束に戻した。

妻のベスはフーディーニが死んだら彼の魂と接触することができる本物の霊媒師を探すと約束した。そして、彼女は十年間、交霊会に次々と参加することでそれを実現していった。フーディーニはベスに、もし本当につながることができたなら、ふたりだけが知っているキーワードを伝えると約束した。そのキーワードは「ロザベル信じて」だった。「ロザベル」はふたりが一番好きな歌だった。コニーアイランドでふたりが知り合ったときにベスが彼に歌った歌だ。

ぼくはうなずき、白いカーソルが点滅しているブランクにそのキーワードを入れ、エンターを押した。

時計が消え、ページが開いた。

4

階下からパソコンのキーを打つ音が聞こえなくなった。それは、ヴェルネルとの会話をできるだけ早く終えたほうがいいというサインだとわかっていたのでＲＩＣを終了した。だが、気がかりだった疑問の答えはまだ聞けていなかった。

明日まで待たなくてはならない。ヴェルネルと日中に連絡を取ることもできるが、たとえロベルトが防犯カメラで家の中を監視していなかったとしても、使用人の誰かが彼に告げ口するに違いない。

何をしていても視線を感じる。掃除人、庭師、洗濯係のメイド、ガードマン。その大半は、ポーランドにおそらくビザなしで来られる東側の人たち。ここで働ければ、合法的に得られる仕事としては明らかにほかより給料がいいはずだ。

そして、ここで働くことのマイナス点があるとすれば、わたしが常に監視下に置かれていると感じることだろう。少なくとも日中は。

夜は、家の中にはわたしたちだけという感覚にとらわれた。世界じゅうにわたしたちだけしかいないような感覚に。

階下に降り、キッチンにいたロベルトのところに行った。カトラリーの入った引き出しを開けたまま、ロベルトは首を横に振った。

「何回も頼んだはずだ」

わたしはリビングとキッチンの間で足を止めた。

「おれのナイフを右側に、おまえのを左に置くのがそんなに難しいか?」

彼にとってはそれだけで充分怒る理由になる。わたしたちは別々のカトラリーを使っていた。わたしはたいていはスーパーで買い、彼はネットで買う。ロベルトが選んだのは《ゲルラッハ》のセット。千ズロチ近くもするものだが、ためらいもせずに買っていた。

その買い物と同じくらい簡単にわたしに怒りをぶつける。

彼が振り向いたとき、わたしはそうなると確信した。

「どうしておれが頼んだことができないんだ？」

わたしは黙っていた。目もそらさずに。

じっとしたまま、表情のない目で彼を見る。今晩はそんなにひどいことにはならないだろう。一、二時間我慢したら、すべては終わる。朝、目を覚ましてプロセッコを飲めば、夜までなんとかもつだろう。

そうすれば、ヴェルネルがうまくいったかどうかがわかるのだ。

「畜生、そんな難しいことじゃないはずだ」

ロベルトは肩をいからせて素早くこちらにやってきた。抵抗する隙を与えないままわたしの胸ぐらをつかんで、キッチンの中に引きずり込んだ。それから、わたしをゴミ袋のようにカウンターに投げつけ、首のうしろをつかみ、開けてある引き出しのほうに引っ張っていく。

「見ろ！」わたしを突き放す。「右がおれの、左がおまえのだ！　わかったか！」

ロベルトはわたしの頭を少しもち上げた。きれいに並べられたカトラリーにそのまま頭をぶつけられるのではないかと怖くなった。

でも、ロベルトはそうはせず、わたしを向き合って立たせると、吊り棚を片手で押さえてもう片方の手でナイフを握った。自分のゲルラッハのナイフを一本。錆《さ》びないステンレス製で、鏡のように光っている。

わたしの目を突き刺すかのように、ナイフの刃を顔に近づける。

「これでわかったか？　これでどれがおれのものかわかったか？」

「ロベルト……」

「黙れ！　この野郎」

ロベルトは手を放したが、わたしは身動きしなかった。逃げようとしてもいい結果にはならないとわかっていたのだ。ロベルトは身体を大きく振ると、わたしに平手をくらわせた。

それからまたブラウスをつかみ、揺さぶり、わたしにナイフを向けた。

「おまえの愚かな頭に叩き込ませるには、何かしなきゃな？」

「やめて」

「前から何度も言っている！　それなのにおまえはまだ間違える。どうでもいいと思ってるんだ」

ロベルトはナイフを引き出しに投げ入れ、わたしを両手でつかむと激しく揺さぶった。頭が戸棚にぶつかった。わたしに向かって怒鳴りながら、何度も繰り返した。頭がぶつかる音にかき消され、ほとんど何を言っているのかわからない。

わたしは、ロベルトが暴力を止めることではなく、罵声がヴォイテックに聞こえないよう祈った。そして、ヴォイテックも同じようにされないことを。

これまで我慢してきた理由はそこにあった。わたしは、こうやって息子を守っていると深く信じていた。わたしが我慢しなければ、わたしに向けられた殴打はすべてヴォイテックに向けられていたかもしれないのだから。

息子のためにロベルトの暴力を受け入れるのだ。

「いつか叩きのめしてやる。わかったか⁉」

ロベルトは、床にわたしを押さえつけると引き出しを勢いよく閉める。それから前かがみになり、わたしの身体をもち上げて寝室まで引きずっていく。

ロベルトがドアを閉めたとき、苦しみは一、二時間では終わらないとわかった。

結局、拷問の祭りは朝の四時まで続いた。

その後、暴力は後悔に変わる。謝罪し、切々と許しを請い、ついには助けてくれとわたしにすがる。

朝、わたしは自分の傷の程度を見た。今回もまた、身体の傷を隠すのが日に日にうまくなっているのが自分でもわかった。それでも、もう、簡単には傷が隠せなくなっていることも。

ロベルトは朝食を用意してわたしを待っていた。iPadで新聞を読んでいる。テーブルにはヴォイテックもいてネットで何かを見ていた。ロベルトとヴォイテックは自分の考えを言い合い、どう見ても仲のいい幸せな家庭の朝食の風景だ。

カトラリーの入った引き出しの前に立ったわたしは、しばらく目を閉じた。それから無理やり笑顔をつくった。保身のための笑顔。笑顔をつくるというこんなにも取るに足らない小さなことで、そのあとの演技がやりやすくなると、ずいぶん前に気づいた。

引き出しを開けると、彼のゲルラッハのナイフもフォークもなくなっていた。わたしは振り向いて眉を上げた。ロベルトが視線をそらす。

「捨てた」ロベルトが言った。「きみのセットのほうがずっといい」

「わたしのセットは五十ズロチもしなかったのよ」

「いいじゃないか。ただのカトラリーだ。そんなに金をかけることはない」

わたしは首を横に振った。彼のしたことが気に入らなかったのだ。千ズロチをドブに捨てたようなものだと言いたいわけではない。夜になると自分がどんなに変わるかを、日中に思い出してほしかったのだ。

「どこにあるの？」

「だから、捨てた」

ゴミ箱を開けて見たが、カトラリーは見当たらなかった。わたしがゴミ箱をバンッと強く閉めたので、ヴォイテックが心配そうに目を上げた。息子に温かい笑顔を返し、カトラリーは気にしないことにした。ステンレスの切れっぱしのことで喧嘩《けんか》するなんて無意味だ。

それに、遅かれ早かれ立派なカトラリーセットは戻ってくる。これまでもいつもそうだったように。

わたしはテーブルにつき、ロベルトがつくった自家製グラノーラを食べはじめた。彼がこういう朝食を好きじゃないことは知っていた。数時間前にあったことをこれで帳消しにするかのように、わたしのためにつくったのだ。

夫の目の下にはくっきりとくまができていた。彼は暴力を振るうことでカタルシスを感じると、いつも最後にはいなくなり、わたしより長時間、眠った。それでも、わたしなら簡単に隠せそうな目のくまさえ、彼はわからないようにすることができないのだ。

ロベルトはiPadのカバーを閉じて、わたしを見た。

愛とは相手の目で自分自身を見はじめること以外の何ものでもない、といつか誰かが言っていた。でも、夫の目で見たわたしは本当のわたしとはまるで違う他人だろう。

「レイマン調査会社のことを考えてるんだ」夫が言った。

「どういうこと？」

「グラズルとクリザの代わりに誰かを雇うべきか、それともあのビジネスそのものがおれたちにとって必要か？」

「必要に決まっているじゃない」

「どうして？」

「いくつか案件を抱えているって知ってるでしょ？」

ヒマワリの種とアーモンドが喉につかえた。レイマン調査会社がなくなったら、この現実からわたしを切り離してくれる唯一の手段を失ってしまう。

ロベルトは、その気になれば簡単にそれをわたしから奪える。彼はもう何度も似たようなことをやってきた。

ロベルトはときには、わたしに少しだけ自由を与えてくれる。たとえば屋根裏の仕事部屋を好きなように改造したり、調査会社を切り盛りするのを許したり。だけど少し時間が経つと、考えを変える。わたしが自立しすぎて危険だと感じるからだ。

それは彼の偏《かたよ》った思い込みのせいだ。今回に限らず、わたしが自分で何かを決めることで彼から離れていくと信じて疑わないようだ。妊娠中が一番ひどかった。

でも、あのときのことを蒸し返したくはない。ヴォイテックが生まれたあと、ロベルトは、息子がわたしたちを切り離すのではなく、わたしたちをつなげる存在だと認めてくれたのだから。わたしにとってはそれが何より重要だった。

「あのオポーレの女性の一件も終わってるし」ロベルトが言った。「残りも早く終わらせればいい」

「でも……」

「いまあるのは、ビジネス関係が数件とフォト案件がひとつだけだ」

フォト案件とは、配偶者を尾行し、離婚前の汚物をかき集めるような仕事で、調査会社が扱うなかでも最悪のものだ。

「ほかにもまだ……」

「取締役候補者の身辺調査だろ？」ロベルトが口を挟んだ。「わかってる」

ロベルトは当然、何もかも知っていた。偏執的な支配者。他人の領域も未来の自分の支配地とみなす独裁者だ。

「どれも一、二週間で終わらせられる。そのあとで会社をたためばいい」

ヴォイテックの前でことを荒立てないためには、どう答えるべきかと考える。

「この会社は利益が上がっていない」ロベルトが付け加えた。

それは事実ではなかったが、ここで突っかかるわけにはいかない。夫の発言を問題にすることがどういう結果を招くかは嫌というほどわかっていた。確かに日中は、夫がわたしに強く反対することはあっても手をあげることはない。それでもヴォイテックは険悪な空気を感じとるに違いない。子どもは親が思っているよりもはるかに多くのことを見ているものだ。

「でも、支出もそんなにないわ」わたしは言った。

「それはそうかもしれないが……」

「もう少し考えてみて」

「わかった」ロベルトはそう言って微笑んだ。

しばらくしてわたしは息子の頬にキスをして背中を軽く叩いた。ヴォイテックに愛情を示して、両親はもめていないと安心させたかったのだ。一方で、わたしの記憶には昨夜の感情がいまだに鮮明に残っていた。

わたしはその場を離れ、冷えたプロセッコを取り出し、テーブルにひとりで座った。外ではウクライナ人の使用人が忙《せわ》しなく芝生を刈っている。ロベルトに命じられているのか、ずっとわたしを見ている。

ワインを注いだのに飲まなかった。ぼんやりとグラスを見つめたまま、しばらくは立ち上がることができなかった。

ロベルトがレイマン調査会社をたたむ。わたしはそれに対して何もできない。彼の考えが固まったら、これまでもそうだったようにすぐに決断が下される。そして、どんなことがあっても誰もそれを覆すことはできない。

与えられた時間は限られていた。その時間を有効に使わなくては。

グラスを手に取り、二階に上がった。監視カメラが作動していたり、使用人が本当に監視しているなら、わたしが日中に仕事部屋で過ごしたことをロベルトはいぶかしく思うに違いない。でも、この状況ではリスクを負うしかなかった。

SMSで、セキュリティ認証用パスワードをヴェルネルに送り、待った。

やっとヴェルネルが現われる。今回、わたしが設定したハンドルネームに彼はすぐに反応してきた。

[J・ヴェルヌ] ご機嫌のようだね。

[カス] ええ、今日は特にね。

[J・ヴェルヌ] 名前を省略するのが好きなんだね。

[カス] 誰にでも何かしら変わったところがあるものよ。

[J・ヴェルヌ] ぶち壊されるまでは、誰もが自分の計画ももっている。

わたしは眉を上げた。この言葉は不運にもいまのわたしの状況にぴったり当てはまるものだったからだ。彼がそれを知る由もないが。

[J・ヴェルヌ] マイク・タイソンの言葉だよ。言い得て妙だ。ひとつの例外を除けばね。エヴァは自分の計画をあらゆる手段を使って守った。そして、あらゆる可能性に備えて準備をした。

[カス] パスワードはわかったの?

[J・ヴェルヌ] ラストチャンスでね。三回しかチャンスがなかったんだ。

わたしはワインをぐいっと飲み、気分がよくなった。アルコールのせいなのか、ヴェルネルが確かなものをつかめたからなのかはわからない。

［J・ヴェルヌ］フーディーニは彼女を誇らしく思っていることだろう。

［カス］なんの話？

［J・ヴェルヌ］エヴァのことだよ。彼女はすごいことを思いついて……。

そこで途切れ、彼のメッセージは消えた。

［J・ヴェルヌ］たいしたことじゃない。大事なのは、彼女がぼくと連絡を取ったってことだ。

わたしは即座にキーボードに手をやった。

［カス］えっ？ どうやって？

考えもせず、咄嗟《とっさ》に打っていた。もう少し時間があれば、もっとましな返信ができただろう。

[J・ヴェルヌ] ログインしたあとにページが変わったんだ。最初は同じページが更新されたのかと思ったけど、そうじゃなかった。違うページに飛んだんだ。

[カス] どこに?

[J・ヴェルヌ] ディープ・ウェブ。決まってるだろ?

[カス] っていうと?

カーソルが黒いモニターの中で点滅した。返信は来ない。嫌な考えが次々と頭をよぎる。楽観できたのも最初だけだったということだ。

誰かがヴェルネルがどこにいるかを見つけたのではないか? オポーレ郊外のホテルにいるとわかって、彼を捕まえるために誰かを送ってきた。彼の親友のときのように。

身震いした。危険な状況に置かれているのはわたしだけではない。わたしとヴェルネルを結んでいるものは同じもの。現実の生命の脅威。彼のほうはまったく知らない人物からの脅威だが、わたしはそうではない。

でも、どちらも現実的な脅威だ。

ようやくモニターに返信が出てきた。

［J・ヴェルヌ］きみはどうやってネット上で情報をプロテクトしてきたの？

［カス］最新の技術に遅れを取らないよう、常にアンテナを張りめぐらせているわけじゃないの。自分の生活もあるし。

［J・ヴェルヌ］ディープ・ウェブはそんなに新しいものじゃない。

［カス］やっぱりディープ・ウェブがなんなのかを説明できなくてググっていたんでしょう？だから返信まで間が空いたのね？

［J・ヴェルヌ］膀胱《ぼうこう》が要求した休憩だよ。

［カス］そんなはずない。そんなに早く用が足せるわけないもの。

［J・ヴェルヌ］パソコンを膝に乗せて便器に座っていなかったってどうしてわかるんだ？


わたしは笑いながら首を横に振った。


［カス］さあ。

［J・ヴェルヌ］それがネット上の会話のいいところだ。


違う。いいところなのは、ロベルトがこの会話の邪魔をできないことだ。少なくともいま、

ロベルトは事務所に行く必要はないので、ヴォイテックを学校に送ったらすぐにここに戻ってくるだろう。いや、途中で花を買うに違いない。花屋は、ロベルトが今日も買いに来ることを予想してブーケを用意して待っていることだろう。

花屋の目にはロベルトがどんなふうに映るのかを考えると、笑いがこぼれそうになった。誰よりも妻を大切にする、まれに見る愛情深い夫だと思っているに違いない。

［カス］そのファイルには何があるの？

［J・ヴェルヌ］全部。

［カス］っていうと？ヴェルン、謎はもうたくさんよ。

［J・ヴェルヌ］悪いな。ぼくは謎の多いきみを見習っている。

一瞬、いまこそ自分の感情をあらわにすべきときではないかと考えた。でも、いや違うと否定した。ヴェルネルがわたしのことをどう思おうが、関係ないではないか。

［カス］それで？

［J・ヴェルヌ］ファイルには録音されたものが入っていた。エヴァがぼくのために残したんだ。

［カス］だから、そこには何があったの？

［J・ヴェルヌ］全部。本当に。

わたしは小声で悪態をついた。

［カス］あまり時間がないのよ。

［J・ヴェルヌ］残念だ。録音はかなり長い。エヴァは何が彼女に起こったのかを話している。川辺で意識を失ったときから日を追って。

心臓の鼓動が速くなった。それまでは身体の半分しか機能していなかったかのように、血液が静脈の中を二倍の速さでめぐっている気がする。グラスを手に取って、ワインを一気に飲み干した。喉元に泡が溜《た》まった。

わたしは手をキーボードに置いて、深く息を吸った。

何かを打ち込もうとしたそのとき、下でドアが開く音が聞こえた。

5

質問攻めになるのではないかと予想していた。しかし、画面に点滅するカーソルが、カサンドラはこれ以上質問する気がないことを示していた。エヴァのひとつ目の録音のリンク先をぼくが送るのを待っているのかもしれない。一瞬、そう思ったが、RICは切れてしまった。コンピュータの不具合が起きたのだろうか。腑《ふ》に落ちない思いで古いノートパソコンを見つめた。だが、ぼくのパソコンに問題があるわけではなさそうだ。カサンドラがログアウトしたのだ。

奇妙な協力者だと思わざるをえなかった。何を考えているのか理解できなかったが、彼女の助けを得るのにその必要はないのかもしれない。問題は、いま彼女と連絡を取るすべがないことだ。

でも、遅かれ早かれまたすぐに一度きりのパスワードが送られてきて連絡することになるだろう。根気よく待つしかない。

RICのタブを閉じ、ほとんど何もないウィンドウをまた見つめた。

そのウィンドウはインターネットの画面の裏のどこかに隠れていて、カサンドラとチャットをしていた間、ぼくをずっと待っていたかのようだった。暗闇の中に隠れてはいるものの、手の届くところにあった。そこにたどり着くには行く道を照らしてやるだけでよかった。白いバックに蜘蛛《くも》の巣とイコライザーバーが現われる。ぼくのお気に入りのヒーローのコスチュームを思い起こさせる。

エヴァが残した音声ファイルを聴き終えたとき、蜘蛛の巣もまた隠喩《いんゆ》だと気づいた。エヴァの人生。ぼくが知らなかった、巧みに隠された人生。

最初のファイルのタイトルは「あなたと知り合うまで」だった。「再生」ボタンを押したとき、夢と現実の境界を越えるような気がした。

エヴァがぼくの人生に戻ってきた。

だが、それはぼくが人生の大半をともに過ごしたのと同じ人物ではなかった。いまになって彼女は本当の顔をぼくに見せようとしている。秘密をすべて明かすことで。「野次飛ばし席」で起きたあの不運な夜のあと、彼女に何が起きたかについても。

蜘蛛の巣の中にあるイコライザーバーが動いた。その後、スピーカーから聞こえてきた声は、別世界のもののように思えた。

あなたと知り合うまで

あなたはずっと前からわたしのことを知ってると思ってたでしょう？　わたしもそう。

鏡には、あなたがいつも見ていたのと同じ女性が見えていた。でも、それはあくまで鏡に映しだされた顔にすぎなかったの。

手遅れになる前に何もかも話すべきだった。わかってる。でも、「そのとき」がいつくるのか、わたしには知る由もなかった。まだ時間はたっぷりあると思っていたから。わたしたちには幸せな未来があるって信じてた。それを壊したくなかったの。わたしたちは安全だって思おうとしていた。わたしが信頼している人たちもみんなそう言ってくれていたし。

だから、あなたに真実を明かすのを先延ばしにしてたの。期限なしの「先延ばし」。それは、自分が重病にかかっているって感づいていながら、病名を宣告されるのが怖いから医者に行くのを遅らせるみたいなものだった。

あなたがプロポーズをしてくれたとき、これ以上先延ばしにできないってわかってた。あなたには、結婚をする前にすべてを知る権利がある。あなたが何に足を踏み入れようとしているのかを、はっきりと知らせるべきだった。

でも、あんなことになってしまった。

あの夜から鏡に映った自分についてさえ、もう思い出すことはなかった。それでもなんとかわたしは生きのびた。あなたにこのメッセージを録音しようと決めるまで、何年もかかったわ。だけど、タイガー、あなたの助けが必要なの。それに、もし誰かを頼れるとしたら、あなたしかいないの。

順を追って、すべてを話すわ。すべての質問にいっぺんに答えてほしいって思ってるでしょうね。でも、そうする前に、まずはわたし自身のことをわかってもらわないといけないの。話のはじめから知ってもらわないと。

そうでないと、わたしがどうしてこんな決断をしたのか、わかってもらえないから。どうしてあなたの人生から消え去ったのか。そしてなぜこんなにも長い間、わたしから何の音沙汰もなかったのか。

最初から始めるわね。

スクロールバーを探してるの？

このプレーヤーには残念だけど、そんな機能はない。ファイルをディスクにダウンロードすることもできない。わたしがそうしたから。あなたは、わたしが決めた条件のなかでこの答えを聴いてほしい。これは、あなただけに話しておきたいわたしの人生だから。

だから、聴いて……。

わたしの両親とあなたの両親の仲がよかったことは一度もないけど、それはわたしたちにとって秘密でもなんでもなかった。だいたい笑って受け流し、親についてはお互いに冗談を言ったり、双方が仲よくなるためにありえないシナリオを考えたりしてたわよね。深刻な話になりそうなときは、わたしたちの両親はそれぞれがまるで違う環境で生きてきたのだからしかたない、ということで片付けていた。

たとえば、うちは一、二年で車を一番スノッブなメーカーの最新モデルに買い替えるような親だったけど、あなたの両親が買うとしたらシュコダフェリツィアくらいで、それ以上を望んでさえいなかった。

そういうことを考えただけでお互いに仲よくなるのは難しそうだった。でも、実際には、仲よくなれない理由はあなたが思っていたことではなかった。お金やキャリアや価値観の問題じゃなかったのよ。

あなたの両親はいい人たちだった。

でも、わたしの両親はそうじゃなかった。

わたしを育ててくれたし、必要なものはなんでも与えてくれたけど、かといって、贅沢はあまりさせなかった。信じられないかもしれないけど、両親自身もさほど贅沢はせず、慎《つつ》ましかった。

実際には一、二年どころか、数日で車を買い替えられるだけのお金もあったのに。

わたしの父はふつうの法律事務所を経営してると思ってたでしょ？　違うの。一番たくさんの報酬を支払ってくれる人たちを助け、その人たちに二十四時間サービスを保証していた。モラル的な歯止めがまったくない人だった。法をうまく利用してね。

多額の報酬目当てで仕事をするようになってから数年後には父が違法な活動をしているク

ライアントを探しているようにさえ思えた。お金が一番集まるのはそこだって知ってたから。富を築くことだけが父の生きがいだったの。

もてばもつほどもっと欲しくなる。まさに父がそうだった。税務署の目をごまかすために稼いだお金を自由に使うことさえできなかったのに、父は金儲けに取り憑《つ》かれていた。せめて母が別の価値観をもっていたなら、どこかの時点で父を止められたのかもしれないけど。

でも、母も同じだった。ふたりはお似合いだったってことね。ふたりともお金を貯《た》めることに夢中になり、病的だった。お金は、それ自体が目的じゃなくて何か目的を達成するための道具にすぎないってことをふたりとも忘れていた。お金があればなんでも買えると信じきっていた。買うことができないものがあるってことをわかってなかったのよ。

長年、わたしは両親と同じように世界を見てきた。だって、娘だから。あなたは知らなかったでしょう？　あなたの前ではうまく隠していたから。でも実は、わたしたちが選んだ道を進みながらも、いつかお金が足りなくなるのではないかっていう不安をいつも心の奥に抱えていたの。

それが強迫観念のようになることもあった。

でも、あとでわかったのよ。わたしの最大の恐怖は、まったく違うところにあるって。つまりあなたの知らない本当のわたしを、あなたにいつか知られてしまうのが怖いんだって気づいたの。

わたしにとって一番大切なのはあなただって思い知った。だから、自分自身が変わらなくてはならないって。

誰かに対する愛ではなく、お金に対する愛が中心の教育から抜け出すためなら、できることは何でもした。そして、ついに抜け出すことに成功した。あなたのおかげよ。だって、本当に大切なものは何か、わたしに教えてくれたんですもの。

両親がそういう人に出会わなかったのが残念だわ。

もし出会っていたら、あんな悲惨な事件も避けられたかもしれないのに。それから一年も経たないうちに、あなたはプロポーズしてくれたわけだけど。

自動車事故？　いいえ、両親の死は事故なんかじゃないし偶然でもない。ふたりは殺されたのよ。

それについては、次の録音で話すわ。いまは、両親の死からすべてが始まったことだけ知っておいて。わたしが陥ったスパイラルはあの事件が発端だった。そして、あなたまで巻き込んでしまった。

両親だけじゃなくて、わたしにも罪があるのよ。

よかれと思ってやったことが、逆に悲しみと苦しみをわたしたちにもたらしてしまった。どうしてこんなことになったのか、あなたにわかってほしい。どんな家庭でわたしが育ったかをあなたに知ってほしい。わたしの両親がどれほどいかがわしい世界で生きてきたか。そして、両親のせいでわたしがどんな人たちと関わりをもっていたかを。

あなたとはまったく違う環境でわたしは育った。わたしは過ちを犯してしまった。いけないとわかっていながら、それをあなたに隠していた。すべてがほころびはじめたのは、両親が亡くなったときだった。

ここまでわたしが話したことすべてについて、考えてみてほしい。

それで、心の準備ができたらヴロツワフに行って。

わたしが介抱しなくちゃならないぐらい、あなたがひどく酔っ払ったあの場所。そこに次の録音が入ったUSBメモリーがあるわ。ここに入ったのと同じパスワードでロックを解除できるはず。

じらしてごめんなさい。でも、この録音が本当にあなたの手に渡ったのだという確証が必要なの。あなたが存在するという物理的な確証。それが得られて初めてわたしはあなたの存在を現実のこととして認められるの。

それに、人生、何が起こるかなんてわからない。もしかしたらそのどこかで、あなたはわたしを見つけられるかもしれないわ。


録音は終わった。気がついたらぼくはまた息を止めていた。いま聞いたことはどれも釈然としなかった。エヴァは確かにいつもお金には困ってなさそうだったけど、贅沢三昧《ざんまい》をしていると思ったことは一度もない。

でも、彼女のお父さんが税務署に目をつけられるのを過剰に恐れていたことが事実なら、いろいろなことの筋が通る気もした。

聞いたこと全部を頭から振り払おうとして、ぼくはこめかみを押さえた。録音を聴きながら、エヴァが近くにいる気がした。何もなかったかのようにぼくを待っている。

でも、これがいつ録音されたものなのかわからない。それにこのあと、彼女に何が起きたのかも。

結局、警察が見つけた遺体が本当にエヴァとは別人のものなのかどうかもわからなかった。

裏世界との怪しい関係について彼女が語ってくれたいまとなっては、何でも起こりうると思った。ぼくの疲れ果てた頭は、さっそくこの状況を利用して、最も悲惨で悲観的なシナリオをつくりはじめていた。

疑問と不安をすべてここに置いて行けるかのように、すぐに出かけることにした。ノートパソコンをしまい、窓辺に立って時計を見る。父はもうここに着いていいはずだ。着替えを少しと旅行カバン、それにお金を持って来てくれることになっている。オポーレに戻ってこられるのはかなり先になりそうなので、それなりの準備をしなくてはならないと思った。

ところが、父が来た形跡はなかった。取るに足りないような約束でも父はまず遅れることはない。心配になってきた。

ぼくが次の手がかりに行き着けたことを誰かに知られたのかもしれない。そう考えると、喉が締めつけられる気がした。

いや、そんなことはありえない。バーチャルな世界でのぼくの発見を知られるはずがない。偶然だとしても誰かがアクセスできたりしないように、エヴァは細心の注意を払った。ディープ・ウェブに隠したのだ。

窓枠にもたれかかり、遠くに見える平原に目をやった。婚約者にどんなことが起こったのだろうと考えてみる。そして、まだ彼女を婚約者と呼ぶことができるのかも。

そうした考えは、きわめて危険な化学反応の触媒《しょくばい》のようだった。実際、その考えはぼくの頭の中に熱核反応爆発を引き起こした。それに続いて、原爆のキノコ雲のように次の疑問がむくむくと現われた。

レイプのあとにいったい何があったのか？　なぜ、エヴァはこんなに長い間、姿をくらましていたのか？　フィル・ブラッディとは誰なのか？　なぜ、ブリツキが死ななくてはならなかったのか？　いったい誰が殺したのか？

一緒にいたとき、エヴァがぼくに隠していたことは何か？

長い薬物依存治療を受けた麻薬中毒者が、麻薬が欲しいと思った瞬間に誰かから麻薬をもらったような気分だった。

心の乱れは身体にも影響する。手が震えはじめているのに気づいた。ぼくは瞼《まぶた》を閉じ、深呼吸をして、こめかみを押さえた。ふたたび目を開いたとき、ホテルの駐車場にタクシーが止まるのが見えた。

父が運転手に料金を払い、そのままそこで待っていてくれと頼んでいるようだ。父が車を降りるのが見えたので、ぼくは振り向いてカバンを取った。出かける準備はできている。ドアを開ける前にもう一度窓の外を見た。

そのとき、黒のオペル・ベクトラが少し離れたところに駐車しようとしているのが見えた。覆面パトカーの車のナンバーまでは知らなかったが、警察官がこの車種をよく使うことは知っていた。

しばらく車内にいるふたりの男の様子を観察した。すると、車から降りずに、父のほうをじっと見ている。

問題が起きたようだ。

6

わたしは何も言わずにただ食べていた。ロベルトとヴォイテックが宿題を解くのに忙しかったからだ。数学の才能を自慢できたことなど一度もないわたしは、ふたりの会話に加わるつもりなどない。

そもそも、学校の宿題が多すぎるのだ。夫と息子を見るだけでもそれがわかる。食事の席でさえ、宿題に時間を割かなくてはならないほどだ。ある研究によって、宿題にかかる時間が一日七十分を過ぎると子どもの精神に害を及ぼすことが明らかになっている。ほかの研究結果は、それが続くと慢性的なうつ病を引き起こす可能性があることを示している。

わたしにとって一番説得力があったのは、デューク大学の教育研究家、ハリス・クーパーの言葉だ。こういう宿題の出し方が生徒にとって有益だという根拠はまったくないことを彼は立証したのだ。

それでも、子どもにとって必要な知識を吸収するのはとても重要だとでもいわんばかりに、わたしたちは子どもに宿題をやらせつづけた。ロベルトではなく、息子のヴォイテックに意識を向けるように努めた。

なのに、わたしの意識は、宿題からも、宿題がどのような影響を息子に及ぼすかという問題からもそれていき、息子にとって父親はどのような影響を及ぼすかということばかり考えてしまった。

大人になったらヴォイテックもロベルトのようになるのだろうか？　彼のどこか深いところに、わたしが知り尽くしている悪が潜在しているのだろうか。そして、それがいつか表面に現われるときが来るのだろうか。

そうすれば答えが見つかるとでもいうかのように、わたしはプロセッコを飲んだ。グラスを置いたとき、スマートフォンのディスプレイが光っているのが見えた。音とバイブレーションは消していた。食事中は誰にも邪魔されたくなかったからだ。

誰かから電話がかかってくるはずがない。

特にクリザからかかってくるとは思ってもいなかった。

わたしは眉をひそめて電話を取った。夫の様子をうかがいながら席を立つ。宿題に夢中だった彼は、わたしが席を離れたことにもほとんど気づいていないようだ。

「それで？　やっぱり考えを変えたの？」わたしはあいさつがわりにクリザに言った。

「いいえ。だからといって、すべてがどうでもよくなったってわけではないので」

わたしはテラスのガラス張りのドアの前に立ち、海を見た。空は雲に覆われ、一日じゅう、天気がよくなることはなさそうだった。強い風が吹き、遠くに見える波が不安にさせた。

正直なところ、クリザの答えにほっとしていた。「レイマン調査会社に戻ることにした」と彼女が言いだしていたら、わたしは難しい選択を迫られただろう。夫をもっと怒らせながらも、会社を救いクリザが戻ってくるように努めるか。夫の機嫌を損ねないで自分の計画を実現させるか。

幸いにも、クリザは戻りたいとは言わなかった。

「どうして電話を？」わたしはきいた。

「ご存じのとおり、地元の人と連絡を取っていたんです」

「地元の人？」

「わたしに情報を提供してくれたオポーレの人たちです」

「アフリカの部族か何かみたいな言い方ね」

「どう呼ぼうがいいですよね」クリザはつぶやいた。「わたしにとっては、しょせんみんな他人ですし」

わたしは微笑んだが、何も言わなかった。

「そのうちのひとりがちょっと前に電話をしてきたんです」クリザが言う。

「誰が？」

「私的情報源ですよ」

「クリザ……」

「わたしに協力してくれている人を裏切るわけにはいきません」彼女はきっぱりと言う。

「あなたがそういう関係を利用したいと思っているいまは特にね」

その言葉には少し敵意が含まれているように聞こえたが、驚きはしなかった。クリザは、そもそも、口下手《くちべた》で人付き合いが下手なのだ。

「つまり地方警察の私的情報源です。あなたに教えられるのはここまでです」

「どこかの警察官ってこと？」

「いいえ。警察官とは親しくなりませんから」

「まあいいわ」わたしはさえぎった。「で、エヴァの件について何かわかったの？」

「いいえ。ヴェルンのことです」

「具体的に言って」

「彼には逮捕状は出ていないみたいです」

わたしは肩越しに夫を見た。まだ息子と算数に夢中のようだが、とはいえ、わたしが話していることにまったく気づいていないわけはない。

でも、わたしのほうを見向きもしない。

「それはいいニュースよね？」わたしは言った。

「それはそうなんですけど……」クリザは自信なさそうに答える。「でも、それだったら警察官たちが彼を捜しているのは腑に落ちません。その情報源の話が本当だとしたら、必死に捜しているらしいので」

「どうして？」

「わかりません」

「ただヴェルネルに事情説明してほしいだけかもよ」

「いいえ、そんな感じではないらしいです。警察は彼をつかまえたいようなのです。法的にどうこうではなく」

「法的にどうこうではなく？」

「ええ」そう答えて、クリザは咳払いをした。「ヴェルンに対して正式な逮捕状が請求されていないにもかかわらず、逮捕間近の容疑者として扱われているとすれば、それが何を意味するのかわかりませんか？」

「こういう問題を仮定では考えないようにしているの」

クリザはしばらく黙っていた。わたしは黒い雲を見つめた。雲は空全体を覆っている。

「それならこの場合、問題は簡単です」

「そう？」

「もうすぐそれが仮定ではなくなります。警察は彼をつかまえに行きますから」

「なんですって？」

「郊外のホテルで見つけたみたいです。ヴェルンは、逃走する際の基本的なミスを犯したのでしょう。誰か仲間と連絡を取ったとか」

わたしは心の中で悪態をついた。

「彼に電話して」咄嗟にわたしは言った。

今晩、ロベルトにすべてを説明し、詳細を伝えなくてはならなくなるだろう。それが絶対によい結果を招かないのは明らかだ。わたしにとっても、この件をレイマン調査会社でこのまま扱うことにとっても。

「ヴェルンに忠告すべきよ」わたしは食い下がった。

「馬鹿なことを言わないでください」

「でも、いま彼がつかまったら……」

「つかまったら、なんですか？」

クリザはヴェルネルが新しい手がかりを見つけたことを知らないのだ。どんなに核心に近づいているかも。わたしにはそれを彼女に伝える時間も権利もなかった。

「あなたがわたしのことを完全には信用していないのはわかってる」わたしは言った。

「そうかもしれません」

「そうだとしても、少なくともいまだけは、信じてほしい。ヴェルネルについてだけじゃなく、とにかくわたしを信じてほしいの」

わたしはテーブルに背を向けて立っていたにもかかわらず、ロベルトがもう顔を上げている気がしてならなかった。

「今回だけはわたしを信じて。そして彼に知らせて」

「できません」

「クリザ、わたしは本気で言っているのよ」

「わかってます。だからこそ彼と連絡は取りません。彼がつかまり、電話を調べられたら、わたしが電話をかけようとしていたことがわかり……正式にはどういうんでしたっけ？　司法妨害でしたっけ？」

ドアのガラスを平手で叩きたい気分だった。

「そんなリスクを冒すことはできません」彼女は言い足した。「いまは、何も傷のない履歴書も必要ですしね」

わたしが何か言おうとしたときにはもう電話は切れていた。最後の言葉が別れの言葉に充分だと彼女が考えたのは明らかだった。本当にそうだったのかもしれない。

彼女が情報を伝えてくれただけでも上出来だと思うべきだろう。問題はどうやってこの情報をヴェルネルに伝えるかだ。わたしのどんな些細な動きもロベルトの過剰な関心を刺激するだろう。

電話を使うことはできない。使えるのは、RICシステムだけだ。わたしができるのは、アカウントにログインし、セキュリティ認証用パスワードを送ることだけ。そしてヴェルネルが現われるまで待つ。それを間に合うようにできるなら。

やってみるしかなかった。

プロセッコを注ぎ足し、ヴォイテックとロベルトの背後に立った。ふたりの椅子の背に寄りかかり、夫の背中に手を当てる。外面《そとづら》をつくろうためだ。

いくつかあたりさわりのない話をしながら、わたしには算数は黒魔術のように見えると強調し、ロベルトにキスをしてからゆっくりその場を離れた。一番大事なのはいつもと違う過剰な動きをしないこと。そう、ロープの上でバランスを取るときのように。

足を踏みはずしたが最後、どれだけの深淵《しんえん》が待ちかまえているのかと不安だった。

仕事部屋に入り、すぐにパソコンの前に座った。URLを打ち込み、ログインしてパスワードを入力する。それから急いでヴェルネルに認証用パスワードを送る。机を指で叩きながら待つ。

モニターから目を離し、開けてあるドアのほうを見る。そしてまた画面に視線を戻す。その時間が永遠のように感じられた。

ヴェルネルはまだ現われない。下からかすかに聞こえる声が、まだもう少し時間があることを物語っていた。でも、そう長くはない。平静を装ったおかげで、ロベルトはわたしの行動にすぐ反応することはなかった。それでも稼げるのはせいぜい数分だろう。

やっとヴェルネルが現われた。

ほっとした、少なくとも一瞬だけは。

[ヴェルネル] あまり時間がない。警察がここにいる。

「ああ……」わたしはつぶやいた。

返事を書こうとしたとき、こちらに近づいてくる足音が聞こえた。小さな声で悪態をついた。

ロベルトが最後の段に足をかけた。

［カサンドラ］逃げて。

それ以上入力することはできなかった。ＲＩＣを切り、入り口に立つ夫に向かって微笑んだ。

7

ぼくは急いでノートパソコンを閉じるとカバンの中に入れた。カサンドラはぼくに忠告したかったのだが、間に合わなかった。ほんの数分の遅れ。だが、その数分でぼくは逃げられたかもしれない。

もう遅い。

「息子よ？」心配そうに父が言った。

父はぼくの態度に驚いたに違いない。無理もない。父が部屋に入るとすぐに、ぼくはドアを閉めたが、何も説明しないうちにセキュリティ認証用パスワードがＳＭＳで送られてきたのだから。

「何があったんだ？」父がきく。

「覆面パトカーが父さんのあとをつけてたんだ」

父は大きく首を横に振った。

「誰もあとなんかつけてきてない。確認した」

反論する気になれなかった。少し前ならぼくも警察に尾行されているなどとは思わなかっただろう。だが、カサンドラの忠告で、つけられていると確信していた。

「確かにつけられてたよ」

父は不意に青ざめ、窓のほうを向いた。何か言いたそうだった。否定したかったのかもしれない。もしかしたら謝りたかったのかもしれない。だが、どちらも言わせる間を与えなかった。

「もうどっちでもいいよ」ぼくは言った。「とにかく応援が来る前に、できるだけ早くここから逃げないと」

父は不審げにぼくを見つめる。ぼくは続けた。

「どうかしてるって思うだろうね。でも、今回の件はぼくたちが考えていたよりずっと深刻なんだ」

「本当に張り込まれてはいないのか？」

「張り込まれてはいないみたい。でも、もうすぐ警察官が数人配備される」

「おまえのことなんて何も報道されてないぞ」

「だからヤバいんだよ」ぼくはつぶやいた。「やつら、自由に動けるだろ?」

「誰のことを言っているんだ?」

「警察内部の怪しい連中だよ……よくわからないけど。謎を解いてくれるUSBメモリーがヴロツワフにあるはずなんだ」

「どこだって?」

「とにかく、気づかれないように車のところまで行かないと」

　父は首を横に振った。電車やバスの検札すらごまかせない人間が警察の手から逃げるなんてありえない。父の仕草を見ただけで、そう思っているとわかった。

　これまで警察をまいた経験などない。初めてやることがいつも失敗するとは限らないじゃないかといくら自分に言い聞かせてみたところで無駄だった。

　ぼくに残されているものはいったい何か?　着替えが数着と現金。いざとなれば、車がなくてもなんとかなるだろう。

　問題は気づかれないようにホテルを出ることだ。警察の連中がこのホテルに初めて来たのなら、正面玄関だけでなくプールとその先のテニスコートや森につながる裏口からも外に出られることまでは知らないかもしれない。

追ってきたのはやつらだけで、ほかには誰もいない。いや、ぼくがそう思っているだけなのか？　やつらがわざとそう思わせているだけなのかもしれない。

「どうするつもりだ？」父が尋ねた。

「わからない」

「警察に……」

「自首してありのままを話せって？」父の言葉をさえぎって、ぼくは窓辺に近づいた。「あいつらがぼくの言い分なんて聞くわけないと思う」

共産党政権下のポーランドを、父は身をもって知っているはずだ。その父が、国家権力を全面的に信頼することはまずないだろう。

外を見た。ふたりはまだ車の中にいて、誰かを待っているようだ。ホテルからテニスバッグを持った男の子でも出てきて、あの黒いオペルのほうに駆けて行ったらどんなにいいだろう。ありそうもないことが頭をよぎる。

もちろん、そんなことは起こらなかった。あのふたりは相変わらずぼくを待っている。あるいは、すでにこちらに向かっている同僚を待っているのかもしれない。

決断のときがきた。

「裏口から出るよ」

父はぼくの横に立つと、窓の外を見た。

「それが最善の策なのか？」

「ちっとも最善の策なんかじゃない。でも、ほかにできることなんてないんだ」

父はぼくのほうを向くと、

「おまえの力になりたい」と言った。

「だめだよ」ぼくは即座に拒否した。「ただ、何か問題が起きてぼくとここにいるふりをしてくれればそれでいい。だから、この部屋に残っていてくれない？」

父の手を借りれば警察の連中をだますこともできなくはないだろう。だが、父にこれ以上のリスクを負わせたくはない。父はもう充分すぎるほどやってくれた。ぼくがヴロツワフに行ったら、父と母はどんな目に遭うかわからない。

行けたら……の話だが。

しばらく張り込みの警官を観察した。警察が容疑者をみくびってしまうというのはよくあることだ。ぼくを、警察が来ていることにさえ気づかないズブの素人だと思ってくれないだろうか。

実際、そんなに的外れなことではないし。

ぼくはカバンをとると、父を抱きしめた。そんなことをしたのは十五年ぶりぐらいだ。

「気をつけるよ」と言った。正直、自分でどうにかできることではないとわかりながら……。

廊下を裏口に向かって歩いていった。施設の裏一帯に広がる森についてはさほど詳しいわけではない。以前に自転車で走り回ったことはあるが、この村の住人でさえ森の奥では道に迷うと聞いていた。

迷いやすい道なのが吉と出るか凶と出るかはわからない。運がよければ、追っ手から逃げられるかもしれない。森の向こうはニフキ村、その先は湖があるトゥラヴァ村。夏には水辺で過ごすために近隣の住人たちで賑《にぎ》わう場所だ。

その近くでヴロツワフ行きの電車に乗れるはず。

とにかくホテルを脱出しなくては。

ぼくは出口の前で立ち止まり、顔を少しだけ外に出してあたりを見回した。誰かが裏口を見張っている様子はない。ここからなら、プールの建物やレストランの裏に行くことができるだろう。

ホテルの敷地はフェンスで仕切られていた。少し厄介だ。以前、ほかのオポーレの市民みたいにここでテニスをしたことがあるが、一度、ボールがフェンスの向こうに飛んでいった。そのときの経験から、フェンスの外に出るには森に沿って行くしかないことは知っていた。

まわりを見渡し、細心の注意を払いながら建物を出た。駐車場にいる連中からぼくの姿が見えるとしたら、ホテルとプールの間を通り過ぎる一瞬だけのはずだ。プールの壁のそばで立ち止まると、ほっと一息ついた。誰にも気づかれなかった。待ち伏せする者もいなかった。少なくともそんな気がした。

ところが、森のほうを振り向いた瞬間、男性の低い声がした。

「早まるな、ヴェルネル」

数メートル先に制服の警察官が立っている。

連中はやはり、ぼくを完全な素人とは思っていなかったのだ。

身体が硬直した。警官は、留め具がはずされているピストルのホルスターに手をかけている。無言のまま警告の眼差しを向けられたぼくは、焼けつくような熱さを感じた。

どうしたらいいのだろう？　逃げようとしても無駄だ。賄賂か？　だが、とても賄賂になるような金額などもってない。捨て身の抵抗か？　たとえ鍛え抜かれた肉体の百戦錬磨のごろつきだったとしても、警官のピストルの前にはなすすべがないだろう。

ぼくが無謀なことをしかねないと思ったのか、警察官は注意深くこちらの出方をうかがっている。当然だろう。そもそも、この事件が起きた当初から、ぼくは不審に思われても仕方ないような行動ばかりとってきたのだ。

「無茶をするな」警察官が言った。

唾液が喉元でつかえていたのに飲み込むこともできず、ただ立ちすくんでいた。万事休す。このあとは窓もない小さな部屋で尋問され、留置場に入れられる。

町から逃げていなければ、任意の取り調べで潔白を主張できたかもしれない。だがこの状況では拘留は免れないだろう。裁判所もすぐに起訴の決定を下すはずだ。

状況は明らかで、証拠はすべてぼくにとって不利に働く。だが、そのことに気づいたのは、郊外のこのホテルに身を潜めてからだった。

できることはひとつしか残されていなかった。カバンを地面に置くと、両手をあげた。

「全部誤解です」ぼくは言った。

警察官はうろたえ、神経質にあたりを見回した。肩章についている二本線のV字からすると、それほど高い階級ではないようだ。それでもぼくには、ベテランの警察官に見えた。

警察官はぼくのカバンに目をやると、こちらを見た。

「カバンをもて」

一瞬聞き違えたかと思った。だが、何かがおかしい。警察官が無線で仲間に知らせようとする気配がないのだ。

「それをもって、さっさと逃げろ」

どう返事をすれば、いや、どう反応をすればいいのだろう。きっと、言われたとおりにしたとたん、警察官がピストルを手にして引き金を引くはずだ。

「逃げる気はありません」ぼくは答えた。「なんでも言うとおりに……」

「いいから」

警察官は一歩前に出て、またまわりを見た。

「とっとと失《う》せろ。すぐに！」

「どういうことだ？」ぼくは口を滑らせた。

「ボスが表の駐車場にいて、もうすぐここに来る」

警察官はいらだたしそうに森のほうに目をやった。

「畜生、早くしろ！　その手をおろして逃げるんだ！」

「でも……」

「時間がない」警察官は近寄ってきた。このとき初めて、警察官の手がピストルから離れているのに気づいた。

「よくわからない……」

「いずれすべてわかる、ヴェルネル。とにかく、いまはここから出るんだ」

どこに向かって逃げるのかもわからないと言おうとしたが、警官は察しがついていたようだった。

「一番近い駅はデンボフスカとフションストヴィッツェだ。場所はわかるか？」

そのとき、警察官の名札が見えた。J・ファルコフ。何が起ころうと、この名は覚えておくべきだろう。

「ああ、わかると思うけど……」ぼくは口ごもりながら続けた。「むしろ……」

「なんだ？　反対方向に行って森で追っ手をまく気か？」

警察官は首を横に振った。ぼくの考えが得策ではないことは明らかだった。トゥラヴァの森を通り抜ける線路があったような気がしていたが、もしかしたら近くに駅などないのかもしれない。となれば、反対方向にあるそのふたつの駅のどちらかに行くべきなのだろう。

それにしても、逃亡のチャンスが与えられるとは奇跡としかいいようがない！

ファルコフは行くべき方向を指さしてくれた。

「いまのうちに逃げるんだ、ヴェルネル」

このまま立ち去る気にはなれなかった。事件と何らかのつながりがありそうな者についに出くわしたのだ。一刻の猶予も許されないのはわかっていたものの、このチャンスを逃すわけにはいかない。

「どういうことなのか説明してくれないか。あなたは何者なんだ？」

「時間がない！」

「どうしても知りたいんだ」

「いますぐここから逃げるか、さもなければ……」

そのとき、遠くからファルコフを呼ぶ声がかすかに聞こえてきた。

「ボスだ」彼は言った。「ボスがここに来たら、どうなるかわかってんだろ？」

「かまうもんか。どういうことなのか知りたいんだ。畜生。ブリツキを殺したのは誰だ？

エヴァはどうなった？」

警官は小声で悪態をつき、額にしわを寄せた。そして、敵意と嫌悪に近い眼差しをぼくに向けた。

「いずれわかると言っただろ?」

「いますぐ知りたいんだ」

再び呼び声が聞こえた。無視すれば上司に疑われる。ファルコフは返事をした。

また焼けつくような熱さを感じた。ようやく自分が窮地に追い込まれているのがわかった。

「逃げろ!」

彼の言うとおりだ。真実を知るチャンスは逃すものの、まだヴロツワフでぼくを待っている録音を聴くチャンスはあるはずだ。

もう一刻の猶予もない。

ぼくはカバンを持つと、くるりと踵《きびす》を返した。

立ち去ろうとしたその瞬間、ファルコフが言った。「誰も信じるな」

ぼくは立ち止まり、彼を見つめた。

「誰も」ファルコフは念を押した。

8

尋常でない暑さの日の終わりに涼しい風が吹き込んできたように、夜は少し落ち着けた。

ヴェルネルがもうすぐ彼の世界にわたしを引き込んでくれるのを期待しながら、仕事部屋のパソコンの前に座った。そうすれば、現実の問題を思い悩まなくてすむ。

オポーレのローカルニュースサイトを確認する。ヴェルネルが捕まっていないのはわかっていた。どのサイトでも彼のことにはまったく触れられていない。警察が逮捕していたら、とっくに騒がれているに違いない。

それを隠せた時代もあった。だがいまや、誰もがレポーター気取りで、必ず誰かが起きたことを逐一SNSでアップする。警察官さえやっているかもしれない。ブリッキの事件は地元メディアで大きく取り上げられ、県警はできるだけ早く何か具体的な発表をしたいに違いない。

ヴェルネルはどうにか逃げられた。それは間違いないようだ。

いや、そう確信できたのではない。実際にそうであってほしいと強く願っていたのだ。決められた時間外に仕事部屋にいたけれど別に何もやっていなかった、とロベルトに信じ込ませるのにどれだけ苦労したか。それを考えると、そう願わずにはいられなかった。クリザに電話で何を言ったかはっきり覚えていなかったし、ロベルトがそれをどれだけ聞いていたかもわからない。彼が気に入りそうな話題に誘導するのは楽ではなかった。

それでもなんとかうまくいった。先ほどの電話は進行中の案件とは何も関係ないと夫を納得させられた。逆に、グラズルが担当していた以前の案件の話になった。グラズルはコンピユータのスペシャリストで、すこし前にロベルトがレイマン調査会社をクビにした男だ。離婚前の情報収集をわたしたちに頼んできた女性の夫がグラズルに復讐《ふくしゅう》しようとした。それが、ロベルトから目をつけられた彼をかばうためにわたしが用意したシナリオだった。事実を少しだけ捻《ね》じ曲げたが、わたしが責任を感じたことへの説明はつく。もし彼をクビにしていなかったなら、彼はわたしたちの二十四時間態勢の警備を利用することになっていただろう。うちの社員は、何も恐れる必要はなかった。

それはロベルトの公式にされていないもうひとつのビジネスのおかげだ。ひとつの世界ともうひとつの世界を混合することで、たいていは双方のためになっていた。面倒が起きることもあったが、長い年月で見るとそんなのは例外にすぎない。

最後にロベルトに、わたしが言っていることが真実かクリザに電話をして確認するよう提案した。ロベルトはそうすると言いだしたが、あくまで単にわたしを試しているだけだとわかっていた。彼女ともほかの誰とも連絡を取る気などないのだ。

わたしは安全だ。いまのところは。

スパークリングワインの入ったグラスをもって、パソコンの前に座り、認証用パスワードをSMSで送った。身体が熱くなっていくのを感じたが、アルコールのせいではないだろう。待ちに待ったメッセージがモニターに映し出されるのを、そして別世界に行くのをいまかいまかと待つ。言葉には現実をつくりあげるだけの力がある。でも、わたしが生きている世界では言葉は乏しかった。逆に拳が支配していた。

わたしは前後に身体を揺らしながら、ワインを飲んだ。テーブルの上でグラスを回しながら、自分が薬物中毒者のような動きをしているのに気づいた。こんなに早く新たな依存症に陥ってしまったのだろうか。

その疑問に答える前に、ヴェルネルがＲＩＣにログインしてきた。逃げきったのだとわかり安堵《あんど》のため息をついた。

[ヴェルン] この時間に連絡を取り合うのがお決まりになったってこと?
[カス] ええ。
[ヴェルン] いつ決めたの?
[カス] 最初に話したときに。
[ヴェルン] きかれた覚えはないけど。
[カス] だって、あなたには発言権がないから。

わたしと同じようにね、と心の中で付け足した。わたしがいつパソコンを二階で使い、いつテレビドラマを一緒に見て、いつテラスに行くか、ロベルトはこと細かに決めている。

[ヴェルン] いずれにせよ、きみの日課にぼくが入っていることを喜ぶべきだろう。
[カス] そうかもね。
[ヴェルン] だって、きみは会社を経営しているほかの人たちと同じだろうから。一日二十四時間仕事をしている。いまもジャケットとスカートを身につけ、ガラス張りの壁のオフィスかどこかにいるんだろうから。
[カス] パソコンを膝の上に置いてトイレに座っていないって、どうして言えるの?

わたしはこう言い返すチャンスを待っていた。画面を見つめていたが、返信が来ない。でも、ヴェルネルは皮肉に気づき、軽く笑ったことだろう。

しばらくしてから次のメッセージが出てきた。

[ヴェルン] ありがとう。
[カス] さっきのわたしの返信に?
[ヴェルン] いや、忠告に。あれがなかったら本当にヤバいってわからなかった。
[カス] それで、実際にヤバかったの?
[ヴェルン] どんなにヤバかったか、きみにはわからないよ。

わたしは無意識にワインを飲んでいた。もう一口飲むのは呼吸するのと同じくらい当たり前のことだった。

[カス] どうやって逃げられたの?
[ヴェルン] 抜け目なさ、狡猾《こうかつ》さ、それに天才的ひらめきで。
[カス] つまり運がよかったってこと?
[ヴェルン] それだけじゃない。助けてくれた人がいたんだ。
[カス] 誰?

返信が来るまでに長い間が空いた。何かあったのか、あるいはわたしを信用していいものかと考えているのだろうか。

しばらくして、もうこれ以上待てないと思った。

誰が彼に助けの手を差し伸べたのだろう? 彼についての情報を集めたのはクリザで、そこから見えてくるヴェルネルは、自分しか頼りにしていない印象だった。あるときから彼は自分ひとりの殻、あるいはその代わりとなるものに閉じこもった。エヴァを失ってからは、誰にも心を開かず、すべてに距離をおいていた。それだけに危機に直面したとき、警察に対抗してまで彼を助けてくれる人がいるとは考えづらい。

しばらく、何もないモニターを見つめていた。
[カス] まだいる?
[ヴェルン] うん。
[カス] 誰が助けてくれたのか、きいたんだけど。
[ヴェルン] ぼくにもわからないんだ。
[カス] どういうこと?
[ヴェルン] きみのような人にとってはふつうなのかもしれない。
わたしは眉を上げた。
[カス] どういう意味?
[ヴェルン] きみは裕福な家庭に育ち、自分のゲームを百パーセントまっとうできるだけの資金をもって人生をスタートした。でも、ぼくのような人間は、そのゲームを何もない状態で一からスタートしなくちゃいけない。
何が言いたいのかよくわからなかった。しばらく待ったが、続きはない。

［カス］何か具体的な計画があるの？

［ヴェルン］きみにはわからないことがあるってこと。

［カス］だからって話を変えるの？

［ヴェルン］まあ、そうだな。

わたしは小声で悪態をついた。

［カス］あなたが誰かを信じるとしたら、わたししかいないわ。ヴェルン、それはわかっているでしょ？

［ヴェルン］きみはぼくを「ヴェルン」なんて呼んでいる。そんなことをしながら信頼されるなんて期待してほしくないな。

［カス］わたしは真面目に言っているのよ。

［ヴェルン］ぼくもだ。

わたしは頭を振った。誰が彼を助けたのか聞き出せそうもない。それが誰かを特定するほかの方法はないかと一瞬考えた。レイマン調査会社の従業員を使うことはできたが、ロベルトが首を突っ込んでくるに違いない。

いずれわかるだろうと心の中でつぶやいた。いまは具体的な話をしなくては。

［カス］どこにいるの？

［ヴェルン］ヴロツワフに向かっている。

［カス］ノートパソコンを使ってるの？ ポーランドでは交通事故の四件に一件はショートメッセージを書いていたのが原因だって知ってる？

［ヴェルン］ショートメッセージじゃないし。

［カス］そうだけど。

［ヴェルン］それに電車だから。いまのところワイファイの状態も悪くないし、まわりでものを食べたりする人もいない。邪魔者もいない。前のローカル線はバチでも当たったかと思うくらい我慢の連続だったけど。あれはひどかった。

［カス］どうしてヴロツワフに？

［ヴェルン］そこに答えがあるから。

わたしはモニターに身体を傾けた。

［カス］ それがわかったらどうするの？
［ヴェルン］ その答えをぼくに残していった人を見つける。
［カス］ エヴァは生きていると思っているのね。
［ヴェルン］ きみも。
［カス］ どうしてそう言えるの？
［ヴェルン］ でなければ、ぼくを助けたりはしないだろう。でなければ、この件は終了し、レイマン調査会社は任務を完了したって判断するはずだろ？
［カス］ 仕事だけが動機であなたを助けていると思っているのね。
［ヴェルン］ ほかに何かある？
［カス］ 新しい趣味かもよ。
［ヴェルン］ かもね。ただぼくを好きになっただけかも。
［カス］ そこまでじゃないわ。

しばらく経ってようやく、黒いモニターに映し出される白い文字に向かって自分が笑いかけていることに気づいた。最高学年の男の子にやっと興味をもってもらえた小学一年生のような気分だった。

［ヴェルン］もう切らないと。何かわかったらすぐに連絡する。

［カス］わかった。気をつけてね。

［ヴェルン］うん。


ログアウトしても、しばらくそこに座っていた。自分がこの件に関わるための仕事以外の動機について、そして彼を突き動かしているものについて考えた。現段階では、彼にとってわたしは必要ない。もしかしたら、彼を助けた人が、わたしに近づかないよう忠告をしたのかもしれない。

わたしは一般にはあまり評判がよくない。対外的なカサンドラ・レイマンは、ヴォイテックやロベルトが知っているわたしとは別人だった。すべてにおいて冷たくて高飛車で、イメージをよくするためだけに慈善事業に寄付をしているような人間。

エヴァの失踪に関わる誰かが、レイマン調査会社が調査を担当しているという情報を手に入れたのだろう。そして、わたしたちに近づかないよう、ヴェルネルに忠告したのかもしれない。

深呼吸をし、電話を取った。自分で情報を得なくては。

二回目の呼びだし音でクリザは電話を取った。

「見ています」彼女が言う。

「何を？」

「オポーレのメディアで何が起きているか」

なんのことを言っているのかわからない。急いで地方のポータルのひとつにアクセスし、トップページを見た。ボルコ島で見つかったとされている遺体について、警察が公式発表をしていた。殺人ではないという結論を下したようだ。

エヴァは心肺停止を引き起こす薬物を服用して自殺をしたことになっている。詳細には触れていなかったが、地方警察の広報官は、疑いの余地はないとしていた。彼女は自ら命を絶った。

「驚いてるってことは、それで電話してきたわけじゃないんですね」

「違うわ」

「よかった。そのことについては話したくなかったので」

わからなくもない。ヴェルネルはもうニュースを見ただろうか。見ていたとしても何も変わらないだろう。真実とはかけ離れた巧妙につくられた嘘の情報がまた公表されたと思うだけだ。

「警察にいるあなたの私的情報源と連絡を取りたいの」わたしは言った。

「無理です」

「誰にも……」

「外には漏らさないとか、そういう問題じゃありません。こういうことは明かさない。以上です」

唇を固く閉じ、わたしのなかで怒りの感情が強まった。外の世界が見ていたわたしが、他人が期待したわたしが、その人たちの期待どおりに高飛車なわたしが姿を現わすときが来たのかもしれない。

「だったら別の方法で助けてくれる?」わたしは言った。「私的情報源の人に電話をして、警察の目と鼻の先でヴェルネルを逃がすような奇跡をどうやって起こせたのか、きいてほしいの」

クリザは黙っていた。

「それがわかるまで、その人を放さないで」わたしはまるで彼女の上司のように付け足した。

「わかった?」

彼女は自信なさそうに咳払いをした。

「もう、やりました」クリザが言う。

「あら、よかった」

「でも、どうやったのかよくわからないって。出口はすべて見張られていた。ヴェルネルの父親にも聞き取りをしたけど、彼は息子を見ていないって言ってました。ホテルに来たときには、もう彼はいなかったらしいんです」

わたしは髪を撫で、前髪を横にかきあげた。

「クリザ、そこで何があったの？」

「わかりません」

何を言えばいいかわからず、わたしたちは黙った。次の質問をするのは無意味だろう。

「でも、この件に関して明らかになっていることは氷山の一角にすぎません」彼女が付け足した。「思っていたよりもずっと複雑なのです」

9

誰も信じるな。ヴロツワフの駅で電車を降りたとき、ファルコフのこの言葉がぼくの頭の中でこだまし、またみんながぼくを見ているような気がした。

ファルコフが正しいのかもしれない。いや、そうじゃないかも。とにかく切羽詰まった状況でぼくを救ってくれたことに間違いはない。何か理由があるのか。それもありえる。

もうすぐすべてがわかるだろう。広場に向かって歩きながら、オポーレの警察が少し前に発表した内容を考えた。あれで、警察が事件に関与していることが確実になった。

見つかった遺体はエヴァじゃない。自殺なんてありえないし、まったく筋が通らない。少し前なら事故か事件かの判断を誤ったといえたかもしれないが、いまの時代、法医学技術者の鑑定ミスはまずない。

誰も警察官を捜査しようとはしない。だが、間違いなく警察官がこの問題に関わっている。

共謀者はぼくが思っていたより多いのかもしれない。罪のない女性の自殺が捏造《ねつぞう》されたとい

う事実が、それを裏付けている気がした。

ソルニ広場まで行くのに三十分もかからなかった。パブ《ギネス》まで行かなくてはならないのはよくわかっていた。エヴァが言っていた場所だ。地上の重力に順応できなくなった人のようにぼくがふらついていたとき、彼女に連れ出されたパブ。あのときぼくはまるで無重力のなかにいるかのように地に足がついていなかった。

パブに入った。《ハイランダー》を思わせる雰囲気だ。歴史は繰り返すというが、それをわからせるためにエヴァが意図的にこの場所を選んだというわけでもないだろう。

従業員のひとりに笑顔で挨拶をし、バーに向かう。どうやって話を切り出そうかと考える。とりあえずは、一番自然だと思われることをした。メニューを手にすることだ。

ブリッキがいたら、ここは天国だと思うだろう。カクテルの名前が並んでいる。〈カム・アズ・ユー・アー〉、〈ドゥ・ハスト〉、〈エース・オブ・スペーズ〉、〈地獄のハイウェイ〉……。

「グリーンビール」ぼくが言う。

「どれ？」

「なんでもいい」

バーテンダーは〈レジャイスクビール〉をサーバーから注ぎ、緑の液体と混ぜ、霜がついたビールジョッキをぼくの前に置いた。頭をクリアにしておきたかったので、全部飲むつもりはなかった。だが、一口飲んだだけでその考えは変わった。

ほかの客の注文をとっていた男を見た。エヴァがUSBメモリーを渡したのはこの男だろうか。だとしたら、なぜ彼だったのだろう。

いや、従業員の数が多すぎて、とてもこのなかからエヴァの協力者を見抜くことはできそうにない。

ウエイターの気を引くように、ぼくは咳払いをした。ウエイターはぼくを見て、それからぼくのジョッキを見たが、咳払いに特に意味はないと判断して視線をほかに向けた。また咳払いをすると、今度はこちらにやってきた。

「ビールを飲みにきたわけじゃないんだ」

「では〈シェパードパイ〉がおすすめですよ。ラム肉のパイです」

「食事のために来たのでもない」

ウエイターは、不思議そうに眉を上げた。

「ぼくに渡すUSBメモリーを、ここに誰かが置いていったと思うんだけど」

スピーカーから音楽が流れていたにもかかわらず、一瞬、すべての音が止《や》んだような気がした。ぼくはウエイターを見た。ウエイターもぼくを見ている。ぼくたちはまるで対決前のように互いににらみ合った。ついにウエイターが口を開く。

「ダミアンさんですか？」

背中に暖かい波を感じた。

「ああ、そうだ」

「遅かったですね」

このゲームに入らなければならない。

「これ以上、早くは来れなかった」

「ええ、でもUSBメモリーは無事にそのままありますよ。あなたを待っていました」

「よかった」

ウエイターが一瞬席を外した。バーの反対側に行き、身体をかがめてカウンターの下に手を伸ばしている。客が数人、注文をしたくていらいらしていた。《ハイランダー》に勤めていたとき、週末の夜、スマートフォンの充電を頼むだけのためにぼくのところに来る客にいらついていたのを思い出した。その客にしてみれば緊急事態なのだろうが、その間、ほかの客はドリンクが来るのを待たされるのだ。

いまはぼくがそのいらいらの原因だった。でも、簡単には譲れない。

スパイダーマンのコスチュームの蜘蛛のシンボルを思わせる模様の入ったUSBメモリー

をもってウエイターが戻ってきた。ぼくの顔に自然と笑みがこぼれる。

「そんなに大事なものなんですか?」ぼくの表情を見て、男が言った。

ウエイターはUSBをカウンターに置き、ぼくはそれを見つめた。手に取るのが怖かった。手にしたら、中のものが消されてしまうような気がしたのだ。ぼくは視線を上げた。

「とても大事なもの」

ウエイターは何も言わない。彼はUSBをパソコンにつなげもしなかったし、それを開くにはパスワードが必要だと知ることもなかったことが、それでわかった。彼の判断は正しい。USBメモリーにはウィルスが入っている可能性だってあるのだから。

そのままウエイターはどこかに行こうとしたが、ぼくが目でそれを止めた。

「誰がこれを?」ときいてみた。

「知らない男性です」

「男性?」

ぼくはただ、相手が言ったことを繰り返した。

「どんな感じの人?」さらに質問した。

「わかりません。そのときぼくはここにいなかったので」

「常連客?」

「いいえ、たぶんそのあとは来てないと思います。もし来ていたら、忘れていったUSBを自分で受け取るでしょう? すみませんが、いまは……」

「そんなに時間を取らせないから」ぼくはその言葉をさえぎって、懇願するように言った。

彼はいらだっている客のほうを見た。ここは同業者であることを率直に明かして、職業的連帯感とやらに訴えよう。どうすればいいかはわかっている。

「氷なしのストレートのウォッカの大とミネラルウォーターを注文するような客じゃなくて、すまないな」ぼくは言った。

ウエイターは眉をひそめた。

「ぼくもウエイターだったんだ。この組み合わせは、もう何年も酒を飲んでいないアル中がついに我慢できなくなったときに注文する。そいつらは一晩じゅう、黙ってふたつのグラスを飲み干す。こちらのことなんてまったく気にしないでね」

ウエイターは軽く笑った。ぼくのことをうまく自己紹介したものだと思っているのがはっきりとわかった。

「ちょっと待っててください」ウエイターはそう言うとその場を離れ、二、三人から注文をとった。

ぼくはUSBを見つめた。早くノートパソコンにそれを挿し、パスワードを入れてエヴァがぼくに何を語っているのか聴きたかった。でもまずは、これを残していったのが誰なのかをきかないと。

しばらくすると、ウエイターが戻ってきた。カウンターに寄りかかり、警戒するような目でぼくを見て言った。

「そのUSBには何が入ってるんです？」

「いい質問だ」

彼は少し戸惑っているようだったので、ぼくは笑いかけて、なんでもないというように手を振ってみせた。

「ある女の子からのメッセージ。問題は、誰がこれをぼくに残していったかがわからないことなんだ」

「おかしな話ですね」

「でもヤバくはない。実際、悪気のないただのゲームだよ」

これ以上の嘘はつけなかったが、ウエイターは幸いにも、それ以上深入りしないことにしたようだ。もともと、ほんの少し話をするだけというつもりだったのだろう。

「そのゲームのポイントを少し稼ぎたい。だから誰が置いていったのか知りたいんだ」

「ええ」

「どんな人だった？」

「会ってないから、わかりませんよ」

ぼくはほかの従業員を見たが、楽しそうな若い客でいっぱいのボックス席の間を動き回り、みんな忙しそうだ。ヴロツワフはポーランド一の学園都市だ。

「USBを受け取った人、今日はいないの？」

「いません」ウエイターが言った。

「その人の連絡先を教えてくれないかな」

「それは……」

「すごく大事なんだ。ゲームはゲームなんだけど、その女の子のことをぼくはすごく気にしてるから」

ウエイターは深くため息をついた。

「そうですねえ……」

「恩にきるよ」

しばらく考えていたが、最終的に彼は折れた。USBを直接受け取ったバーテンダーが女ではなく男だったことが幸いした。女性の電話番号をきき出すほうがずっと難しいからだ。

ぼくは礼を言い、グリーンビールを一口飲んだ。人工的な後味がしたが、気のせいかもしれない。二十ズロチ札をカウンターに置く。

「ありがとう」ぼくはUSBメモリーと電話番号を書いたメモをポケットにしまいながら言った。

「どういたしまして」

「最後にひとつ……その男はいつ、USBを置いていったの?」

その記憶をたどるのは不可能だといわんばかりに、ウエイターは顔をしかめて耳のうしろをかきながらしばらく考えた。無理もない。こういう場所には大勢の人が来て、いろいろなことが起こり、いろいろな話を聞くので、全部が一緒くたになる。

それなのに、三ヶ月に一回だけ来ては「いつもの」と注文し、店のスタッフが自分を覚えていることを期待するようなやつもいる。

「わかりません」彼は言った。「一週間か二週間前かな」

ぼくはなんとか唾を飲み込んだ。エヴァが誰をここに送りこんだにせよ、そんなに最近のことなのだ。手を伸ばせばエヴァに届くほど近いところまで自分が来たような錯覚を覚えた。もしかしたら、それはぼくが思っているほど錯覚でもなくて、実際、エヴァは近くにいるのかもしれない。

ぼくはレノマのあたりに戻って、ホテルを探し始めた。ポドヴァル通り、頼もしい名前を見つけた。《インツェプツィア(始まり)》は、さほど大きくないホテルだが、必要なものはすべて揃っていた。

こぢんまりとした部屋に入り、鍵を閉める。学生の平均的なワンルームのアパートのほうが絶対に広いと思える狭さだ。ぼくはノートパソコンを膝の上に置き、ベッドに脚を投げ出した。USBメモリーをポートに挿し、深呼吸をする。

パスワードを入れるウィンドウが現われ、「ロザベル」と入力する。

目の前でいま、何かが明かされようとしている。この世の最大の謎ともいえる何かが。ぼくを待っている答えの入ったAAC（先進的音響符号化）ファイルを見た。

ファイル名は「流しの下のビニール袋」。

古いパソコンでこのファイルを開くには、少し時間がかかった。ようやくうまくいった。

パソコンのスピーカーからエヴァの声が聞こえてきた。

流しの下のビニール袋

「両親から教わったのは、ビニール袋を集めてキッチンの流しの下に保管することだけだった」なんて大人になってから言う人がいるけど、わたしは心底そういう人が羨ましい。

わたしの両親はわたしにたくさんのことを教えた。知りたくもないことを。

そのおかげでわたしは、どうすれば法の網をすり抜けて税金を払わないですむかを知った。どうやって、資金の出所を隠したまま小さな金融ピラミッドを動かすか、それは投資詐欺とどう違うかも。どうやって痕跡を消し、どのように資金洗浄をし、どうすれば国から巨額のVAT（付加価値税）の還付を受けられるかとかも……。

例を挙げればきりがない。

何もかもわたしの気持ちにはおかまいなしに、両親が教えたことなの。あなたと一緒に将来のことを計画しはじめたときから、今後の人生を自分がどう生きたいか、両親にきっちり伝えてきた。そのことをあなたにはわかっておいてほしい。わたしはあなたと一緒にいることで、両親がやってきたことすべてと決別しようとした。

でも結局、両親の罪の報いはわたしが受けることになった。彼らがしてきたことの影がわたしに降りかかってきた。そして、残念ながらあなたにも。そうならないようにできるだけのことをしてきたつもりだったのに、だめだった。

あの事件が起こるまで、わたしは長い間、両親と関係を絶っていた。

あなたはもう知っているように、あの事件は不運な運命の結末なんかじゃない。あれは計画的で冷血な犯罪なの。そして、闇に葬られた。

でも、あの事件が起こる前に、法律事務所のあとを継ぐ気はないってわたしは父に言ったの。事務所だけでなく、両親とも関係をもちたくなかったから。それでもやはり、わたしにとっては体面を保つことが大事だった。

あなたとあなたの両親のために。ある意味では自分自身のためだったかもしれないけど。自分がどうしたかったのかわからない。それまでずっと表面をつくろってきたから、ある日それが崩れ落ちることを想像できなかったのかもしれない。

わたしたちは両親とは違っていたかった。ふつうの幸せな関係でいたかった。子どもができるのを待ち望み、平穏な生活に喜びを感じ、落ち着いた心地よい……。

そんな生活を望めるなんて、どうして思ったのかわからない。

もしかしたら、最後には両親もやっと目が覚めたのかもしれない。でも、そのときはもう何かを変えるには遅すぎたわ。

父はドルヌィ・シュロンスク県を中心に活動をしていた犯罪組織の仕事をしていた。その組織のリーダーは「カイマン」って呼ばれている男だった。大きくて獰猛《どうもう》な爬虫類《はちゅうるい》を想像させるから、お似合いのニックネームだったのかもしれない。彼は父の事務所に多額の報酬を支払ったけど、そのほとんどは所得税として課税されなかった。だから父は何年も、経済的には申し分のない状態だった。自分が使える額よりずっとたくさん稼いでいた。父はカイマンが暗躍する世界に直接関わっていたわけじゃないけど、不正を見逃してくれるようにと税務署の職員何人かに賄賂を渡していた。

少なくともわたしには、そう見えた。

中央汚職対策庁が介入してこなかったら、いまでもカイマンと父の栄光の時代は続き、父は相変わらず不正を続けていたに違いない。わたしはきっと、いまでもオポーレにいて、ムウィヌフカでの出来事も起こらなかった。いまごろわたしたちには子どもがたくさんいたかもしれないわね。

順を追って話すわ。

税務署の職員のひとりが分不相応な行動をしていると知った中央汚職対策庁は、その職員の汚職の痕跡を見つけた。彼は税務署でもあまり高い地位にいなかったし、給与も国の平均を少し上回る程度。それなのに、分不相応にふつうなら買えるはずもないようなものを買っていた。

それが同僚の嫉妬を買ったの。最終的に嫉妬は疑惑に変わった。中央汚職対策庁がその職員を調べるには、同僚からの密告があれば充分だった。

おそらく合法的とはいえないようなやり方で、その職員は調査官にはめられたんだと思う。不正をそそのかした男はあまりにも巧妙に正体を隠していたので、その哀れな職員は実際ははめられているとは思わなかった。だから、小さな不正に目をつむることに同意し、その見返りに数千ズロチを受け取ってしまった。そのとき、調査官が正体を明かしたの。

その職員はあっさり落ちた。調査官にはよく知られていたカイマンが黒幕だと明かしたのよ。その職員とカイマンの接点が調べ上げられ、その双方に協力している法律事務所が判明した。

いうまでもなく、父の法律事務所よ。

中央汚職対策庁の調査官は、朝一番にやってきて父を強制的に家から連れ出すこともできたはず。でも、彼らは雑魚《ざこ》には興味がなかった。餌をまくほうのやつを捕まえたかったのよ。父に圧力をかければそれも可能だったけど、捜査にはどんな失敗も許されない段階にきていたから慎重になった。

法に則《のっと》ってやらなければならなくなった。それも中央警察捜査局と一緒にね。当初想定していたよりも事件の規模が大きいとわかったからよ。ひとりの職員を糾弾するはずが、犯罪組織の重要な捜査に変わっていった。

それで、彼らは父が拒否できない提案をしてきた。父に対する証拠も充分なだけつかんでいると父には知らせ、カイマンを起訴にもち込もうとした。

父にはそれが何を意味するかがわかった。刑務所に入れられるだけでなく、違法な手段によるものか合法な手段によるものかに関係なく何年もかけて稼いできたものをすべて失うことになると。

父が警察に寝返る決断をするのに長くはかからなかったわ。二度目か三度目の話し合いで、父は協力することに同意した。さまざまなスキャンダルに関与してきた弁護士にこういう提案をするのは、警察にとっては大きな意味がある。沈みかけた船をいつ手放すべきか、それを判断するための法律も手段も彼らは熟知しているから。

ただ、父はじつは救命ボートを準備していた。そのことに誰かが気づいたの。警察の中にカイマンの一味がいたんだと思う。あくまでもわたしの推測にすぎないけど。父はうかつなミスを犯したわけ。つまり、違法収入を海外口座にどんどん移していくことで、少しでも違法に得た金を守ろうとしたのよ。

とにかく、すべてはカイマンの知るところとなった。そして彼は、一番得意なことをやった。常套《じょうとう》手段に訴えたというわけ。

お葬式にも出席したから、わかるでしょう？　あなたはわたしを何週間も慰め、あの大変な時期を乗り越えられるように助けてくれたんですものね。あなたとあなたの両親ほど、わたしは自分の両親と仲良くなかった。それでもやっぱり自分の両親だから。

それに、本当は何が起きたのかもわかっていた。わたしだけでなく、あなたも危険にさらされていると感じていたの。でもあなたにその話はできなかった。

あなたのことはよく知っている。その話をしたらあなたがなんて答え、わたしをどう説得しようとするか、よくわかっていた。あなたは真実が隠蔽されるのを許さなかったでしょう？

いまだったら許すかしら？

あなたも大変な思いをしてきたから、以前とは違う人になっているかも。それは主にわたしのせいなのはよくわかっている。わたしの罪なのは間違いないけど、この録音はその許しを請うためではないのよ。

ただ、あなたにわかってほしかっただけ。

わたしの両親は「流しの下にビニール袋をしまう」より、もっと多くのことをわたしに教えた話はもうしたわよね。まさにそれがわたしのすべてのトラブルの始まりだった。そしてあなたの。

わたしは全部知っていた。父が何をやったか、全部わかっていた。そのことを利用したりはしないと、わたしは心に決めていた。彼のビジネスとなんの関わりももたないと決めていたの。それがわたしたちにどんな影響を及ぼすことも許さない、と心に誓っていた。

その誓いは一部は守れた。でも残念ながら一部だけ。

この話の結末がわかったって？

でも、よく考えてみて。すべてがそんなに単純だったら、わたしはあんなに苦労をしなかった。

それについては次の録音でわかるはず。わたしを信じて。いまはこれ以上話さないのにはちゃんとした理由があるの。もう少しだけ我慢して。

次の録音は別の場所にあるわ。わたしが入る気がなかったところ。でもあなたにとっては、絶対はずせない観光スポット。

ブリツキがわたしたちを連れていった場所からそう遠くない場所。わたしは脱走したり昏睡状態になったりしなかったのを覚えているでしょう？　あなたたちと一緒に性能のいい魚雷のように走った。あなたも急いで。ぴったり十二時間で、あなたに残したファイルは消えてしまうから。

録音はそこで終わっていた。ぼくは身じろぎもせずに座っていた。あまりに混乱し、エヴァが皿にのせてぼくの前に置いてくれたヒントを組み合わせることもできなかった。頭がふつうに機能しはじめるのに、どのくらいかかっただろうか。

時計を見たことで、エヴァが十二時間の時間制限を設けたことを急に思い出した。いや、そんなバカな。この録音をぼくがいつ聴くか、それがわかる方法があるわけがない。次の録音がなくなることはない。彼女が置いていった場所で、ぼくを待っているはずだ。でも、それならどうして、あんなことを言ったのか？

彼女が自分の人生の真実について何もかもをぼくに隠していたことは明らかだ。それでもぼくは彼女を信じた。年月の経過は問題ではない。ぼくの彼女への気持ちは変わらず強い。いや、前よりもっと強いかもしれない。そしてぼくは彼女の言葉を無条件で信じている。だって、エヴァがぼくをだます理由なんてあるだろうか。一連の出来事のあとで。そして彼女があんなに苦労して録音したあとに。

そんなことはありえないと思った。そして、次のファイルを見つけるまでの時間は、本当に十二時間しかないのだということも。次のファイルで、ぼくを十年間苦しめてきた疑問への答えが得られるのだ。

10

ロベルトはわたしの請求書を当然チェックしているだろうと思った。息子がいることも気にせず、夕食時に彼は自ら請求書を確認していると言った。ヴォイテックは今日は宿題がなかったので、ヒヨコ豆のナゲットに夢中だった。ロベルトはそのナゲットを特別なときだけにつくる。そうでなかったら息子は、いつもナゲットばかり食べていただろう。

テーブルについたときから夫はわたしを注意深く見ていた。はたから見れば、特に危険をはらんだ状況には見えなかったに違いない。自分のつくった料理が集まった人たちの口に合うか、目配りしているシェフのように見えただろう。でも、わたしにとってこの視線は、眠れない夜がまた来ることを予告していた。

「最近、クリザとよく話してるな」ロベルトは何気なさそうに言った。

その言葉を聞いただけで、わたしの電話をチェックしていることがわかった。警戒していてよかった。そうでなければ、ヴェルネルにいつか電話をしてしまっていただろう。そうなったら、もっと大きな問題を抱えることになる。

「もう、うちの社員ではないのに」彼が付け足した。

わたしはうなずき、それはまったく取るに足らない話題だとでもいうようにナゲットを食べた。

「親しくなったのか？」

「別に」

「じゃあ、どうしてあんなに電話を？」

「あなたにも話したとおり、グラズルを少し助けているの」

「ああ、そうか、そうだったな……」

お互いの言葉の裏には別の意味が隠されていたが、口調だけは穏やかで仲睦《むつ》まじそうだった。そのおかげで、自分の子どもをだまし、ふつうの幸せな家庭の雰囲気をつくりあげられているのかどうかは、正直、わからない。

わたしたちは正しくないことをしているとわかっている一方で、満足感のようなものもあった。それもこれもわたしの献身のおかげだ。病的ともいえるロベルトとのこうした状態がヴィテックに悪影響を及ぼさないですむのなら、わたしには、もっとひどくて卑劣なことにも耐える用意があった。

「グラズルについて調べたんだ」ロベルトが言った。

一瞬、わたしが視線を上げる。

「おれたちは、依頼してきた女性のために、その夫を貶《おとし》めるような情報を集めた。ところがその夫がグラズルを脅していると言ってきみは言ってただろ？」

こうした、離婚前の夫婦にまつわる案件でわたしたちが探し出そうとしていたのは、こんな婉曲《えんきょく》的な言い方ではまったく伝わらないほど醜いものだった。掘り出せる最悪のものをわたしたちは集めた。

この案件についていえば、そのような醜悪な情報はあまり多くはなかった。依頼してきた女性の夫にも罪がないわけではないとはいえ、彼女は外で夫よりはるかに派手にやっていたからだ。罪はいつもお互いの中間あたりにあるものだ。

わたしとロベルトについてもそうなのだろうか？　彼の暴力をだんだんと許していったことが、こんな状況を招いているのではないのか？

その答えを探したくなかった。夫が非難の視線をわたしに向けたまま離さないでいるいまは特に。

「そう言っただろう？」彼は続けた。「何か間違ってるか？」

「いいえ、そのとおりよ」

「だが、グラズルはこの町にいない」

ロベルトは、確かめたんだと付け足すべきだ。そう言わなかったのは、ただヴォイテックに不穏な空気を気づかれないようにするためだった。

「グラズルはどこかに行くのが一番いいんじゃないかっていう結論になったのよ」

「どこへだって？」

「わからない。それについては、クリザがやってたから」

わたしはどうやら不安定なところに足を踏み入れ、危険な方向に行っている。クリザとの電話のあと、言いわけだけは準備していたが、それ以上のものは何もない。安全のための緩衝材の役割を果たせるような巧妙に計画された嘘ではなく、まったく反対だった。

「あの夫についても調べてみた」ロベルトが言う。

「それで？」

「グラズルに危害を加えるようなやつには見えなかった」

またもや婉曲的な言い方。ロベルトはそれをうまく使った。寝室のドアを閉めたあと、暴言を吐き、とめどもなく殴打を浴びせるのと同じくらいうまく。

「そう……」わたしは料理に集中しようとする。「グラズルの性格を知ってるでしょう？なんでも怖がるのよ」

「わからない。彼のことは知らないから」

「すごく怖がりなの。それに……」

「ぜひ会ってみたいな」

「そう？」

「彼を呼んであげたら喜ぶかもしれない」

ロベルトがそれを望んでいるはずもなかった。これから出てくる言葉は、どれも危険をはらんでいるに違いない。分厚い外壁の内側で、わたしたちは本音とはまったく違う会話をしていた。

「それはどうかしら」わたしが言う。「だって、わたしたちが彼をやめさせたわけだし」

「確かに」

話はこれで終わった。少なくとも表向きは。
二、三時間後にヴォイテックが寝ると、わたしは本を読みながらベッドで横になっていた。ロベルトに責められるのを覚悟しなくてはならないとわかっていた。できるだけのことはした。ロベルトが一番好きなナイトウェアを着て、彼のお気に入りの香水を腿《もも》の外側と胸の谷間につけた。髪も彼がいつも好んでいるスタイルにした。それでも効果があるとは思えなかった。
ロベルトが寝室に入ってきた。怒っている。息子を起こしてしまうことを気にもせず、乱暴にドアを閉める。

酔っているようだ。いつもよりずっと。

感情を抑えるよう自分に言い聞かせるのに、彼がどのくらいの時間をかけたかわからない。やってはみたが、飲む時間が長引けば長引くほどうまくいかなくなったのだろう。

ロベルトは、無言のまま掛け布団を床に投げつけ、激しい手の動きでわたしに起きるように指図した。言葉は発しない。

わたしはふらふらと起き上がり、壁に向かって一歩下がった。リングに立つ選手のように、わたしたちはベッドを挟んで向かい合って立っていた。

二、三年前までは、このような状況でも自分を救える方法を考えた。でも、あれからずいぶん年月が経ち、わたしの身体には痣《あざ》や傷の跡がたくさん残った。ロベルトが怒り狂うのをやめさせる手立ては何もないことを、そのひとつひとつがわたしに確信させた。

沈黙が続いたのはほんの短い間だけだった。

「おれを簡単にだませると思ってるのか?」

「いいえ」

「おれに真っ向から嘘をついていいと思ってるのか?」

「ロベルト……」

「おれを誰だと思ってるんだ?　えっ?　その辺の間抜けだとでも思ってるのか?」

「そんなことないわ」

否定することもできた。彼をなだめようとすることもできた。懇願し、褒め言葉や愛情表現を浴びせ、服従を約束することもできた。でも、それはただ避けられないことを遅らせるだけの効果しかない。

「浮気しやがったな?」

「そんなことは一度も……」

「誰とだ?」ロベルトはベッドのまわりを歩きながら怒鳴った。

「浮気なんてしないって」

反論の言葉が口をついて出た。それが何の役にも立たないとわかっていても。崖から滑り落ちながら、無駄だとわかっていても、人は藁《わら》をもつかもうとする。

「まったく、おまえは何を考えているのかわかったもんじゃない……」ロベルトはそう言いかけたが途中でやめて、笑いはじめた。「おれに何かを隠そうなんてよくも考えられたもんだ。完全におかしいんじゃないか? それももう終わりだ。わかったか? おれに二度と隠しごとをするな。おまえは誰でもだます。自分もだます。だがおれだけはだませない。この売女《ばいた》!」

ここで一発目のビンタが来ると思った。どこまでやっていいものかを確認するかのように、いつも一発目は控えめになる。それから激しさが増していくのだ。

でも、この夜は違った。

いきなり足を振り上げ、わたしの膝を蹴ってきた。わたしは床に倒れ、かすかなうめき声をあげ、反射的に顔を手で覆った。ロベルトがわたしの肩をつかんで部屋の真ん中に投げる。空港で投げられるスーツケースのように乱暴に。

すぐにまたわたしのところに来て、肋骨を蹴り、さらに脚と骨盤も蹴った。何か言おうにも、彼の足をつかもうにも、その隙さえなかった。殴打は速く、強く、激しかった。

わたしの上に飛び乗り、顔を平手で叩いた。

「淫売め……」

恐ろしく長い間、ロベルトは平手打ちを続けた。止まることはなく、じきにそれは拳《こぶし》に変わるだろう。完全に自制心が効かなくなるとそうなるのだ。

いつもは、ロベルトはそれでも少しだけ気をつけていた。わたしがアルコールを飲むときと同じだ。行きすぎると、完全に禁酒しなくてはならなくなるとわかっていた。隠すことができないほどの傷をつけないようにしていたのだ。

いつもは。

ところが、今夜はわたしの首をつかむと、強く絞めた。息をすることも、唾を飲み込むこともできない。

「どうやって陰でおれをあざ笑った?」

何か言おうとしても、声が出ない。

「汚らしい淫売女! どうやっておれをあざ笑った? ええ? おれがおまえに何かやったか!」

押さえている手の力がさらに強くなった。その手は万力のように強いのに、わたしは華奢《きゃしゃ》で無防備だった。それでも自分を守ろうと抵抗した。だが、それは彼にとっては燃えたぎる狂気に油を注ぐ効果しかなかった。

「いつもそうやってすべてをぶち壊さなきゃ気がすまないのか！　おれの生活だけじゃない、家族までだ！」

毎回そうやってわたしを非難する。自分の失敗だけでなくヴォイテックのつまずきや、わたしたちにはなんの関係もないことも、すべてがわたしのせいになる。

彼の目にわたしは諸悪の根源のように映っているのだ。

その考えがわたしをおののかせた。ロベルトは、バランスをとるために方程式からわたしを排除しようとしているのかとさえ思えるからだ。

わたしの首を絞めている手がそれを物語っている気がした。

息ができないまま、今夜はこれまでになくエスカレートしていると感じた。わたしが最も恐れていたことにここまで近づいたのは初めてだ。

殺されるのを恐れているのではない。むしろそれは、この悲惨な状況から自由になる唯一の方法だ。でも、わたしがいなくなったらヴォイテックはどうなるのだろう？　そう考えるとたまらなくなった。

そうなったら、暴力がすべて息子に向けられるに違いない。すぐではないにせよ、最終的にはそうなるだろう。

わたしはこれまでの倍の力で自由になろうともがいたが、それは、ただ状況を悪化させただけだった。ロベルトはわたしを揺さぶりながら怒鳴りつづけ、指にさらに力が入っていった。脳に血が回らなくなり、ロベルトが怒鳴っている言葉も理解できない。

まぶたが重くなるのを感じたとき、無謀なやり方で意識を取り戻させるかのように、今度はわたしの頭を何度も床に叩きつけた。

意識がなくなりかけたとき、やっと手が離れた。

時間が止まったかのようだった。死にものぐるいで息を吸い込み、身体を横に向けようとしたが、まだロベルトに押さえられていた。ロベルトは動かずじっとしている。しばらく経ってようやく彼は頭を振り、立ち上がって寝室を出ていった。

わたしは開いたドアを見た。大きな音で目を覚ました息子がドアのところに立っているのではないか、気がかりだったのだ。

誰もいない。ヴォイテックに気づかれなかったことが最も重要だったかのように胸をなでおろした。

立ち上がると激しい痛みを覚えた。

そのあと起きたことはすべて、いつものロベルトの後悔がバージョンアップしたものだった。いつもより長い間泣き、朝一番に警察に行くと言う。自首し、ブルーカード（家庭内暴力があることを認め、その状況から抜け出す手続きを始めたことを示す文書）の申請をする、と。

約束、保証、謝罪が延々と続いた。

自分にはその資格がないので、今晩はわたしと寝たくないと言い、リビングで毛布にくるまって寝た。それからしばらく自分を責め、鼻をすすり、汚い言葉を吐くのが聞こえてきた。そして、やっと眠りについたようだ。

わたしはそっと仕事部屋に行った。

パソコンをつけ、セキュリティ認証コードをSMSでヴェルネルに送る。彼の携帯の着信音がきちんとオンになっているのか、インターネットがつながる場所にいるのか、この時間のわたしからの着信を無視しないのか、見当もつかない。

一分もしないうちにヴェルネルが現われた。

IPアドレスを見て、彼のハンドルネームを「ダミアン」と設定したとき、プロセッコをかなり飲んだような気分になった。心が軽くなったような。

[ダミアン] 寝ないの?

[カサンドラ] いろいろ大変な夜なのよ。

[ダミアン] きみだけじゃないよ。

[カサンドラ] 何かわかった?

[ダミアン] 知りたかったことよりたくさんのことが。これ以上知りたいのか、自分でもわからない。

わたしは手で首を撫でた。首の横に激痛が走る。

［カサンドラ］そう言っているだけでしょ？

［ダミアン］そうかもしれない。

少しの間、わたしは考えた。

［カサンドラ］何かわたしにできることがある？

［ダミアン］いまのところはない。

今回もまた唾を飲み込むのに苦労したが、それはロベルトとの悲惨な出来事のときとはまったく違う理由からだ。自分がどうしてこんな質問をしたのか、そして何をしようとしているのかに改めて気づいたからだ。

この前引き返した境界線を、今度こそ越えることにしたのだ。

［カサンドラ］じゃあ、あなたがわたしを助けてくれない？

［ダミアン］どうやって？

わたしは鼻から息を吸い、一瞬開いている部屋のドアを見た。

[ダミアン] まだいる?
[カサンドラ] ええ。
[ダミアン] 大丈夫?
[カサンドラ] あんまり。でも、あなたが何かできることではないの。

モニターを見つめ、返答を待ちながら気持ちが高ぶるのを感じた。やっと出てきた。

[ダミアン] ぼくを頼ってもいいよ。

この言葉が欲しかった。決断するのに、ただこの言葉だけが必要だったのだ。わたしを助けられるのはヴェルネルしかいない。仕事でも金銭的にもロベルトとつながっていない人。無名で、夫が素性を知らない人。そのうえ、いまやヴェルネルは法からはずれた立場にさえあるので、なんでもやってくれるだろう。
それに、遅かれ早かれ彼自身にも助けが必要になる。最悪でも、わたしを助けることがビジネス上のギブアンドテイクだととらえてくれるだろう。彼のおかげで、わたしはずっと前からやるべきだったことがようやくできる。自由になるのだ。

11

ぼくは他人に共感しなくなって久しい。他人の不幸や不安については完全にどうでもよくなっていて、たとえそれを目の当たりにしても傍観するだけだった。それなのにカサンドラ・レイマンを助けることにした。ぼくにとって、一番得になることだからだ。

成金の気まぐれな楽しみだけで、カサンドラはこれまでぼくの問題に関心を示していた。単なる趣味のようなものだったのだろう。でも、これからはこの関係を変えられるかもしれない。

ぼくに何を求めてくるのかわからないが、ひとつはっきりしていることがある。何を求めてこようが、それはぼくにとって貴重な貸しになる。エヴァを捜すときのための貸しをつくれるのだ。

ぼくとエヴァには助けが必要だとわかっていた。彼女の失踪の裏に誰がいようと、あのあと何があったにせよ、相手はぼくよりはるかに大きな力をもっているに違いない。カサンドラ・レイマンのような人を味方につければ強力な武器になるかもしれない。

出発する前に二時間ほど睡眠をとった。夜行列車を待つ必要がなければ、すぐにヴロツワフを発《た》ったところだ。眠れるとは思っていなかったが、自覚していた以上に身体に負担がかかっていたようだ。

オストロフ・ヴィエルコポルスカまでインターシティ（ポーランド国内の優等特急列車）で行き、そこで数時間待たなくてはならなかった。それでもエヴァが指定した期限までにはずいぶん時間があった。オストロフからヴィタシツェまでは在来線で三十分かかった。

正しい場所に向かっている自信はあった。

ブリッキがぼくたちを連れ出した場所から近いとエヴァは言っていた。ポーランドの地図上では、該当する場所は数カ所あったが、ヤロチンのことを言っているのだろう。具体的には、そこで開催されるロックフェスティバルのことだ。ぼくたちはコンサートに好んで行くほうではなかったが、一度だけ行ったことがある。行って後悔はなかった。

フー・ファイターズのコンサートと何か関係があるのは明らかだったので、すぐに当てがついた。エヴァはすべてを、コンサートで始まりコンサートで終わるように計画したのだ。

それに、彼女は脱走もしなかったし昏睡状態にもならなかったと言っていた。そしてぼくたちと一緒に性能のいい魚雷のように走った。それで、ぼくはヤロチンだと確信した。あのとき、そこで演奏していたバンドがディザーター（脱走者）とコーマ（昏睡）とルクストロペダ（高性能魚雷）だったのだ。

だが、目的地は別の場所だ。彼女が入る気がなかったところ。それはぼくにとっては絶対はずせない観光スポットだった。

それは、ひとつしかありえない。コンサートの前に時間があったので、ブリツキは、近辺で面白そうなところをすぐに探しだした。ヴィタシツェ宮殿内の「スター・ウォーズ・ミュージアム」。行かないわけにはいかなかった。

等身大のダース・モールがあるって？ 巨大なジャー・ジャー・ビンクスの目を見て侮辱する言葉を吐けるなんて。そう思うとそこに行かない理由は何もなかった。

ぼくがスパイダーマンに夢中になるのをエヴァは寛容に受け止めてくれていたが、〈スター・ウォーズ〉については、どこがいいのか理解できなかったようだ。〈スター・ウォーズ〉の『新たなる希望』も、彼女は十数分以上は一緒に観ていられなかった。最初の三部作までは彼女に勧めたことすらない。J・J・エイブラムスが映画界に旋風を巻き起こしたのはずっとあとになってからだ。

だから行くべき場所はわかっていた。

でも、ミュージアムで何がぼくを待ち受けているのかはわからなかった。それに、どうしたら、エヴァが残したふたつ目の録音をぼくが聴いた十二時間後に、三つ目の録音が消えることがないといえるのだろう。

次の疑問が出てきたのは、十ズロチで入場券を買ったすぐあとだった。ぼくはストームトルーパーのミニチュアレプリカの前に立ち、これからどうするかを考えていた。そのとき、三十代くらいの男がぼくのところに来た。左目の下に濃い痣があったが、チンピラには見えない。むしろ逆だ。

最初はミュージアムの従業員だと思ったが、彼もぼくと同じようにあたりを見回している。ミュージアムにはぼくたち以外に誰もいなかったが、それは特別おかしなことでもないだろう。

ぼくはその男を長く見すぎたようだ。ついにぼくたちの視線が合ってしまった。

「何か？」不安げに男がきいた。

「いや、ただ誰かが来るのを待っているんです。おそらく」

彼はより疑わしそうな目でぼくを見つめた。誰かが来ることに確信はなかったが、そうなるのが理にかなっている気がした。そうでなければ、どうやってエヴァはぼくに次のファイルを渡せるのだろう？

オビ＝ワンのコートの中など、どこかに隠すようなリスクは負わない気がした。ぼくがヴィタシツェまで来るのにどのくらい時間がかかるか、彼女にはわからないのだから。だったら同じ理由で、ぼくにファイルを渡すために誰かを送ることもないだろう。

でもそのすぐあとには、横に立っている男はエヴァが頼んだからここに来たのだと、なんの根拠もなく思えた。

「ぼくが待っているのはあなたのような気がする」ぼくは言った。

頭がおかしいと思われたかもしれないが、気にしないことにした。どうすればいいのかわからない様子のその観光客をぼくはじっと見た。顔の表情が変わらないのがすべてを物語っていた。

スタッフの誰かに同じことを言ってみることもできたのに、という思いが頭をかすめる。自分のことを頭がおかしい者として扱うのなら、そこから始めることもできたのだ。

「どういう意味？」男がきいた。

驚いた様子はない。むしろ間違っていないかを確かめたいと思っているように見える。それとも、自分がそう望んでいるからそんなふうに見えたのか？　次の録音をどうしても手に入れたかったので、脳がぼくをだましたのかもしれない。

いずれにせよ、ぼくにはあとがない。失うものはもっとなかった。

「エヴァは、ぼくに渡すものをきみにことづけたのでは？」

ぼくは言った。

「具体的には？」

首筋に寒気を感じる。やはり間違っていなかったことを、この答えは示していた。男のほうを向き、また長い間彼を見つめた。

「USBメモリーのことだな？」

「そのとおり」

ぼくは眉を上げたが、言葉が出ない。

「おれに何か質問する前に、おれが同意できるのは預かったものをきみに渡すことだけだと覚えておいてほしい」

「わかった」

「それ以上は何も期待するな」

ぼくはうなずいた。

「質問をしたり、探りを入れたりしちゃいけない。それに、おれは何も知らないし」

「それでいい」ぼくは約束した。

だが、彼を解放する気など毛頭ない。USBを受け取るやいなや、知りたかったあらゆる情報を彼から絞り出そうと心に決めていた。

彼は誰なのか？　エヴァをどうして知っているのか？　どうやってぼくがここに来るとわかったのか？

最後の質問に関しては、ぼくも答えがわかったかもしれない。ヴロツワフでUSBメモリーを接続したことでワームか何かがパソコンのディスクに入ったのかもしれない。ぼくのパソコンの場所を知らせるサインを送る機能がプログラミングしてあったのだろう。ネットワークの疎通を確認するピングを正しいIPアドレスに送るだけで事足りる。

男性は、蜘蛛を思わせるふたつ目のUSBメモリーをぼくに渡した。ぼくはそれを一番大事なもののように急いで握りしめた。それからポケットに入れ、次の行動に移った。

「どうしてエヴァを知っているんだ?」

男は答えず反対を向いた。出口に向かう前にぼくは男の手首を捕まえたが、男は驚いたようには見えなかった。そう簡単にぼくが諦めないだろうから覚悟しておくように、とエヴァに言われていたのだろうか。

男は敵対心をあらわにした視線をこちらに向け、それからぼくの手を見た。

「言ったはずだ。質問はしない、と」

「きみがなんて言ったかなんて、どうだっていい」つかんだ手に力を込めながらぼくは言った。

攻撃的な目つきのその男が手を振り払うだろうと思ったが、そうはしなかった。男は喧嘩早いタイプではなさそうだ。

「放せ」男が言った。

ぼくは笑いたい衝動に駆られた。ぼくのことが少しでもわかっているのなら、何か答えを聞き出すまでは放さないことぐらい、わかるはずだ。

もちろんエヴァの失踪について彼が何も知らない可能性はある。それでもいくつかの疑問

──どうしてぼくの婚約者を知っているのか、彼女はなぜUSBを託すほど彼のことを信用しているのかなど──については説明できるはずだ。

「放すんだ」

「放すもんか」

彼は手を払いのけようとしたが、ぼくは許さなかった。殴り合いになったらどちらが強いかわからないなと思った。どちらも筋肉質ではない。

だが、ぼくにはひとつ強みがあった。

捨て身だということ。

「それで？」いらだった男が、まわりを見ながらきいた。「拷問でもする気か？　畜生」

「ただ知りたいだけだ。誰が……」

「何も知らない。いいか？」

「何か知っているはずだ。でなきゃ、ここにいるはずがない」

「あのUSBをおまえに渡すことになっていた。それだけだ」

「そうか？　じゃあ、どうしてぼくがここに来るってわかった？」

「情報が来たから」

「どんな？　誰から？」ほとんど奥歯を嚙《か》みしめた状態でぼくはきいた。「どうやって？

えっ？　やっぱり何か知ってるんだろ」

そのとき、彼の目に重い不安げな表情があるのにぼくは気づいた。男はあたりを見て、軽く口を開いた。ぼくのうしろにいる誰かを見ているのがわかった。エヴァがそこにいるのかもしれない。ここでぼくと再会するよう、彼女がすべてを計画した。すべてがここで終わるように。そんな馬鹿げた期待を抱いてぼくは振り向いた。

彼女の代わりにそこにいたのはミュージアムのスタッフだった。心配そうに立ったままこちらを見ている。しばらくして、まだ相手の手首をつかんでいることにぼくは気づいた。

無駄な言いわけをしようとするより早く、ぼくの注意が散漫になった隙を狙って男は手を振り払い、出口に向かった。ぼくはあとを追った。

「待て」スタッフがぼくの進路を阻んだ。

エヴァの使いは、肩越しにこちらを見て、廊下に走っていった。

止めた男に、ぼくを通したほうがいいなどと説明する気はない。ぼくは、彼を押しのけると、逃げた男のあとを急いだ。外に出て四方を見渡した。

男はもう宮殿の敷地への入り口に当たる門のそばまで行っていた。追いつけるかどうかわからなかったが、あとを追って走った。男は運動能力に長《た》けているようには見えなかったが、ぼくより痩せている。定期的に運動をしているわけではないとしても、体力的にぼくを上回っていることは確かだ。

通りの向こう側のあまり大きくない広場に向かう彼のあとを追ったが、最後の最後で男は向きを変え、戦争中ドイツがもっていた老朽化した建物のどこかに姿を消した。角まで来て見失ったことがわかり、ぼくは一瞬立ち止まった。男が充分遠くまで逃げるのに足りるだけの一瞬。彼を見つけたとしても、もう追いつけないだろう。

身体をかがめ、膝に手をついた。FIFAのコンピュータゲームをやる代わりに、たまには短いランニングでもしておくべきだった。そうすれば、あの男に追いつき、彼が何者で、なぜエヴァに協力しているのかをきけたかもしれない。

エヴァのことはよく知っていて、エヴァが彼を信用しているのは間違いない。指定した時刻に指定した場所に行くようにとお金を払って雇われた者ではない。エヴァとは近い関係にあるはずだ。そうでなければ、ぼくにUSBメモリーを届けるためだけにあんな面倒なことを引き受けるはずがない。ぼくが彼から何かを聞き出そうとするのはわかっていたはずだから。

でも、実際、ぼくにはどこまでの覚悟があったのだろう？ わからなかった。もしかしたら、覚悟を決めるまでには至らなかった運に感謝すべきなのかもしれない。そして、かつてのように、エヴァを信じるべきだったのかも。

ぼくたちが一緒にいた頃のように。

ただ、いまはその関係が変わってしまった気がした。自分の人生の要《かなめ》となる事実を隠してきた女性とぼくは生きていたのだ。彼女は犯罪一家で育った。しかも、こん棒やメリケンサックの代わりにスーツとネクタイを身につけた、犯罪者のうちでも最悪のカテゴリーに属する人たちのなかで。

ぼくは目を閉じ、しばらく動かないでいた。それから額の汗をぬぐい、背筋を伸ばした。どこかの部屋を借り、ノートパソコンをもってそこに座り、エヴァがぼくのために準備したメッセージを聴く以外、ぼくには何も残っていない。もしかしたらこれが最後のメッセージかもしれない。

どこに泊まるかの選択肢はないに等しかった。見た限り、泊まれそうなところはひとつしかない。ちょっと前に走って出てきた宮殿のなかにホテルがあったのだ。

ぼくと痣のある男を目撃したミュージアムスタッフがそこにいないことを願って受付に行く。ぼくが必要なもの、つまりバスルームとワイファイが揃ったシングルルームに百ズロチちょっとを支払う。

その部屋に入ると、壁際の小さな机の前に座り、ノートパソコンを開いた。USBポートにメモリースティックを挿したとき、ショートメッセージの着信音が聞こえた。いまはカサンドラに時間を取られている場合ではない。何があったにせよ、彼女は待たせておくしかない。

前回までの扉を開けたのと同じパスワードを入れ、フォルダー内にぽつんとあるAACファイルを見つめる。「自分のことを理解させてくれた人たちの墓のそばで」とエヴァは名付けていた。

自分のことを理解させてくれた人たちの墓のそばで

わたしたちが一番多くの涙を流すのは、自分が一番よく知っている人たちの墓のそばじゃない。自分のことをもっとよくわかるようにしてくれた人たちの墓のそばよ。自分が本当は誰なのかをわからせてくれた人たち。

だから音楽家や作家が亡くなったときにひどい喪失感に陥る。どちらもわたしたちの魂について洞察する力を与えてくれるから。そしてそれは、有名人や世間から評価されている人たちだけのことじゃない。わたしの場合は、両親がそうだった。両親との関係は、あまりよくなかったにもかかわらず。

両親の死によって、わたしは自分を知ることができた。

わたしは、自分の存在の基盤をつくってきたものすべてを評価しなおした。たったひとつを例外として。それはあなた。あなたがいつも支えてくれたおかげで、わたしはまったく違う人生を送ることができた。

わたしが選択してきたことを評価するときに、そのことを覚えておいて。あなたが、しっかり立てるだけの固い地盤を与えてくれたおかげで、決断することができたんですもの。少なくともあるときまでは。

両親の事故のあと、本当は何が起こったのかがすぐ明らかになった。警察と検察はそのことを公表はしなかったけれど。暗殺犯の捜査が行なわれている間、そういうことはよくあるの。

わたしが両親の身に起きたことを理解していただけじゃなく、警察もわかっていた。捜査を担当した新人警察官のトマシュ・プロコツキと会うと、何が起きたかを説明してくれた。事件に誰が関わっているかについては疑いの余地がないとも言われた。両親への刑を下したのはカイマンだった。カイマンは、父のせいですべてを失うってわかったのね。彼にとって自由はそれほど重要ではなかった。刑務所の中にいても壁の外の世界に精力的に関わっていけたけど、それは組織を立て直せるという希望があったから。でも、それが不可能になった。父はあまりに多く知りすぎていたし、あの犯罪組織のメンバーのほとんどを告訴するのに充分なだけの書類をもっていたの。

それなのに、その書類は事故で全部消えてしまった。あの日、両親はその書類を運ぶところだったらしい。でも、あなたも知ってのとおり、衝突事故が起きて車は燃えてしまったの。そんなのはありえないことだったけど、プロコツキにとってはさほど大きな意味をもたなかったみたい。

その書類をすべて管理していた人物がいることを彼は知っていた。手順を熟知し、法律事務所をまとめていた人物。法廷で証言でき、カイマンだけでなく彼の一味を一網打尽にすることができる人物。それが、わたしだったの。

プロコツキが知らなかったこともある。

父は書類の入ったビニール袋を隠す場所だけでなく、危機に陥ったときに自分を救ってくれる重要な書類をどこで探せばいいかもわたしに教えていたの。

最重要書類はコピーをとって保管してあった。そして、いつか脅迫や誘拐やそのほか父や母が脅かされるようなことがあったときに備えて、わたしが知っておくべきことをすべて伝えていたのよ。

カイマンがそれを飛び越えて、一番簡単な方法で問題を解決する決断を下すとまでは、父も考えていなかったのね。

トマシュ・プロコツキは何度もわたしのところに来たわ。両親がまだ生きていたときに連絡を取りはじめ、わたしの証言が、父の法律事務所で起きていることに希望の光を注ぐことになるかもしれないと言って説得しようとした。

もしかしたらわたしと両親の不仲を知っていたのかもしれない。それで、検察と一緒に両親に対して別のシナリオをつくろうとしていたのかもしれないし、ただいざというときに利用できる誰かがいたほうがいいと思っただけかもしれない。

とにかく、わたしはきっぱり断った。わたしたちのことに集中していたから。わたしたちの将来に。その頃は、父とも警察とも犯罪の世界とも絶対に関わりをもちたくなかった。わたしの証言によって検察がわたしの家族をもっと好意的に見るようになるかもしれないとか言って、プロコツキは何度も説得しようとした。そう言うことで、わたしもこの問題に直接関係しているって言いたかったのね。

それでもわたしは何も知らないと言い張って頑《かたく》なに証言を拒否した。罪のない人を苦しめていると非難し、プロコツキの上司に報告すると脅して、一度はプロコツキを追い払ったわ。それを真に受けたとは思わないけど、少なくとも彼はわたしから離れた。しばらくの間は。

彼がまた積極的になったのは、両親が亡くなってからよ。事故に見せかけて両親を葬ったやつらにわたしが報復をしたいだろうと考えたのね。

わたしは何も知らないから何も変わることはないって即座に答えたわ。なおさらこの件から距離を置いたほうがいいと、あるときまでは思っていたから。何をしたって両親が生き返るわけでもないし、誰かのために何かをしなくてはいけないわけでもないって気がしていたの。

やつらの運命に今後を左右されるかもしれない人たちのことまで、わたしは考えていなかった。それにカイマンや彼の一味が過去に殺した人たちのことも。あとから知ったんだけど、彼らはまったく容赦なかった。ウクライナの女の子を利用し、子どもを誘拐して身代金を要求し、地元の企業を破綻させ、家族を壊し……何をするにもためらいがなかった。それをわたしが変えられるってわかるまでには、少し時間がかかった。

両親の死で、わたしは本当に自分自身を知ることができた。わたしは変わった。でもそれは中身だけだったから、あなたは何も気づかなかったでしょう。わたしは両親の喪中であることを隠れみのにしていたし。わたしが考え込んでいたり、不安げにしているのに気づいたとしても、両親を失ったからだと思っていたでしょうね。

実際には、すでに計画していたの。『幻影師アイゼンハイム』の上映会のあとだったと思うけど、一度あなたに何もかも話そうと思った。そのとき、わたしたちは《マスク》でビールを飲んでいて、あなたはチキントーストを食べていたわ。わたしは何を注文したかは覚えていないけど。あのとき、わたしの考えは遠いところにあったから。

決断はしていたものの、いったいいつ洗いざらいあなたに話すか、ずっと考えていたの。遅かれ早かれ話さなくてはならなかった。匿名の情報提供者になって、裁判で証言するつもりなんてなかったから。あなたに隠しておくわけにはいかないじゃない？

でも、あなたが真実を知るときは訪れなかった。

あなたはこんなことがどうしたらありえるんだって考えているでしょう。どうして、わたしは証言しなかったのか？　ぎりぎりでやめたのかって？

でも、ついにあなたはすべてを知ることになる。知るべきだった時期はとっくにすぎているけど、まだ遅すぎないことを願ってるわ。

最終的にプロコツキに会って、カイマンとその仲間の逮捕に協力したいとわたしが言うと、すべてが変わった。わたしが提供する証拠は強力なものとはいえ、確固たるものではないだろうと最初は思われていたみたい。父が集めたものとは比べものにならないだろうって。

ところが、そのあと、わたしは、カイマンたちを有罪にするために必要なものをすべてもっていると明かした。破壊された車の中で燃えてしまった全書類のコピーももっていると。

プロコツキが有頂天になったのはいうまでもないわ。

面倒な起訴に向けての準備が始まった。プロコツキにすべての資料を渡し、彼は検察とともにそれを分析しはじめた。

それで宝を当てたってわかったのね。しかもそれは予想以上に高価な宝だった。資料はカイマンの組織に関することだけではなく、彼の息がかかっていないところにまで及んでいたのだから。でも、その人たちはときどきカイマン一味と組んで仕事をしていた。

捜査上のちょっとした運で、いくつかの犯罪組織の正体を明かすことができたってわけ。一番難しかったのはカイマンとその手下を告訴することで、残りの者については裁判が始まった。

まもなく、この件がわたしをたくさんのトラブルに連鎖的に巻き込んでいくことがわかった。自分たちがどうして有罪になったのか、裏にわたしの存在があることをやつらが知るまでにそう長くはかからないだろうって悟ったの。

カイマンとその一味だけでことが収まっていたなら、問題はそこまで大きくはならなかった。犯人が刑務所に入れられれば、わたしに脅威が及ぶことはなくなる。何かあれば警察の助けをあてにもできる。

事件の衝撃が大きすぎたのね。誰かが最後にはわたしの存在に行き着くことはほぼ間違いなかった。

そのうえプロコツキは、カイマンの手下らしき連中がわたしの両親の葬儀に現われたのを確認していた。それ以来、誰かがわたしを見張っていたらしい。それにあなたのこともね。犯罪者たちはわたしとあなたが父の仕事に関わっているかどうか知らなかったけど、彼らは最悪の事態を考えなくてはならなかった。

しばらくの間、わたしたちはあとをつけられていた。でも、あなたのためにわたしがとりつくろっていた外面は、ほかの人たちをだますのにも役立った。わたしたちを追っていた人たちに対してもね。

彼らはついにあきらめた。プロコツキによると、危険性はずっとあったみたいだけど——過去を遡ってみると、プロコツキがそう判断するのも自然だった。両親のときのように、今度もまた事故でごまかすのはあまりに不自然だから。でも、ほかにもわたしを黙らせる方法はたくさんあった。そのひとつが誘拐だったのよ。

それをカイマンの手下がやったのかって？　いいえ。

もっとひどいことだった。だっていまでも誰がどうやってあの日わたしたちを襲ったのか詳しいことはわからない。残念ながらプロコツキにもわからない。つまり、十年経ったいまでも、危険はまだ存在するってこと。

だからあなたも気をつけなくてはいけないの。

あなたは移動しつづけなくてはならない、タイガー。

あなたに面倒をかけるために次の録音を違う場所に置くんじゃないの。その逆よ。あなたのことを思ってそうするの。ふだんは行かないようなところに行くのが逃亡には一番だから。

そうすれば、どこであなたを捜せばいいか誰にもわからないから。

わたし以外、誰にも。

次の録音が最後になるって約束する。それを聴けばわたしに何が起きたかがわかるわ。その録音は別の場所であなたを待っている。そして今回も十二時間後には消えてしまう。あなたならわかってくれると思ってるわ。わたしが居場所を変えるように言わなかったら、あなたは絶対変えなかったでしょう。わたしを捜すけど、あなたは自分の判断で、安全だと思うところに行くでしょう。

行くべきなのはそういうところじゃないとしか言えない。安全なところなんてどこにもない。なんらかの形で誰かがあなたを追っていることは間違いないわ。

だからもう一回だけわたしを信じて。そしてわたしたちが行き着かなかった場所に行って。

録音が終わっても、ぼくは息を止めたまま動かなかった。しばらくしてようやくふうっと息を吐いた。エヴァはそれ以上は何も言わなかった。あまりにも短すぎる。

「わたしたちが行き着かなかった場所に行って」

何のことなのか、ぼくにはさっぱりわからなかった。

12

今回は辛抱しなくてはならなかった。パスワードを入れたSMSを最初に送ってから、ヴェルネルを待ったが返信はない。ロベルトがいないのをいいことに、一時間後にもう一度試してみた。

ロベルトは朝から、できることはなんでもするよと約束した。もう二度とわたしに手をあげないし、警察に自首すると。そんなことをしないように止めなくてはならなかった。でも、それは全部演技にすぎない。

わたしは彼の言葉を信じたのか？　いや、信じるはずがない。

昔は信じたものだ。いまとは状況も違っていた。ロベルトの暴力は段階的に激しくなり、ある日突然爆発したのではない。年々脅威を増してきたのだ。

もっと早くその兆候に気づくべきだったが、愛がわたしを盲目にしていた。

初めてのデートからおせっかいな人だとはわかっていた。ひっきりなしにワインを勧め、椅子を引いてくれ、食事が口に合うか気にかけ、ほかに欲しいものがないかきいてきた。優しさゆえだと思い、そういう態度も当時は気にならなかった。

だが、しばらくすると次の兆候が現われた。わたしが友達と会うときはいつも、ついてきたのだ。そして、友達と会っているあいだも常に自分が話題の中心になろうとした。それだけではない。会話を仕切って話題を横取りしようとした。彼の興味がない会話が始まると、自分の好きな話題に変えるのだ。

スーパーで買うものを決めるのも、休暇をどこで過ごすか決めるのもロベルト。車を運転するのもいつも彼だった。わたしにハンドルを握らせたことはない。

異常な支配欲。まさに〈コントロールフリーク〉だ。

わたしをコントロールすることへの彼の執着の強さにわたしが気づいたのは、わたしの友達よりずっとあとだった。でも、往々にして現実とは裏腹に感情だけがひとり歩きする。わたしはロベルトを愛していた。それは否定できない。

その意識がわたしにはある意味心地よく、そのせいで現実を見ない自分を許していた。愛は麻薬。だとしたら、恋人同士が惹かれ合うのは麻薬依存症だからだろうか。

とはいえ、わたしの依存症もすでに終わっていた。離脱期間も何年か前に終了した。いまは、自分がしてきたことに対する罰を受けている。

でも、これ以上続ける気はない。

SMSを送って一時間後に仕事部屋に行った。身体じゅうが痛く、何をするにも苦痛をともなった。ロベルトは大げさな約束をしたものの、家の中のあちこちでカメラが作動しているのはわかっている。そのうえ、外で働く使用人のひとりが常にわたしを監視している。

夫は、実際にわたしが彼を警察に訴えないかを監視していた。

そんなつもりはない。それよりずっと彼が傷つくことをしようとしていたからだ。

階段を上りながら、外から監視している使用人をわざとじっと見つめた。わたしが仕事部屋に隠れた理由を彼のせいにしようと思ったのだ。

使用人が長時間わたしを見ていたとロベルトに言ってやろう。殴られた痣に気づかれるのが怖かった、不快だったし、ひとりになりたかった、と。

ふだんなら、それだけでは通用しないだろう。でも、昨日のあの暴力のあとだ。少なくともしばらくは、わたしの言うことを受け入れるはずだ。

次のパスワードを送り、RICにアクセスする。ヴェルネルがなぜ現われないのか考えながら待つ。彼はインターネットにアクセスできていないというのが一番シンプルな理由だ。

だが、以前ヴェルネルを逃したやつらに捕まった可能性もある。

しばらくすると、ほかの可能性も考えついた。そしてそれは、わたしをもっと不安にさせた。ヴェルネルがわたしを助ける意味がないと判断したという可能性だ。助けを求められて怖気《おじけ》づいたのかもしれない。

この取引では得るものより失うもののほうが大きいと判断したのだろうか。

それでもようやく彼が現われ、わたしはほっと胸をなでおろした。

わたしたちはまずはたわいのない会話をした。本題に入るには、お互いにそうする必要があったのかもしれない。それはもう習慣のようになっている。ふたりとも本当に重要な問題との距離感を探っていたのかもしれない。

ふと、ヴェルネルが黙り込んだ。

[カス]　生きてる？

[ヴェルネル]　そのつもり。でも、ほとんどはただそう見えるってだけだけど。

わたしは心から同意した。その言葉がわたしにもどれほどぴったり当てはまるか、彼にはわからないだろう。

[ヴェルネル]　あるやつを目の前にして、ぼくはついに諦めなくてはならない。

［カス］どういうこと？

また、沈黙が続く。

［ヴェルネル］きみに言いたいことがいくつかある。

［カス］言って。

彼は少しずつ不安げに話しはじめた。今回は何も省略せず、これまであったことを何もかも話してくれた。はじめは驚いたが、だんだんと落ち着いた。なぜわたしにすべてを話すことにしたのか、少しずつわかってきたのだ。

［ヴェルネル］きみも知っているように、ぼくは問題を抱えている。

［カス］それもいくつも。

［ヴェルネル］ちょっと前に、ヴロツワフの例のバーテンダーに電話をしたんだ。

モニターを見ながらわたしは考えていた。

［ヴェルネル］　あの、パブ《ギネス》で会えなかったバーテンダーだ。誰かがUSBメモリーを託した。
［カス］　ええ、わかるわ。電話に出なかったの？
［ヴェルネル］　出た。
［カス］　じゃあ、何が問題？
［ヴェルネル］　あの蜘蛛の巣のUSBを置いていった客の説明をしてくれたんだ。その男はぼくがミュージアムで会った男と一致する。その男も目の下に痣があった。エヴァは心からそいつを信頼しているに違いない。

わたしは理解に苦しみ、首を横に振った。

［カス］　それって、嫉妬？
［ヴェルネル］　いや、むしろ不安だ。エヴァには協力者の選択肢があまりないってわかったから。あの男は信頼できるやつには見えなかった。
［カス］　でも、彼の存在は、エヴァが生きてることとの証ね。
［ヴェルネル］　そう思う？
［カス］　もちろん。ふたりは近い関係にあるというあなたの予想は当たっていると思うわ。

でなきゃ、そこまで彼を信用しないでしょうから。もし彼女がもう生きてないなら、男はそのことを知っているはずよ。生きてないなら、自分の責任を果たす必要はないでしょ？

［ヴェルネル］きみの言うとおりかも。

［カス］絶対そうよ。


わたしはパソコンのキーボードからしばらく手を離し、指で机をコツコツ叩いた。かねてからの疑問について話すには、いいチャンスかもしれない。そして、決断した。


［カス］どうして、そういうことを全部わたしに話すの？　ファルコフが誰も信じるなって言ってたのに。

［ヴェルネル］きみは疑惑の外にいる人だから。

［カス］ありがとう。

［ヴェルネル］いや、褒め言葉じゃない。ただ事実を言っているだけ。ぼくが知っているきみ以外の人はみな、エヴァやあの町、少なくともあの地域と関係している。誰が敵かわからないうちは、誰を避ければいいのかわからない。きみ以外はね。

［カス］じゃあ、やっぱりわたしはなんらかの信頼を勝ち得たってことね。

［ヴェルネル］かもしれない。とにかくぼくにはきみの助けが必要だし、きみはぼくの助け

が欲しい。

ヴェルネルはかなり心を開いてきたものの、完全に真実を言っているとも思えなかった。

[ヴェルネル] でも、まずは録音でエヴァが言っていた場所がどこなのか、特定しないと。

[カス] 彼女はなんて言ってたの？ 「わたしたちが行き着かなかったところ」だっけ？

[ヴェルネル] そう。

[カス] それがどこか、見当つかないの？

[ヴェルネル] ああ。

[カス] でも、確実にあなたがわかる場所のことを言っているはずでしょう？ あなたがすぐに思い浮かぶような場所。

[ヴェルネル] それじゃ助けになってないよ。逆にプレッシャーを感じる。

[カス] 考えてみて。

[ヴェルネル] ずっと考えてるよ。

[カス] じゃあ、やっぱりアプローチの仕方が間違ってるのよ。あまり考え込まないで、軽くとらえてみたら？

[ヴェルネル] それなら得意だ。そうしてみるよ。

でも、そのアドバイスも助けにはならなかったようだ。ヴェルネルは黙ってしまったからだ。わたしは点滅するカーソルを見つめた。彼の頭を少し刺激してみよう。

[カス] バカンスに出かける途中に車が故障したことってない？　または、似たようなことは？

[ヴェルネル] ない。

[カス] 突然嵐になって、頂上までたどり着けなかったとか？

[ヴェルネル] それもない。

[カス] じゃあ、彼女が言っているのは何かの比喩じゃないの？

また返信がない。しばらくして出てきたメッセージを見て、思わず笑みがこぼれた。

[ヴェルネル] 彼女の考えていることがたぶんわかった。

[カス] ブラボー！　で、どういうこと？

[ヴェルネル] ぼくがスパイダーマンにはまっていたみたいに、エヴァが夢中になっていたこと。

［カス］　よくわからない。
［ヴェルネル］「ポーランドの地への最初の定住」に彼女は興味があったんだ。
［カス］　何それ？
［ヴェルネル］　誰でもどこか変わったところがあるものだ。そのことには、ぼくもかなり惹かれるものがあったけど。
［カス］　わたしはそうでもないけど、まあいいわ。それで、どういう関係が？
［ヴェルネル］　ブリツキも一緒にヤロチンに行ったとき、エヴァはせっかくだからビスクピンまで足を延ばそうって言いだしたんだ。
［カス］　そんなに近くはないと思うけど。
［ヴェルネル］　オポーレからヴィエルコポルスカまで行くことを考えれば、近いもんだよ。もう車でかなり走ったあとだったからね。ビスクピンは考古学的なものがいっぱいあるんだ。先史時代の集落やピャスト朝初期の村、古い家屋、橋、防壁……。夏になるといつもその修復工事が行なわれている。
［カス］　つまり、彼女は行きたがったけど、あなたとブリツキは嫌がった。
［ヴェルネル］　行くわけがない。でも、「いつか行こう」って彼女には約束した。
［カス］　だから、行き着かなかった場所なのね。
［ヴェルネル］　そう。

わたしはうなずいた。無意識にプロセッコが入ったグラスに手が伸びていた。そこで初めて自分がまったくワインの用意をしていなかったのに気づいた。大好きなワインのことが頭からなくなるなんて、記憶にないほど久しぶりだ。

わたしは不安になった。自分にとって飲むことのほうが当たり前になっていると実感したからだ。

最後にしらふだったのはいつだろう？

いや、そんなことを考えても無意味だ。わたしのいまの状況では。生き延びる助けになるものならなんでも必要だ。ヴェルネルの助けを借りて、この地獄から抜け出すまで、もうしばらくは。

［カス］じゃあ、最後の録音データを受け取るのに、どこに行けばいいかわかったってわけね。

［ヴェルネル］わかった。

［カス］遠いの？

［ヴェルネル］わからない。

わたしは、すぐにグーグルマップを開き、行き先を調べた。ヴェルネルが車をもっていて少し飛ばせば、一時間半ぐらいで着けるだろう。ビスクピンまで直線距離で百キロもない。だが、電車だとそうはいかない。


［ヴェルネル］その代わり、そこへ行きさえすればすべての答えがあることはわかってる。

［カス］本当に？

［ヴェルネル］本当だ。エヴァがぼくに約束したんだから。


ヴェルネルの姿が見えるかのように、またわたしはうなずいた。


［ヴェルネル］そのとき、きみの助けが必要になる。

［カス］ああ、そういうことね。

［ヴェルネル］えっ？

［カス］どうして全部わたしに話したのかわかったの。わたしたちのあいだはほとんど利害関係で結ばれているってことよね。ハラペーニョの唐辛子に甘さがないのと同じぐらい、それは自明の理ってこと。

［ヴェルネル］うーん……。

[カス] 何？ その謎めいた返事は？
[ヴェルネル] きみの言葉にちょっと笑ってるって思って。
[カス] じゃあ、絵文字を使えば？ かまわないわよ。
[ヴェルネル] どうかな。なんとなくここには絵文字は合わない気がする。話を戻そう。この前のチャットで、ぼくたちは交換条件に同意した。
[カス] そうだったわね。

本題に入るときが来たようだ。ヴェルネルがわたしを助ける気があるのなら、動かなくては。

[ヴェルネル] つまり、持ちつ持たれつだ。
[カス] 目には目をでなければいいけど。
[ヴェルネル] でなければ……。
[カス] そう、じゃあ、仕事にとりかかりましょう。ヴェルン、近くに銀行はある？
[ヴェルネル] ヴィタシツェに？ 冗談だろう？

本当に銀行の支店もないのだろうか。すぐに調べてみた。たしかに、あるのは協同組合銀行だけのようだ。

[カス] じゃあ、ヤロチンまで行って。そこなら銀行も選べるから。口座を開設して、わたしに情報を送って。

[ヴェルネル] なんの情報?

[カス] 送金するための情報よ。

返信はなかった。お金の話はヴェルネルにはまったく予想外だったのだろう。わたしにすれば、経費など問題ではなかった。問題なのは、まったく別のことだ。

[カス] 何度か送金するわ。一回目の送金で中古の車を買って。そして最後の録音を受け取ったら、ポモージェに来て。

[ヴェルネル] きみを迎えに?

[カス] わたしと息子を迎えに。

またしばらく返信がなかった。それからヴェルネルは、もっと詳しく話してほしいと言ってきた。わたしはそれに応じることにした。

13

口座を開設するのにそれほど時間はかからなかった。遅かれ早かれキャッシュカードをもたなくてはならない。カサンドラによると、ヤロチンにいるいまのうちに口座を開設することが鍵になるようだ。そうすれば、追っ手をまける。

実際、誰かがぼくを追っているのだろうか。警察でないとすれば、エヴァの次の録音で正体が明らかになるはずの連中が。

結局、カサンドラが勧めたとおりにビスクピンに向かった。蜘蛛を思わせる次のUSBが博物館でぼくを待っているのはわかっていたが、エヴァがそれを隠した正確な場所を特定するのは難しかった。

彼女は、ぼくが最も気づきやすい場所を選んだに違いない。問題は、ぼくたちは一度もここに来たことがないだけでなく、彼女が一番興味をもちそうなものが何か、よくわからないことだ。

木でできた柵《さく》を通りすぎ、あたりを見渡しながら考古学博物館の敷地に入った。遠くに若者のグループとガイドがいるのが見える。右側には草に覆われた一帯があり、看板には「沼地」と書いてある。

あそこから探しはじめるのがいいかもしれない。この状況では、適切な判断に思える。

通路に敷かれた板の上を進んでいく。何かヒントになりそうなものはないかと探しながら、しばらく博物館を回った。ピャスト朝初期の村を見てまわり、なぜだかわからないが、エヴァが一番興味をもっていたのはまさにこの時代なんだろうという気がした。

それから博物館のパビリオンに入った。ヤロチンのフェスティバルのあとにここに来ていたなら、この辺でもう辛くなり、うんざりしていただろう。ぼくは博物館マニアではないからだ。

実際、ぼくが興味をもったのは動物の骨だけで、食器や飾りや道具にはまったく関心が湧かなかった。希望を失いかけたとき、博物館のスタッフに気づいた。声をかけてみても損はないだろう。

ぼくの質問に、その青年は少し驚いたようだった。

「お客さんが探しているものは……、蜘蛛と関係あるのですか?」

「ええ、おそらく」ぼくが答えた。

「どういう意味ですか?」

「いや」

青年は変な人物を見るような目でぼくを見た。当然の反応だろう。

「蜘蛛の巣かもしれないし……」ぼくはそう言いかけてやめ、頭を振った。「とにかく、そういうものがここにありませんか？」

「蜘蛛に関係するものですか？」

「だから、そう言ってるでしょう」

「そう言われても……」

「もういいです」彼の言葉をさえぎり、ぼくは手であしらった。

次の展示に向かったが、ルサチア時代の集落のミニチュア模型が役に立つとは思えなかった。先ほどのスタッフがぼくのほうを見ているのに気づいたのは、しばらく経ってからだ。

変なやつを見ているといった以上の何かが、彼の視線から感じられた。

「ところで、どうしてあんな質問をしたんですか？」ぼくのほうに歩きながら、彼が話しはじめた。

「ぼくのために、ここに何かが残されているはずなので」

「蜘蛛の形のＵＳＢメモリーが？」

ドキッとした。エヴァはここにＵＳＢを置いていったということか。誰かがＵＳＢメモリーを見つけ、ぼくが受け取るはずの場所からもち去った。そう考えると、背中に不快な寒気を感じた。

ぼくはその青年をじっと見つめた。

「そう、ＵＳＢメモリーです。あったんですか？」

青年はうなずいて、模型のひとつを指さした。ぼくのところからは陳列ケースに何が書いてあるかを見ることはできなかったが、たいして意味のあることではないだろう。いや、何か意味があるはずだ。エヴァはこのミニチュア模型にぼくを導こうとしたのだから。

「期間限定の展示で見つけ……」

「細かいことはいいです」ぼくはさえぎった。エヴァはぼくの記憶を過信している。彼女が一番興味をもっているのはどんなテーマなのかさえ、ぼくは知らなかった。前に聞いたことがあるかもしれないが、あまり気にしていなかった。

「そのUSBをもっているんですか？」ぼくはきいた。

「ええ、レジにあります。誰かが落としたのだと思って、それに……」

「ありがとう」ぼくは話を中断し、振り向いて出口のほうに歩きだした。

青年が当惑した目でこちらを見ているのを感じたが、その原因が別にあることまでは気づいていなかった。

「そのことについて、すでにきいてきた人がいるんです」彼が言った。

ぼくは前に出しかけた足を止めた。

「なんだって？」

「三十代ぐらいの男性です。痩せてて背が高く……」

「痣がある？」

青年はうなずき、顔をしかめて言った。

「左目の下に」

人気《ひとけ》のない街の暗い路地を歩いていて、突然視界の隅に誰かがいるのに気づいたような気分だった。エヴァの使いがぼくより前にここに来ていたのか。考えれば考えるほど、不安になった。

「その人はいつここに？」

「今朝です」

まだどこかにいるかもしれないと思い、ぼくはあたりを見渡した。

「あなたと同じことをきいてきましたが、USBはレジにあると答えると立ち去りました」

ぼくは何度かまばたきをした。

「ああ、そうだ」博物館のスタッフがさらに言った。「それと、誰かほかにUSBメモリーについて尋ねてきた人がいるかってきいてましたよ」

ぼくは頭をかきながら考えた。心配することはないのかもしれない。痣のある男は、ぼくが正しい場所に行き着いたかどうかを確かめるためにここに来たのだ。エヴァが望んでいるとおりにすべてが運んでいるかを確かめたかっただけだ。

そうであってほしい。

青年に礼を言い、足早にレジに向かう。「ご面倒をおかけしてすみませんでした」と謝って問題なくUSBを受け取ることができた。感じのいいレジ係の女性ふたりが「気にしないで。置き忘れは誰にでもあるから」と答えた。

「ところで、この辺にホテルはありませんか?」ぼくがきく。

「ホテル、ホテル……」ひとりが考える。

「泊まれるところだったらどこでもいいんです」

「ああ、一番近いのはプシスタンビスクピンスカだけど、個人でも利用できるかはわからないわ」

「ひとり部屋もあるわよ」もうひとりが言った。

「きいてみたらどうかしら。もし駄目だったら、プシスタンヴェネツカなら絶対大丈夫よ」

もう一度礼を言い、博物館を出た。USBをポケットに入れ、汗ばんだ手で握りしめる。ぼくを不安に陥れていたすべての問題の答えがいま、この手の中にある。文字どおりすべて、の、問題の答えが。

ノートパソコンにつなげて、エヴァがぼくに話すことを聴くだけでいい。博物館の柵のそばに座ってすぐにでも聴きたかったが、古い電池はほんの少し使っただけで切れてしまった。

十五分あまりでプシスタンビスクピンスカに着いた。なんの問題もなく泊まれることもわかった。一泊朝食付きで五十ズロチ。ぼくのアカウントが使えるようになったらカサンドラがまとまった金額を振り込んでくれることになっていたので、安心して支払うことができた。

カサンドラから聞いた話がどこまで真実なのかはわからない。ブリツキとクリザが彼女について話していたことから想像するに、レイマン夫妻は、ロベルトではなくカサンドラのほうが主導権を握っているのだとばかり思っていた。

だが、そうではなかったようだ。成功と富を隠れみのに、病的で異常な状況をふたりはずっと隠してきた。カサンドラが言ったことが真実なら……。

いずれにせよ、ぼくに選択肢はない。エヴァを見つけたときにカサンドラから金銭的援助を受けたいのなら、まずカサンドラを助けなくては。エヴァの居場所がわかったらすぐにカサンドラを助けにいくつもりだった。

部屋の鍵を閉め、パソコンを電源につなぎ、ベッドの上に座る。システムが作動しはじめたら、ワイファイがつながっているかを確認する。インターネットにつながっているようだ。ほっとした。今晩カサンドラと具体的な相談をするには、ネットが必要だからだ。

でもその前に、ようやく最も大事なことができる。

ブラウザをオフにする前にＮＳＩ（独立情報サービス）のホームページが更新されているのに気づき、ぼくは眉間にしわを寄せた。主要ニュースのどこかにぼくの地元の名前が目に入った気がしたからだ。

実際、そうだった。

メインニュースではなく、ＮＳＩ地方支部の最新のニュースが載っているページサイドに。

「オポーレ殺人事件の新事実」というタイトルがついている。

USBメモリーを一瞥《いちべつ》し、モニターに目をやる。一瞬迷ったが、気がついたらリンクをクリックしていた。予想どおり、ブリツキについてだった。

殺人犯が特定されたとNSIは報道していた。すでに捜査が進められているが、容疑者はもう町を離れている可能性があると警察は見ているという。

その下に写真があった。

ぼくの写真だ。

ぼくについて必要な情報が公開され、外見の細かい説明があり、殺人容疑者として捜索中となっている。ぼくの目はモニターに釘づけになった。誰が関わっているにしても、なぜか今後、これより先に警察の捜査が進むことはないように思えた。

だが、エヴァとぼくを追っている連中が諦めることはないだろう。しかもあいつらはどんなことでもやりかねない。それを思うと恐怖を感じた。でも、ここまで真剣にぼくを捜しているということは、逆にいえば事件の解決にぼくはかなり近いところにいるということだ。数日前に思っていたよりずっと。

USBを一瞥すると恐怖心に血の気がひいた。全国的にぼくの捜索が始まったからではない。刑務所行きになるかもしれないからでもない。失踪した婚約者のメッセージを聴く前に捕まってしまうかもしれないのが怖かったのだ。

ぼくを見かけたと誰かが警察に通報する可能性は充分にある。

ぼくを目撃した人はたくさんいるだろう。幸い、あちこちに移動したことでぼくの足取りはつかみにくくなっているはずだ。エヴァはそれを考慮して、ぼくを町から町へと行かせたのだ。

問題はここの博物館のスタッフだ。パビリオンの青年はぼくをじっくり見なかったかもしれないが、レジの親切な女性ふたりはぼくの顔を覚えているに違いない。

危機が迫っている。警官がぼくの行く手に先回りしているというより、すぐそこの廊下で待ち伏せしているような気がした。胸の鼓動が激しくなった。少し気持ちを落ち着けないと。やっと手の震えを抑えることができた。何をすべきか、しばらく考える。録音を早く聴きたい。いま、それ以上にやりたいことはない。それともできるだけ早くここから逃げたほうがいいのだろうか。可能なうちに自分の足跡を消したほうがいいか？

そのほうがいいだろう。

だが、ぼくは久しく良識のある選択をしていなかった。蜘蛛の形をしたUSBをパソコンのポートに挿し、ベッドの背もたれのほうに身体をずらした。膝の上のパソコンから視線をそらさず、タッチパッド上で指を動かす。

ファイル名は「暑い日のアイスクリーム」だった。純粋無垢《むく》なこのタイトルがなぜかぼくを不安にさせた。ダブルクリックし、深呼吸をして背筋を伸ばす。

十年間ぼくに明かされなかったメッセージを聴く準備はできている。エヴァのメッセージを。

暑い日のアイスクリーム

カイマンと彼の組織について証言すると決めた日は、わたしの人生で最悪の日とはいえない。でも、最悪の日のうちの一日ではあったわ。わたしは大きな間違いを犯した。自分を唯一正当化できるのは、父が果たせなかったことを代わりにするという強い思いがあったということだけ。

いいえ、違うわ、タイガー。

そうだったと思いたいけど、まったく違う。わたしを突き動かしたのは、純粋に復讐の欲望だけだった。両親に仕返しをしたかった。その唯一の方法が、すべての資料を警察に渡し、法廷で証人席に立つことだった。

わたしはそれに同意し、この件がこの先どこまで行くのかまだ誰もわかっていないうちに、証言を始めた。新しい証拠はどれも、カイマンの活動に関わっている人々の範囲がさらに大きくなっていることを示していた。

でも、それが最も重要な問題ではなかった。問題は、犯罪に関わった人たちの一部を警察が特定できなかったこと。警察は捜査で集めた録音された会話を何度も巻き戻したものの、結局は書類上、表面的な形を整えただけで、彼らにつながる手がかりはすごく曖昧で、犯罪組織が解体された後でさえ、一部の連中は野放しのままになった。簡単に思えたわたしのカイマンへの復讐計画が、じつは複雑になって、逆にわたしに跳ね返ってくることになったの。

復讐は甘い味がするってあなたも知っているでしょう？　それは冷やして食べるのが一番美味しいってことも。マリオ・プーゾを読んだり『ゴッドファーザー』の映画を観たりしていなくても、もちろん知っているわよね？　結局、アイスクリームと同じで、暑い夏の日にそれを食べると格別に美味しい。はじめは幸せな気持ちにさせてくれるけど、結局は太って健康にもよくないし、エナメル質も破壊される。わたしの虫歯はかなり早いうちに始まったけど、それは食後のアイスクリームのせいだったのよ。

わたしが裁判で匿名証人になることを検察は認めた。訴訟を進めていた人たちは誰もが、わたしの個人情報が漏れたが最後、深刻な結果を招くってわかっていたから。わたしだけじゃない、あなたにも危険が及ぶ。

もしかしたら、わたしよりずっと危険だったかもしれない。だってわたしが証人になるのをやめさせようと、カイマンの一味はあなたに圧力をかけるかもしれないでしょ？　でも、誰もあなたのところには行かなかった。わたしが気をつけていたから。

だからといって、連中がわたしを捜すのをやめたわけじゃない。その逆よ。裁判が長引き、逮捕者も増えると、連中を陥れている匿名証人捜しに熱が入った。

あの頃はまだ、犯罪者が犯罪組織から警察に寝返って捜査に協力をすると得をする時代だった。いまはそんなことは滅多にないけど。得になんてならないことがわかったから。だって、自分の生活をまるっきり変えなくちゃならないうえに、代償として国からもらえるのはわずかな補助金だけ。豪華な邸宅に移り住めるわけでも、贅沢な生活が保証されるわけでもない。それどころか、ほんのわずかな補助金しか当てにできないのがふつうだから。

犯罪者に情報提供をさせるには、もっといい条件を保証すべきなのに、国はそれにけっして予算を割こうとはしない。それでみんな苦しんでる。

それでも司法取引をした犯罪者は、かなり多くのことを期待できると思う。少なくともわたしのような匿名証人に比べれば。わたしはいくら証言をしても、特別な保護や、万一のときには警察が守ってくれる保証なんて何もなかったんだから。

数年前の二〇一五年に変わったのよ。法律が改正され、そのおかげで証人には警察の二十四時間態勢の警備が保証されるようになった。それだけじゃない、居住地の変更、それに基本的な生活費と住居費を賄えるような経済的援助まで国がしてくれるようになった。そんなにたいしたことじゃないと思うかもしれないけど、それでも脅威にさらされている人たちにとっては大違いよ。

でも、当時のわたしにはそれがなかった。少なくともそんないい条件は。カイマンたちが最後にはわたしを捕まえるだろうことは誰の目にも明らかだった。仲間のなかで寝返って警察に協力する証人が出ないとしたら、残るは何年も一緒に仕事をしてきた外の者を洗い出すことになるから。

そしてついに連中は、わたしにたどり着いた。あなたは何も知らなかった頃、わたしたちの人生に影を落とした裁判が終わる頃のことよ。

情報源がわたしだってわかったら、連中はあまり時間をかけたくなかった。あの《ハイランダー》の男たちはドルヌィ・シュロンスクから来たの。カイマンは、それが一番いいと判断したの。男たちがオポーレに来たのはあのときが初めてで、もう二度と来ないことになっていた。

わたしが両親とカイマンとにまつわる問題をどんなに多く抱え、どれだけ警察がわたしを頼りにしていたか、やつらが知っていたなら「野次飛ばし席」の前でわたしたちを襲う前にもう少し考えたかもしれない。でも、わたしがどれだけ警察の捜査に役立っているか、彼らは知らなかった。わたしが実際にどれだけのことを知っているかも知らなかった。

わたしがただ情報を流しているとしか思っていなかった。だから、わたしを脅して思い知らせるのが得策だとやつらは考えた。誰が支配者かを一度はっきりと見せようと。誰がボスで、誰が役立たずで、誰がただの駒にすぎないかを見せつけたかったわけ。

女性に屈辱を与えるのに婚約者の目の前でレイプする以上のことがある？　ビールを飲み、わたしたちを見ながらそんな話をしていたんでしょう。あの日、あなたがプロポーズをしたのがわかって、やつらの残酷な心に火がついたんだと思うわ。

レイプと暴行はあくまでわたしに対する警告のはずだった。

ところが、それ以上のものになった。わたしたちの人生は再定義され、わたしたちふたりをそれまでとはまったく別人にした。

これだけ年月が経っても、ムウィヌフカの川辺でのあのシーンがフラッシュバックする。できるなら記憶から消してしまいたい。いろいろな薬を試したけど、結局、処方箋ではもらえないものが一番だとわかったわ。

燃えている建物から、一度入ったらもう這い出てくることすらできない凍りついた水の中に逃げ込むようなものだ、ってわかってはいるけれど、それでもなんらかの助けにはなる。たとえそれが、避けられないことを遅らせるだけだったとしても。

連中は延々とわたしをレイプした。少なくともわたしにはそう思えた。最初は想像を絶するような痛みをともなった。おそらく身体の痛みとは違う、もっと何か大きな痛み。わたし自身の痛みよ。一瞬のうちに連中はわたしのすべてを破壊したの。

それについては話したくないし、あなたも聞きたいはずがない。この十年間にあなたはあのことを頭のなかでめぐらせてきたに違いないもの。あなたはあそこにいて起きたことを見ていたんだから。あのとき、あなたは最初の一撃で倒されてしまった。

それでも、あなたがわたしのためにやめさせようと必死になって戦ってくれているのも見たわ。連中からわたしがされたことと、どうやってもわたしを助けられないことの、どちらがより辛いかはわからない。

やがてあなたは意識を失った。わたしもそんな感じだった。目は確かに開いていて夜空を見つめていたけど、もうそこにわたしの身体はなかった。空っぽのマネキンのようなその身体に連中は飛びかかり、荒々しく喘《あえ》ぎ、胸やお尻を押さえつけ、首を手で締めつけた。最初に始めたやつが最後に戻ってきた。そいつがまたわたしの中に入ってきたときには、もう感覚を失っていたわ。わたしはすでに人間ではなく、死骸のようだった。

終わったら、やつらは、これ以上カイマンのことにも彼の組織のことにも関わらないようにと忠告してきた。やつらの言うとおりにすべきかと少しでもわたしが迷っているようなら、また戻ってくるって言って。

ほかにも何か言っていたけど、わたしはそれを聞きとるだけの集中力をもっていなかった。たぶん脅迫めいたことだったんでしょうけど。

その間、わたしのなかで、少しずつやつらに対する復讐心が高まっていった。

そのときはまだ、完全には意識していたわけじゃないけど、思い起こせば、決断したのはそのときよ。やつらを刑務所にぶちこむためならなんでもすると。ズボンを上げて、あなたのところに這っていくまでにどのくらい時間が経ったかわからない。起こそうとしたけど、あなたは意識を失ったままだった。脈と呼吸を確かめてから電話を取った。

救急車を呼ぼうと思ったけどためらった。

この状況で誰もがやることをすれば、ありきたりのシナリオどおりにことが運ぶってすぐに気づいたの。警察はわたしを保護し、レイプ犯は最後には逮捕されて罰を受ける。でも、わたしたちは死ぬまで、いつ誰が襲ってくるかわからない恐れを抱きながら生きていかなくちゃいけない。

それが許せなかった。あなたにそんな思いはさせられない。

それで救急車を呼ぶ代わりに、プロコツキに電話をした。何が起きたかを話したら、彼はすぐに近隣の警察をみんなこちらによこそうとした。でもなんとか思いとどまらせた。

それだけじゃなくて、わたしたちはこのチャンスを利用しないといけないってプロコツキを説得したのよ。まるっきり新しいシナリオをつくりだすチャンスだった。すべてを永遠に終わらせられるシナリオを。

わたしは姿をくらますことにした。警察の手を借りて、新しいアイデンティティを受け入れ、失踪を装うことで新しい人生を始めることにした。カイマンたちから、わたしもあなたも放っておかれるためにはそうするしかなかった。

十年も隠れているつもりなんてなかった。それどころか、十数ヶ月で問題は解決するって信じていた。あなたには多大な苦痛を味わわせることになるけど、ほかに方法がなかったのよ。

もうひとつ、わたしをそうさせたものがあった。長い間自分で認めたくなかったこと。恥ずかしさのようなものよ。でも、それだけじゃ表現しきれない何か。自分は軽蔑されて当然というか、汚《けが》らわしい存在であるかのような気持ちがわたしにはあって……適当な言葉が見つけられないけど。

できればそれを自分から切り離してしまいたかったの。魂を清めて、別の身体で新しい人生を始めたかった。やつらはわたしに、自分を卑下させて鏡に映った自分ほどこの世で嫌なものはないって思わせたのよ。

でも、それも時間の問題だと思っていた。少なくとも我慢できるようにはなるだろうって。最初は自分の姿を直視できないっていう思いを拭い去ることができなかった。こういうことを身をもって経験したことがなければ、うまく説明もできないし、理解もできないでしょう。

十数ヶ月離ればなれになれば、わたしたちの関係は救われると思っていた。再会したときには、少しずつ生活に慣れていくのを見るだけでなく、新たに自分たちの人生を始められるとも思っていた。

現実はそんなに甘くなかったけど、それでも、わたしが何をやろうとしているかを自覚することはできた。わたしたちの安全を確保したいという欲求と復讐心が、わたしを突き動かしているってことを。

もはや、両親だけじゃなくて、わたし自身の復讐でもあるのだから。

あの連中を最も痛めつける結果をもたらすような、確実な何かが必要だった。

わたしの電話でプロコツキが駆けつけたとき、計画を話した。だから、プロコツキは救急車も増援も求めたりはしなかった。そうすれば、カイマンに狙われどんなに危険かわかっていたから。とにかくカイマンと部下を刑務所に入れることで、わたしたちは犯罪組織を解体しただけでなく、多くの人の命を救ったことは間違いない。

証言すると決めた日は、わたしの人生で最悪の日ではなかったけど、一番暑い日だった。涼むのにもらったアイスクリームが、唯一わたしに束の間の休息を与えてくれた。そのあとどんどん辛くなっていった。

なぜ十数ヶ月後に戻らなかったのかって？

カイマンがその後どうなったか調べているなら、有罪判決になったって知ってるでしょう？　彼はいま、ストシェルツェ・オポーレの刑務所にいる。手下の大半と一緒にね。全員じゃないのが残念だけど。

プロコツキはわたしに新しい人生を用意してくれた。まるでわたしが代償を当てにしていた証人であるかのように。正式には彼がどうやったのかは知らないけど、事件の全容を知っている人は片手の指で足りるほどだったわ。

大臣が同意したんだと思う。メディアの受けがよさそうなことだったら、政治家はいつでもなんにでも喜んで同意する。このケースはまさしくそうだった。カイマンの組織が崩れたことは、ドルヌィ・シュロンスクとオポーレだけでなく、ほかにも広まった。ひとりの女性に新しい自分をつくってあげることぐらい、国にとっては大した費用ではないわよね。

しかも短期間の援助だし。

ところが、みんなが考えていたより問題はずっと複雑だってことがわかったの。どれほど長いあいだカイマンが処罰されることなく活動できていたかを考えれば、予測できたことだったかもしれない。

というのも、警察の中にスパイがいるのがわかったのよ。

でも、それに気づいたのはカイマンの一味を拘留しようとしたときだった。警察の中の誰かが前もって、カイマン組織の幹部数人に情報を流していた。それで、そいつらは逮捕を免れただけじゃなくて国外に逃亡できた。

そいつらの一部はいまだに特定すらされていない。

それに警察内の誰が情報を犯人に流したのか調べられることもなかった。確実なことは、その人がわたしに関する情報に行き着いたなら、絶対に見逃さないということ。わたしがカイマンの棺《ひつぎ》の釘だったってことはすぐにわかるでしょう。そしてわたしを見つけるためならなんでもするはず。

そのため、一時的なはずだったわたしのシナリオは永久的なものになった。

そう、わたしは失踪したままになるはずだった。

ぼくは録音を止め、窓のほうを見つめた。フションストヴィッツェで逃げるのを手伝ってくれた警察官がぼくのところに来たのではないかと思った。誰も信じるな、と言ったあの警官だ。あの男はカイマンのスパイだろうか？　いや、そんなことはないだろう。この録音を聴いた以上、オポーレの警察官への対応も再検討しなくてはならない。

あのとき、明らかにぼくたちは同じ側にいた。ということは、ファルコフはプロコツキが信頼をおく男なのかもしれない。警察官は、ああいうやり方で助けようとしたのかもしれない。

でも、そうだとしたら、どうしていま、ぼくは追われているのか？

頭を振った。答えは録音の続きにあるのだろう。なぜか録音はもうあまり残っていない。もっとたくさんぼくに話すことがあったはずなのに。

あとは直接会って話すつもりなのだろうか。エヴァをどうやって捜せばいいかを、これから聴けるのかもしれない。きっとそうだろう。その思いには、嬉しさと同じぐらいの怖さがあった。

実際、ぼくは誰と会うのだろう。ぼくがよく知っている婚約者なのか、それともこの十年間に変わってしまった女性なのか。前者だとしても、彼女のことを知っていた、といまでもぼくは言えるのだろうか？

疑問があまりにも多すぎる。答えは幸い手の届くところにある。ただ、それを手にするのを誰かが邪魔する可能性も常にある。

誰かがぼくの行く手を阻むまでにどのくらい時間があるのだろう、と考えながらドアに目をやった。ブリッツキの殺人についてのニュースはここの人たちに衝撃を与えておらず、ぼくは最後まで婚約者の話を聴けるかもしれない。

「再生」をクリックした。

わたしはヴィエルコポルスカに隠れた。自分で選べるのだったら、山に決めたと思うけど。わたしにとって一番近しい場所だから。でも、ヴィエルコポルスカがわたしのために決められた場所だった。大事なのは誰にもわたしを見つけられないことだから。

実際、誰にも見つけられなかった。

だからいま、あなたはこうしてわたしの録音が聴けているのよ。機械が動いたから聴けているって?

いいえ、大事なのは何がではなく誰がよ。

わたしが決断したからなの。どうしてこういうことになったかは、あなたに会ったときに話すわ。いま、あなたに知っておいてもらいたいのは、理由もなくわたしがヴロッワフに現われたんじゃないってことだけ。ブリツキが大好きなバンドのコンサートを見逃すはずがないってわかってた。わたしは一度もフー・ファイターズのファンだったことはないけど、わたしの人生を変えたバンドがフー・ファイターズだった。

コンサートに行くことですべてが動きはじめた。ドミノが倒れはじめたのよ。

ドミノの駒のほとんどはわたしが立てたつもりでいたけど、完全にそうじゃなかったみたい。何が起きているかカイマンたちに気づかれないように、わたしは気をつけた。この段階で、何か複雑な問題に行き当たったってことは、あなたにもわかるでしょう。

でも、わたしの行動の結果はあなたが思っているほどありきたりじゃない。それについては会ったときに全部話すわ。

タイガー、あなたにはその準備ができてる?

できてるなら、わたしはあなたを待ってる。あなただけが知る場所で。あなただけがわかるときに。

続きを待った。エヴァが考えていることを言い当てるには、情報があまりにも少なすぎる。録音が終わるまであと三秒しかない。

「ほら」ぼくは言った。「もっと何か言ってよ」

時間が止まったような気がした。

また一秒過ぎる。

「さあ、早く」懇願する。

録音は終わり、それ以上は何もなかった。ぼくは、エヴァに顔をひっぱたかれたかのように、呆然と座っていた。ぼくだけが知っている場所？　ぼくだけがわかるとき？　どういう意味だ？

まったく何も浮かばない。まったく何も。

あまりに曖昧すぎて想像するのも何かを思いつくのも難しかった。ぼくは身じろぎもせずに固まっていた。何かを聴き逃したのではないかと必死で考える。

ついに、ぼくは頭を振って、もう一度最初から聴き直すのが一番いいと思いつく。時間がないことも、できるだけ早くビスクピン周辺から離れたほうがいいことも、もはや頭になかった。

ファイルを開こうとしたが、ダブルクリックしたとたんにUSBのウィンドウは消えてしまった。心の中で悪態をついた。偶然そうなったとは思えない。ファイルを開けるのは一度きりになるように、エヴァが設定したのだ。

パソコンを横に置き、ベッドから立ち上がった。狭い部屋の中を歩きながら、答えを探す。何も浮かんでこない。窓のそばで足を止め、少し気を逸《そ》らそうと遠くを見た。最高のアイデアは必死に考えていないときに思いつくものだ。

それには適切な環境が必要だ。

平穏な環境が。

だが、そんなことを言っている場合ではなかった。警官がふたり、ホテルの前に立ってレストランの従業員と話しているのが見えたのだ。その従業員は頭をかきむしり、しばらくしてぼくの部屋の窓を指さした。

14

口座に振り込むのは簡単だった。振込先さえわかれば、もっと前に会社の口座から振り込むこともできた。ただし、わたしが自分名義の口座から振り込んだなら、ロベルトにすぐ気づかれるともわかっていた。それはけっしてわたしによい結果をもたらさないことも。

かといって、自分の救済資金について相談できるほど信頼のおける人はほかにはいない。

わたしが「救済資金」と名づけているものは、実際にはもっと重要な意味をもっている。わたしが送金した金はすべて、わたしとヴォイテックが今後生活していくための資金だ。ロベルトから離れる。わたしが受けている暴力、時が経てばわたしの子どもにも及ぶかもしれない暴力から離れるのだ。

子どもに暴力が及ぶのだけは絶対に許さない。

ヴェルネルは信用できるとわかっていた。でも、それは彼の純粋な性格を信じているとか、他人の金を横領しないだろうといった信頼ではない。ヴェルネルは、切羽詰まればわたしが用意した資金を使うだろう。

わたしが彼に求めているのと同じぐらい彼もわたしの助けを必要としている。

次の手がかりはうまく見つけられただろうか。日中、セキュリティ認証パスワードを知らせるSMSを何度も送り、気づかれないように仕事部屋に行くためにできるだけのことをした。

それなのに、ヴェルネルがRICに現われることはなかった。夕方になると不安が募った。ニュースなどで状況を常に追っていたので、彼に逮捕状が出ていることも知っていた。だが、警察はそう簡単に彼の足取りをつかむことはできないだろう。

ヴェルネルの関心があったのは南部だったが、いま彼がいるのはそれよりも北に位置するビドゴシュチュとポズナンの間だ。少なくともしばらくは安全なはずだ。

中古車を買うための銀行口座が開設され、送金もすませた。それなのに、そこからお金は引き落とされていない。日が落ちる頃には、わたしの不安はいっそう深刻なものになった。わたしの計画なんて、簡単に壊れるのだ。すべてはひとりの人間次第なのだから。

ロベルトが帰宅する直前、RICのアラートを設定して階下に降りた。誰かがログインしようとしたらすぐに連絡が来る仕組みだ。セキュリティ認証パスワードなしではログインできないが、ヴェルネルにはパスワードを知らせてあるので問題ない。わたしにとって大事なのはヴェルネルが連絡を取ろうとしたときにすぐにわかることだ。

リスクが高すぎるので、これまでアラートを設定したことはない。不都合なときにメッセージが送られてきたら、ロベルトの注意を引いてしまうかもしれないからだ。いや、かもしれないではない。確実に注意を引くだろう。そうなったら、誰からのメッセージかわかるまで追及されるだろう。

絶対にミスを犯すことはできない。一番大事なときなのだ。

ロベルトが帰るのを待ちながら、わたしは食洗機に食器を入れ、キッチンを片付けた。夫は、仕事を終えて帰ってきたときに家が散らかっているのを嫌う。彼がこんなに遅くまで「職場」にいることは滅多にないが、たまにはやむをえないのだろう。

そして、そういうときには、彼は当たり散らした。ときにはたまたま居合わせた人に対しても。自分の目でわたしを見張っていないと冷静でいられないのだ。

わたしにとって、それは夜の暴力がさらに激しくなることを意味していたが、幸い、そういうことはあまりなかった。ふだんはロベルト自身が、誰とどこで会うかを決めていたからだ。

それでも、ときには彼自身が在庫品の補充をしなくてはならなかった。わたしたちの高級な生活を維持できたのも、わたしがいま救済資金を送金できるのも、すべてはロベルトのそういう働きのおかげなのだ。

ロベルトがいつもチェックしている彼の定期収入からわたしの救済資金を差し引いたらすぐに気づかれてしまうだろう。だが、幸いにもその資金は彼がたまにしかチェックしない違法ビジネスから得たものだ。夫が苦労して稼いだ汚い金をわたしが奪ったと気づくには、数日かかるはずだ。

その金は、ロベルトの《シャライナ》用銀行口座に入金される。

彼はこの名を商標登録していなかったが、そうするまでもなく、ポーランドの仲介業者のほとんどは、誰がその麻薬の独占販売権をもっているか知っていた。

《シャライナ》。危険な響きではなく、むしろ子どもっぽい印象の名前だ。まさにそれがロベルトの狙いだった。

この麻薬はアメリカでは違う名前がついている。《灰色の死》。

《シャライナ》という名はマーケティングに役立った。世間では、オピオイド化合物とか、あまり知られていないほかの外国語の名前で呼ばれていたかもしれない。だが、そこにわたしは深入りしなかったし、ロベルトが取引しているのはこれだけなのかどうかさえ知らなかった。おそらくそうではないだろう。

《シャライナ》の成分は決まっていない。顧客が支払える金額によって成分が変わるのだ。基本はフェンタニルとカルフェンタニルの混合物にヘロインを加えたものだ。使用後の効果は、ヘロインだけより数倍強い。それなのに製造コストはずっと安い。

アメリカではすでに《灰色の死》についての調査結果があり、この混合物の過剰摂取で病院に搬送される人が増加していると医者が警告している。おそらくほかの麻薬よりもはるかに簡単に手に入るからだろう。

ゾウを眠らせるのにカルフェンタニルが使われていたことを考えると腑に落ちる。《シャライナ》の各製造者が思いつきで次から次へとカルフェンタニルになんでも加えていったように思える。見た目で《シャライナ》だと区別がつき、何を買ったか顧客がわかるようになっていることだけが重要だった。

ロベルトをはじめ、化合物の個々の成分がどれほど効果があるのかには誰も興味をもたなかった。ロベルトにとって重要なのは、売人が期日までに清算してくれることだけだ。

ロベルトは地元の有力者で、それに加え、長年、幅広くビジネスを手がけることで自分の表向きのイメージを築き上げてきた。おかげで定期的に違法収入の資金洗浄をすることができた。いつの頃からか、すべてが自動的に回っていき、潤滑油をさした機械のようにうまく動くようになった。

最大の収入源は不動産だったが、合法的な売り上げとはまったく無関係だった。ロベルトの税務調査官としての仕事経験には黄金の価値があった。彼のアイデアはとてもシンプルで、彼と関係するいくつかの会社に不動産を担保に低金利で融資する。融資相手には、返済能力のない者が選ばれた。結局、彼らの家やマンションを二束三文で買い取ることになり、それを高く売る。

似たようなまやかしはたくさんある。レイマン調査会社もそのひとつだ。ロベルトのビジネスに大きく影響していたわけではなかったが、《灰色の死》を売ることによる収入の一部を資金洗浄していた。

ヴォイテックと新しい人生を始めるのにその金を使うと考えるのはけっしていい気分ではなかったが、ほかに方法はない。乗りかかった船だ。金はもうヴェルネル名義で開設された口座に送られている。

いま、わたしがすべき唯一のことは、いいタイミングでヴェルネルにそれを全部引き出させることだけ。

それで逃げられる。

そう繰り返し考えることで、自分を奮い立たせようとした。今夜をなんとか生き抜くには、それが必要だった。そして、ロベルトが家に入ってきたとき、過酷な夜が予想できた。

息子の声が聞こえなかったからだ。

ロベルトはキッチンを見て、わたしに軽く笑いかけた。わたしも同じように応え、彼に近寄ってキスをした。

「ヴォイテックはどこ?」わたしがきく。

「友達の家に泊まりに行った」

わたしは、不満を見せないように気をつけ、少し驚いて眉を上げた。

「そんなの、知らなかったわ」

「学校で決めたみたいだ」

「だったらあなたが……」

「何?」怒った声。「電話してきみの考えをきけっていうのか? そんな大きな問題か? 迎えに行ったら、前に遊びに行った友達の家に泊まりに行ってもいいかってヴォイテックにきかれたから許可したんだ。なんでもおまえに相談しないといけないわけじゃないだろ?」

わたしは口を開いたものの、ロベルトは何かを言う隙を与えなかった。

「一晩友達のところに泊まるだけだ。何が不満だ?」

「不満とは言ってないわ」

「おまえの母親でも殺したかのようにおれを見やがって、この野郎」

「ただ……」

「なんだ？」ロベルトはわたしに近づきながら、怒りの口調で言った。

上着さえ脱いでいない。カバンを置くか置かないかのうちにわたしを殴る準備ができていた。今夜はこれまでとは全然違う。それはすでに明らかだった。
二、三時間前までは、逃亡まであともう一歩という気がしていた。ヴェルネルはエヴァのヒントをたどり、わたしは財源を確保した。ヴェルネルがここに現われてくれさえしたら、わたしはヴォイテックと一緒に逃げられる。
なんの跡も残さずに。跡形もなく。

ロベルトはヴェルネルの跡をたどることはできない。ロベルトにとっては、ヴェルネルは偶然現われた、わたしとはなんの関係もない男だ。わたしがこの地獄から抜け出す手助けをしたのが彼だとは思いもしないだろう。

ロベルトはわたしに戻るように強制することなどできないはずだ。

ところがいまや、ヴェルネルは水の中の石のように姿を消し、わたしを待っているのは……。

いや、婉曲《えんきょく》な言い方をすべきではないだろう。少なくとも心の中では。わたしを待っているのは拷問。そう断言すべきだろう。

死と隣り合わせの命を落としかねない拷問。わたしを凝視したときの夫の目がそう語っていた。怒り、不満。一日じゅう自分の中に溜まりに溜まった感情を全部吐き出さずにはいられないのだ。

「どういうことだ、この野郎。おれの息子が外泊するかどうか、おれが決めちゃいけないっていうのか？」

「わたしはただ……」

「なんだ？」わたしの手首をつかみ、言葉をさえぎる。

わたしはそれに気づかないふりをした。そこで彼の手を見たり、痛みで声をあげたりしたら、もっと怒りだすだろう。不当な不満とみなすに違いない。

「パジャマをもってってないし」小声でわたしが言った。

みじめな気持ちだった。でも、今晩はロベルトに従うだけの理由がある。ヴェルネルが迎えにくるのに備えて、できるだけよい状態で今夜を生き抜かなくてはならない。

「歯ブラシだって……」

「呆《あき》れたもんだ」ロベルトはわたしを放すと、手を広げた。「本当におまえってやつは。一晩、パンツだけじゃ寝られないのか？　歯を磨かずに寝られないのか？　おまえは自分で言ってることが、聞こえてんのか？」

答える隙を与えず、わたしの顔を叩く。そして彼は自分の手を見た。誰か他人の手でも見ているように。ロベルトは混乱し、一歩後ろへ下がった。

今夜はこんなに早く始めたことに、自分でも驚いたのかもしれない。

そうではないと気づいたのは、少し経ってからだ。ロベルトは、テラスのガラス張りのドアのほうを確認するかのように見た。使用人の誰かに目撃されるのを恐れているのだろう。だが、外には誰もいない。夫がわたしに手をあげるのを誰かがたまたま見たとしても、トラブルに巻き込まれないように、すぐにその場を離れるだろう。この家ではよくあることだ。ここで起きていることは、公然の秘密だった。あえて何かするだけの勇気のある使用人などいない。彼らは自分を雇ってくれているのが誰かよくわかっていた。使用人の中には不法移民もいる。家族を養うのにほかに手立てはない。見て見ぬふりをする彼らを恨む気はなかった。

警察に通報するような知り合いなどいないのだ。すでに夫に協力する人たちとしか付き合いがなかった。とにかく、みんな秘密を守っていた。

わたしを助けられる人など誰もいない。ヴェルネル以外に誰も。

ロベルトは上着を脱ぎ捨て、テーブルの前に座った。しばらく黙っている。いつものように、今夜はこれで終わるかもしれないと思おうとした。だが、夫が目を上げたとき、そんなことを期待すべきではないとわかった。

「ときどき、どうやったらおまえとやっていけるのか考えるよ」夫が言う。

わたしは黙っていた。

「外であくせく働くだけじゃない、家に帰ってまで……」

そう言いかけると途中でやめ、首を横に振って深くため息をつく。この芝居は自分のためなのかわたしのためなのかわからなかった。夫がそうするときはいつも、彼の頭の中で何かが飛び跳ねている。

「おまえはおれを支えるべきだ」

「支えてるわ」

「嘘つけ。おれを助け、ねぎらい、とんでもない負担を取り除くかわりに、おれにとどめを刺すのを狙っているように見える」

夫は首のうしろを神経質にさすりながらあたりを見た。

「畜生、食い物はどこだ?」

「あなたが自分で……」

「なんだと?」夫がさえぎる。「一日じゅう働かせたあげくに、おれに料理までしろっていうのか?」

「何か頼んでもいいわ」

「自分の棺桶《かんおけ》でも頼んでろ……」

彼にとってはよくある冗談のつもりだったのだろう。でも、わたしにとっては、特に今夜は深刻に受け止めるべき脅迫に聞こえた。いつもと様子が違う。

それに、ロベルトは自分が何をしたいかをわかっている。でなければ、ヴォイテックを友達のところになどやらなかっただろう。

いつもなら暴力がエスカレートしていくスピードに自分でも戸惑っているように見えた。実際、これまでの彼なら、今夜こそは自分を抑えることができると毎回本気で信じているようだった。でも、今日はそうじゃない。最初からやりたい放題やることを自分に許している。そうすることでしかリラックスできないとでも考えたのだろうか。それとも自分が本当はどんな人間なのかがやっとわかったのか。

いや、そんなはずはない。ただ、今夜はなんでもやれると思っているのだ。

自分を守れるものがないかとあたりを見わたした。ナイフや鋭利なものが使えないことはわかっている。彼に重傷を負わせることもできるだろうが、それはわたしにとってもヴォイテックにとっても悲惨な結末だ。ロベルトの仲間がなんらかの方法で後始末するだろう。

「何か気に入らないのか？」ロベルトがぼそっと言った。

「何も……」

「じゃあ、なんで見まわしてるんだ？」

「あなたに何かつくってあげられないかって考えてたの」

「もっと早く考えるべきじゃなかったのか？　帰ってきた夫を一度でいいからきちんと出迎えられるように。だろ？　おれはそれに見合うことをやってると思わないか？」

ロベルトが立ち上がり、上からわたしを見下ろす。

「おまえのためにやっていること全部に対して、最低限の……」

そう言いかけてやめると、首を横に振った。

「よその妻はこんなことはない」

よその妻にはこんな夫がいない、と心の中で付け足した。たとえロベルトの言うとおりだとしても、よその夫婦は緊張したふたりの関係をベッドで晴らすことができる。わたしたちにはそんなことはありえなかった。結婚してこれまでわたしたちがセックスしたのはたった数回だけだ。

ロベルトにはセックスが必要ではなく、別の方法で気持ちを鎮めていた。彼がわたしに惹かれたことは一度もないのではないかと思うことさえあった。彼との間に子どもができたのも信じられないぐらいだ。

初めは、彼に性欲がないことが心配だった。でも、それはわたしにとって神からの恵みになった。殴打以外の形で肉体的な苦痛を受けるのがどんなものか、簡単に想像できたからだ。

「立て」ロベルトが言った。

言うとおりにした。

ロベルトがいきなりわたしの胸ぐらをつかんだ。わたしの懇願や抵抗を無視して、キッチンに引っぱっていき、流しの上でわたしの頭を片手でつかむと、もう片方の手で戸棚を乱暴に開ける。

鍋を取り出し、流しに投げて置き、水を入れる。

「どうやって料理するか見てろ！」

「ロベルト……」

「何か覚えられるだろうよ」

「お願い、聞いて……」

「いや、聞くのはおまえだ、怠けやがって、このアマ。日がな一日プロセッコをちびちびやる代わりに、たまには主人の世話の仕方でも学べ」

水が大きな鍋からあふれだすと、急にうしろからつかまれた。夫が何をしているのかわからないまま、気づくと口の中が水でいっぱいになっていた。首が鍋の縁にぶつかる。

ロベルトがもっと強く押す。逃れようとするが、うまくいかない。彼の力のほうがずっと強く、勝ち目はない。息ができず、わたしは狂ったようにもがいた。

それでも力は緩まない。

もう少しで窒息するぎりぎりのところで、ロベルトはわたしの頭をもち上げ、わたしを一瞥し、息を荒らげ、平手でわたしの頬を殴った。そして、最低の女だと口の中でつぶやいた。

床に押さえつけられる前にむせながらも息をする。硬い床に頭を叩きつけられ、耳鳴りがする。ロベルトはすぐに飛びかかり、首をつかんでまた押さえつけた。

鋭い痛みを感じた。鍋の縁で首を傷つけたのだ。胸に下っていく鈍い痛み。また息ができない。ロベルトは何か悪態をつきながら揺さぶるが、その言葉はわたしには届かない。

ロベルトはふと手を放し、わたしはすぐに横を向いて咳《せ》き込んだ。少しの間、わたしの視界から彼はいなくなったが、すぐにナイフをもって戻ってきた。身をかがめ、刃先をわたしの喉に当てる。

ロベルトは動物の内臓を取り出す方法か何かを口走っている。わたしはできるだけ聞かないようにした。彼が並べる御託《ごたく》は、拷問のあとの謝罪の言葉と同じぐらいの価値しかないとわかっていたから。

謝られるところまで行き着ければ、の話だ。だが、どうやら今夜はいつもとは違う。謝られるところまで行き着けないかもしれないという不安に襲われる。ロベルトはすぐにもう一発殴った。

今度は、わたしに見られるのが我慢できないかのように、片手でわたしの目を隠しながら頭のうしろをつかむ。強い圧迫。こめかみを万力で押されたような強さだった。

ロベルトがわたしの首にナイフの刃を滑らせる。引き裂かれるような痛みを覚え、わたしは叫んだ。

「黙れ！」夫が怒鳴る。

夫から逃れようとしたが、できない。

「静かにしろ、でないと殺す！　わかったか、このアマ」

ナイフは横に投げたものの、怒鳴り声は大きくなる。わたしに唾を吐き、拳で殴りはじめた。彼はこの瞬間を待っていたのだと漠然と思う。コントロールが効かなくなり、完全に自分の本能を解放する瞬間を。

今夜の暴行には終わりがない気がした。ロベルトがわたしの胸を強打する。こんなことは初めてだ。耐えがたい痛み。わたしの中から悪魔を追い出すかのように、とめどもなくわたしを揺さぶる。繰り返し後頭部を床に叩きつけられながら、わたしはひたすら意識を失うことを願った。

遅かれ早かれ気を失うだろう。早くそうなってほしい。

急にロベルトが手を止めた。彼の目を見る。おなじみの哀れな後悔の表情を探したが、微《み》塵《じん》も見当たらない。まだ怒っているのだ。これは単なる休憩にすぎない。夫はわたしへの暴行で疲れただけだった。一息つかなくてはならなかった。

冷蔵庫に行き、プロセッコの瓶を取り出し、何かをつぶやきながら、それを振り回した。わたしのすぐ横、床の上で。冷たい水滴が頬に落ちるのを感じる。鋭いガラスの破片が床に飛び散る。

ビールの瓶を開ける音が聞こえる。ロベルトは海のほうを向いていた。このチャンスを利用しなくては。ガラスの破片など気にせず、階段に向かって這っていく。

手が傷ついても何も感じず、うしろに血の跡を残していった。手遅れになる前に仕事部屋に行かなくては。

ロベルトはまだ背を向けている。独りごとを言いながら、瓶から直接ビールを飲みつづけている。

瓶が空になるまで、わたしには興味がなさそうだ。飲むスピードを考えると、あまり時間はない。階段のところまで行くと、手すりをもって立ち上がった。

最初の数段をやっとの思いで上がる。頭がふらふらする。そのあとは、いくぶん楽になった気がした。二階に行くところばないように壁につかまる。壁に赤い跡が残る。

仕事部屋に入ると、すぐにセキュリティ認証用パスワードをヴェルネルに送る。彼をここに呼ばなくては。一刻の猶予もない。いますぐ助けてもらわなければ。

下からわめき声が聞こえる。怪我をした動物が吠えるように怒っている。そしてロベルトが階段を駆け上がる音が聞こえた。

「お願い……」黒い画面に点滅するカーソルを見つめながら、わたしはうめき声をあげた。

15

ポケットの中でまた携帯のバイブレーションを感じる。もう誰が連絡を取ろうとしているかは明らかだ。この番号を知っているのはふたりだけ。父はショートメッセージを送ってこないはずだ。

送られてきたパスワードを見たからといって、アクセスのしようもない。いまは、それより優先すべきことがある。

国道一一号線をピワに向かって走る。渋滞してもいないのに制限速度を守って走るなんておそらく初めてだ。だが、排気量の小さい古いプジョー206では無茶ができないという単純な事実がそうさせた。

ビスクピンからそう遠くないジニンでこの車を買った。パニックになってホテルの部屋を出たすぐあとだ。時間がなかったので、携帯とお金以外は何ももたずに出た。パソコンさえ置いてきた。もう少し考える時間があれば、違う行動をとっていたかもしれない。

そのときはただ、USBメモリーにはもうファイルはないし、とにかく早く逃げよう、という頭しかなかった。警察と従業員がぼくの部屋に着いたときには、部屋には誰もいなかったというわけだ。

ぼくは出口の門に向かって外を走った。門を出て右に曲がり、先を急いだ。自分がどこに行こうとしているのかわからなかったが、そんなことはどうでもよかった。

恐ろしくて不気味な雰囲気の赤レンガの小学校を過ぎ、立ち並ぶよく似た一戸建ての廃墟《はいきょ》のような建物に沿って走る。

ビスクピンを出て、畑を横断している道幅の狭いアスファルトの道を行ったが、どこに行き着くかさえ見当がつかなかった。結局、ゴグゥコーヴォ村に着き、そこでようやく、自分がいまどこにいるかがわかった。

あと少し、ジニンの町まで足を延ばせば銀行と中古車販売店があるはずだ。あまり深く考えずに、とにかく一時間半足早に歩いてジニンに着いた。

中古車を買う手続きに少し手間どった。その間も、警察が追ってくるのではないかと気が気じゃなかった。ぼくがどの方角に逃げたかはわかってないだろうが、それでも、誰かが少し長い時間こちらを見れば、ぼくだと気づかれて警察に通報される恐れは充分にある。村が小さければ小さいほど安全だ。このような片田舎では、みんな自分の生活と自分に関係あることにしか興味がない。殺人事件の容疑者が全国に指名手配されているニュースなど気にも留めないだろう。

おかげでぼくは落ち着いてピワに向かうことができる。無駄にリスクを負いたくなかったので、遠回りをしてでも都市は避けるつもりだった。そしていま、最後のまっすぐな道を走っている。エヴァはどこか近くにいるはずだ。

一時的にヴィエルコポルスカ県を離れてジニンに立ち寄ったが、またこの地域に戻ってきた。エヴァはこの県のどこかにいるに違いない。

ピワかもしれない。いや、それはただの願望だ。エヴァはなんのヒントもくれなかった。

ヴィエルコポルスカのどこかだということしかわからない。

ぼくだけが知っている場所。

それが何を意味するのか、いまだに見当がつかない。どうしてぼくだけが会うときを知っているはずなのかも。まったく意味がわからない。ぼくたちの間で過去に起きたことも全然関係がなさそうだ。具体的な答えを見つけ出そうと、真剣に考えた。エヴァがくれたヒント「あなただけが知る場所で。あなただけがわかるときに」を英語にも訳し、それが何かの歌に出てこないかなどと考えてみた。どれも効果がなかった。グーグルで探せたら、何か関連のあるものを見つけられたかもしれないが、いま頼りにできるのは自分だけだ。

ワイファイの使えるマクドナルドに立ち寄ったところでどうしようもない。ぼくが買った中古の携帯電話は、電話と最低限の機能しかない時代のもの。ネットにはつなげないのだ。携帯を取り出し、モニターを見た。そういえばカサンドラがぼくと連絡を取ろうとしていたのだった。何度も連絡してきている。何かぼくが知っておいたほうがいいことが起きたのかもしれない。

計画が変わったとか?

万事がうまくいったら、いつか彼女にきく機会もあるだろう。

ぼくたちが協力し合う条件について合意したとき、カサンドラは住所を教えてくれた。最後の手がかりを見つけたあとにレヴァルに行くことになっていた。運がよければエヴァも見つけて。だが、状況が変わった。

カサンドラの助けが必要だった。ぼくひとりでは、エヴァのひねりのきいた言葉が何を意味するのか思いつかないからだ。あたりを気にしないでゆっくり考えられる場所、何よりもインターネットにつなげられるパソコンが必要なのだ。

ほかには誰も頼れない。唯一カサンドラだけがぼくを救える。

でも、ぼくのほうは彼女を救えるのだろうか？　彼女が長年耐えなくてはならなかった恐怖について打ち明けてきたとき、ぼくのことを「救済者」と言っていた。細かいことは知りたくなかった。彼女が夫から虐待を受けているという事実だけで充分だ。そして息子と一緒に夫から逃げようとしているということだけで。

たとえ交換条件がなくても、ぼくは彼女を助けただろう。

いや、そう思いたいだけかもしれない。いざとなったら、ぼくは彼女への同情心から動くことなどなく、ただ自分の問題を解決することだけに集中するかもしれない。

とにかくぼくたちはお互いを必要としている。それだけは明らかだ。

もう一度電話を見た。そしてそれをグローブボックスにしまい、少しスピードを上げた。ポーランドの道路では制限速度どおりに走るほうが速く走るよりむしろ怪しく見えるからだ。

レヴァルまで、ぼくの計算ではまだ二百キロ以上ある。三時間ちょっとかかるだろう。途中で道路工事などがなければ、そして、カサンドラが考えが変わったことを知らせるために何度もショートメッセージを送ってきたのでなければの話だが。

16

ロベルトは猛《たけ》り狂う野獣のような勢いで仕事部屋に入ってきた。その目には結婚した頃の面影など微塵もない。まるで別人だった。その男は怒鳴り、侮辱し、脅迫し、本棚の本を全部投げ落とした。

廊下に引きずり出される前に、RICに目をやることができた。ヴェルネルからはまだ何も来ていない。警察に逮捕されたのではないかと心配になる。ほかの理由は考えられないからだ。

ヴィエルコポルスカとオポーレのローカルニュースが調べられればいいのに。今晩、夫からの拷問で殺されるのなら、せめてヴェルネルがビスクピンでUSBを手に入れて最後のメッセージを聴けたかどうかだけでも知りたい。

ロベルトは一時間あまりわたしを殴った。もうこれで終わりだとわたしに期待をもたせたいかのように、時々手を止めるが、すぐにその期待はつぶされる。あらゆる非難をわたしに浴びせ、殴打は力を増していった。

わたしが弱っていくのを見て、彼はいっそう勢いを増した。生と死の支配者としてわたしをどうするかはすべて自分の手にかかっていることに陶酔しているようだ。いまはまだ後悔とはかけ離れたところに彼はいるが、最後にはまた激しく後悔するに違いない。

それが早く来るように、ただ祈った。

一度彼が手を休めたとき、わたしは車に轢《ひ》かれたほどの痛みをすでに感じていた。傷を隠すことなど、もう考えようもない。これでわたしの逃亡計画は難しくなった。怪我をしている女性は周囲の注意を引きやすいからだ。

それでもわたしは誰にも気づかれないように逃げなくてはならない。

だが本棚の前に立つロベルトを見て、その考えは揺らいだ。棚に寄りかかり、短距離を全力疾走したあとのように喘いでいる。肩が上下に動く。

逃げられる可能性なんて、まだあるのだろうか。ここですべてが終わってしまうのではないか。夫の怒りはさらに増しているように見える。いつもならそろそろ感情が鎮まっている頃だ。でも、今回は違う。

ロベルトは振り向き、軽蔑の目でわたしを見る。近づいて足を振り上げ、肋骨を蹴る。わたしはうずくまり、悲鳴をあげた。これから続く殴打による痛みと、これまで受けてきた痛みとどちらが大きいか、想像もできない。

「ロベルト……」

「黙れ！」怒鳴り、また蹴る。

「見て……あなたが何をしてるか見て……」

か細いわたしの声が彼に聞こえたかどうかわからない。力尽きようとしながら、わたしは手を上げて廊下をさした。一瞬、彼は振り向き、血に染まった壁を見た。

ロベルトは顔をしかめ、捨て犬にやるようにわたしの足を軽く蹴った。

「何をしてるかだと？」怒りを込めて夫が言う。「この家をこんなふうにしやがったのはおまえだろ！」

わたしの胸に足をのせ、踏みつける。肋骨が折れる音が聞こえる気がした。ロベルトは全体重をわたしにかけているようだ。

「家は……」わたしが喘ぎながら言う。「血だらけ……」

怒りと恨みの目でわたしを見る。

「どうなるか……考えて……」

「いつ、何をだ？　警察に電話するのか？　やれるもんならやってみろ」

ロベルトは片足を上げ、ポケットからスマホを出した。歯をくいしばり、手でそれを握りしめる。そしてそれをこちらに投げる。彼のスマホがわたしの目に当たった。激痛が走る。もう二度とまぶたを開けられない気がした。

わたしは小さく呻《うめ》いた。

「ヴォイテックが……」

「ヴィテックがどうした？　今度は子どもを楯《たて》に取るつもりか？　この売女」

「見て……」

「土の中にどうやっておまえを埋めるのか、ただ見てろ」ロベルトはそう言って、わたしのブラウスをつかんだ。

わたしを廊下に引っ張っていく。ブラウスの縫い目が裂ける。上のボタンがはじけとんだ。ロベルトは二階の廊下から一階までわたしを引きずっていった。わたしの身体ができるだけあちこちにぶつかるようにしながら。わたしが階段に頭をぶつけると、もっとひどくぶつかるように一段ごとに少しわたしの身体をもち上げては落とす。

一階に着いたとき、わたしは気を失いかけていた。

そのとき、わたしが考えていたことはひとつだけ。自分のことはもうどうでもよかった。わたしにまだ命のある間にロベルトが暴行をやめるかどうかさえどうでもよかった。血痕やものが散乱した部屋の後始末を自分でできなくなることだけが気がかりだった。ヴィテックが、ここで起きたことの残骸を目にすることになってしまう。

わたしはそのことを考えないようにした。

いま、ここで起きていることに集中すべきだ。命が助かるように。自分の身体を張って抵抗するにはもう遅すぎる。言葉を使ってなんとか夫の狂気を崩すのだ。

「汚ねえゲス野郎……」わたしをリビングまで引きずる。

頭の中で何かが大きく鳴り響いた。でも、彼の言ったことが聞こえないほどではない。そのあとに続く言葉はどれもわたしの耳に届いた。ロベルトはどうやら本気だ。

「最後にこうなるのはわかってただろ？　えっ？」

またゴミ袋のようにわたしを投げつける。わたしはころがって、テラスに通じるガラス戸に当たって止まった。外を見る。雨は降っていないのに、水滴に覆われたガラスを通して見ているように視界がぼやけている。

「長くかかったな、このボロクソ……」

夫が背中を蹴った。もうどこからくる痛みかさえわからず、わたしは弓なりになった。ロベルトはわたしの肩をつかみ自分のほうに向かせ、顔にパンチをくらわせた。憎悪と残虐さだけが彼を突き動かしていた。何年も押しとどめていた自分の中の最悪の感情をついに爆発させたのだ。

いまこそ、言うときかもしれない。

「ロベルト……あなたにはできない……」

「何ができない？」

「や、や、やりすぎ……」

「つっかえるのはやめろ、このヘボ！」

完全にコントロールが効かなくなっている。今度は、サンドバッグのようにわたしの肋骨を殴りはじめた。狂ったように殴る。一回、二回、三回、四回。ときどき躊躇《ちゅうちょ》しているようにも思えたが、それはわたしの虚《むな》しい期待だとすぐにわかった。彼のなかにわずかでも人間的なものが残っていることへの期待は崩れ去った。

「わたしを……殺す……」息絶え絶えで言った。

ロベルトには聞こえていない。まだ狂ったように殴りつづけている。わたしが血を吐きながら咳をしていることさえ気づいていない。彼の白いシャツに、そしてまくりあげた袖に、赤く飛び散った血の跡が残る。殴るたびに筋肉が緊張する彼の腕を見て、一発ごとにそれを身体に感じた。

ロベルトは急に殴るのをやめ、頭を振り、わたしの太ももをつかんだ。わたしの両脚を引っ張って広げる。何が起きているのかわからない。夫が何をやっているのかも。

夫の留守中にわたしが不倫をしていると怒鳴る。通りすがりの男を連れ込んでいる、と。わたしの監視人を雇ったら、すぐに今度はその男とやりはじめたと言って。

ロベルトはわたしの脚をさらに広げて股間を蹴った。力いっぱい蹴りつけた。だがたとえロベルトが半分の力で蹴ったとしても、わたしは息ができなくなっていただろう。股間に走る痛みは内臓まで届く気がした。

もう一言も口をきくことさえできない。ロベルトはわたしをもち上げ、勢いをつけ、人形のようにテラスのガラス戸めがけてまっすぐに叩きつけた。ガラスが割れる前になんとか顔の一部を覆うことができた。

夫がわたしを強くつかんでいたので、外に落ちることはなかった。そうでなければ、ガラスの破片が喉に刺さっていたに違いない。

そうなればよかったと思う。殺して。心の中で繰り返す。

殺して。

この狂気に息子を置き去りにすることになるのはわかっていた。わたしを殺してもロベルトにはなんの影響もないこともわかっていた。わたしの死が何の意味もなさないことも。そして死後、わたしを待っているものは何もない。空虚だけ。

それでもわたしは自分の訴えを声もなく繰り返す。

殺して。

ロベルトはそんなわたしの許可も願いも必要としていなかった。わたしの手首を力をこめてぎゅっと握る。リビングの中ほどにわたしを引きずっていくと、ついに手を放した。わたしの手は力なく床に落ちた。

ロベルトはビールを取りに冷蔵庫に行く。わたしは顔を横に向けるのが精いっぱいだった。植木鉢のアイリスが目に入る。水をやってなかったので、ほとんど枯れかけている。

目を閉じる。

力尽きて横たわっているだけで、逃げるよう自分を鼓舞することもできない。ときどき意識が途切れる。夫の暴行が始まってから、どのくらいの時間が経ったのかもわからない。最後の仕上げに戻ってきた夫は、わたしの身体をまたいで仁王立ちになった。わたしが最後の望みなき助けを請うよう、挑発しているようだった。手をもち上げる力さえあれば、そうしただろう。

ロベルトがわたしに肉体的に勝ったのか、精神的に勝ったのかわからない。わたしのこの無力感がどこから来るのか、それすら理解できなかった。

わたしの意識は遠のき、世界はわたしにとってますます現実味のないものになっていった。割れたガラス戸のほうをぼんやりと見たときに、誰かが立っているような気がするほど。少しして、ようやく本当に誰かが立っているとわかった。

しかも、通りすがりの人ではない。

ヴェルネルだ。間違いなく彼だ。でも、本当に彼がそこに立っているのだろうか。幻想を見ているだけだろうか。

本当にここにいるのなら、ヴェルネルはすぐに逃げなくてはいけない。ロベルトにはかなわない。夫は真面目なビジネスマンのイメージをつくりあげる前は、通りで喧嘩の腕を上げていた。言いがかりをつけるためにクラブを転々とする連中の一員だったのだ。

それで何を手に入れようとしていたのかはわからない。よい家庭に育ちながらも、通りでも自分を守れることを証明したかったのかもしれない。そして、それはジムで長時間トレーニングした成果でもあった。

まともに戦ったら、ヴェルネルに勝ち目はない。

目を開けたとき、テラスにいる人の姿が暗闇の中に消えていることを願いながら何度か瞬きをした。

暗闇。ロベルトが虐待しはじめて、もうどのくらい経ったのだろう？　いまになって頭もだんだんふつうに戻ってきた。

だが、身体はそうはいかなかった。もう自分の身体ではないような感覚。

ロベルトはわたしの腹を蹴り、少し上をまた蹴った。息ができない。

「おい！」叫び声がした。

夫の動きが急に止まった。ヴェルネルだ。

本当にヴェルネルがここにいる。

ヴェルネル、すぐに全速力で逃げて。でないと、大変なことになる。

17

迷っている時間はなかった。邸宅に着いたとき、叫び声が聞こえ、何かとんでもないことが起きているとわかった。ガラスが割れる音がしたので、裏から入って様子を見ることにした。

そこで見たのは、想像をはるかに絶する光景だった。

確かにカサンドラは自分の嘆かわしい状況について話していたが、夫からここまでひどい虐待を受けているとは思わなかった。拷問というだけでは足りない。どんな辞書にもこの惨状を表現するのに見合う言葉は見つからないだろう。

すぐに警察に通報しようかと思った。当然のことながら、すぐに諦めた。

男がぼくに背を向けたときに、チャンスがあるかもしれないと思った。不意をつき、運がよければ、取り押さえることができるかもしれない。何か重いものを見つけて後頭部をそれで殴りつければいい。

そのとき、男は彼女を殴りはじめた。思わずぼくは最悪の選択をした。不意をつくチャンスを逃してしまったのだ。

「おい！」ぼくは叫んだ。

男の動きが止まった。だが、一瞬だけだった。男は急に背筋をのばし、ぼくのほうを見た。息を荒らげている男の目には狂気しかない。

男はこちらに一歩進む。ぼくは自然とあとずさりする。ガラスが足下で割れた。

「なんだおまえは？　畜生」男が口を開く。

なんとか、この男、レイマンを避けようともう一歩うしろに下がる。ほとんど無意識だった。ところがレイマンはぼくに近づき、そうはならないとわかる。こうなれば、一センチ単位の違いが大きな意味をもつ。

「海岸を歩いてて聞こえ……」

「ガラスが割れる音か？」

「ええ」

「なんでもない。大丈夫だ」レイマンがきっぱりと言う。

ぼくに近寄ってくることでこの場を支配しているのが誰かを知らしめようとしているわけではないとわかった。ただ壊れたガラス戸からぼくを遠ざけようとしているのだ。視界の隅に見えた床に横たわるカサンドラから遠ざけようと。

レイマンが視界をさえぎったので、カサンドラの姿が見えなくなった。でも、血が見えたような気がする。大量の血が。薄暗いなか、カサンドラの状態を判断するのは難しくなった。テラスから遠ざかってしまったからだ。

目の前の男は突然、笑顔になった。最初、なぜなのか理解できなかった。だがすぐに、レイマンはいつからぼくがあそこに立っていたのかは知らないのだと気づいた。ぼくが何を見たか、カサンドラを助けようとしていることを彼は知らない。

「心配してくれたみたいだけど。本当に大丈夫だから」

割れたガラス戸のほうをぼくがちらっと見ると、レイマンは肩をすくめた。

「妻と新しい本棚を組み立てていてね」説明しはじめる。「イケアは、こういう家具を組み立てるスタッフを一緒によこすべきだよな」

この近くにはイケアはないが、そんなことはどうでもいい。レイマンはぼくにこう言っているのだ。気づいたことに目をつむれ、そうすれば帰してやる。

彼を見ていると、唾を飲み込むのも難しかった。どこまでやる気だろう？

そしてぼくに何ができるのだろう？　レイマンの広い肩と浮き出た筋肉は、戦ったところでこちらにはほぼ勝ち目がないことを示していた。武器になるようなものも何ももっていない。ガラスが割れる音を聞いて、火事でも見たかのようにすぐに車から飛び出してきた。火事を消すには消火器では足りず、消防隊が必要だなどと考えもしなかった。

「でも、とにかく心配してくれたことには感謝するよ」レイマンは付け足した。「近所で起きていることにみんながきみみたいに関心を寄せてくれたら、悲惨な事件ももっと減るだろうに」

「そうかもしれません」

レイマンは、また軽く微笑んだ。彼の肩越しに向こうを見ようとしたが、邸宅のなかは深い闇に包まれている。

「ところで、どこから来たんだね？」レイマンがきく。

この近辺にはあまり詳しくなかったので、考える間が必要だった。その間は、レイマンの疑念を大きくさせただけだった。

「ポピエロヴォから」とりあえず思いついたレヴァルの村の名を言った。

「バカンスで？」

「ええ」できるだけ気軽さを装う。

「長期の？」

「一週間ちょっと」

「ホテルに滞在かね？　それともペンション？」

「ペンションに。この近くの」

幸いどこのペンションかはきいてこない。もしものときには、何か海鳥の名前を言うつもりだった。このあたりにはアホウドリやハチドリという名のペンションがたくさんあるに違いない。

「ひとりで？」

「ええ。家族から離れて……ちょっと一息つきたかったので」

「わかるよ」

レイマンは共感の眼差しでぼくを見た。一見当たりさわりのない会話をしただけなのか、ぼくがいなくなったら、それに気づいて捜しに来る人がいるかどうかをあらかじめ確かめようとしているのか、彼の質問の意図を考えた。

「夕方、この辺をときどき散歩するんです」ぼくは付け足した。

「確かに散歩したくなるような場所だからね」

「ええ」

「だが、私有地に入るときは気をつけたほうがいい」

「知らなくて……」

「わかってるよ。柵か何かでわかるようにすべきだな」自分に非があるのを認めるように言う。「でも、外観を壊したくないもんでね」

「確かに。そのとおりですね」

「それに海岸には標識がちゃんとあったはずだ。暗いから気がつかなかったんだろうが」

ぼくはうなずいた。喉元で唾が固まっていくように感じる。会話にはひどく不安にさせられる何かがあった。一言一句に脅威が秘められているような。

しっかりしなくては。カサンドラのことを確かめ、なんとか助けないと。

どうすればいいだろう？　ここを離れて、警察に通報する。それが唯一可能な解決策のように思えた。ただ、それで悲惨な結果になるのは、ぼくだけじゃないだろう。

「本当に大丈夫ですか？」ぼくがきく。「何かお手伝いできることでも？」

「きみ……」レイマンはつぶやき、鼻を鳴らした。「時間をもて余してるのか？」

「ええ、そうなんです」

「じゃあ、ポビエロヴォにあるいいバーを教えてあげよう。《バルチック・パイプ》っていう」

「面白い名前ですね」

「面白いのは名前だけじゃない。建物全体が工場のような雰囲気で、気に入ると思う。日中はカフェだが、夜はカクテルバーになる。ロベルト・レイマンから聞いたって言えばいい」

「そしたら、一杯ただになるとか？」

ぼくが言ったことが面白くてしかたないとでもいうようにレイマンは笑い声をたてた。日没後の気温はかなり低かったにもかかわらず、ぼくの身体は熱くなった。

「少なくとも一杯はね」彼が言う。「電話してきみのことを言っておくよ。妻とここをちょっと片付けたら、私も行けるかもしれないから」

ぼくは一歩右に寄って、家のほうを見た。レイマンも一緒に動く。急に顔から笑みが消えた。

「奥さんは大丈夫ですか？」

「ああ、大丈夫だ。手をちょっと切ったみたいだけど、たいした怪我じゃない」

ぼくたちはしばらく黙って、お互いを見た。

もう終わりだ。ごまかすのはもう終わりにしよう。やるべきことをぼくがやるか、レイマンが始めるか。レイマンはもう探るのをやめたようだ。

「まあ」口火を切る。「とにかくもう一回言うよ、ご心配ありがとう」

ぼくに立ち去ることを促すのは三度目だ。これ以上明確なサインはないだろう。それを受け止め、理解したというようにぼくはうなずいた。そして彼が目で示したほうに振り向いた。

「《バルチック・パイプ》ですね？」確認する。

「ああ」

「必ず行きます」

どうすべきか、まだいい考えが浮かばないまま、立ち去ろうとした。人生経験のある者なら、こういう難しい状況でも素早く決断するはずだ。でもまだ、ぼくは自分が麻痺《まひ》しているような感じがしていた。

そのうえ、レイマンから離れようとしたとき、大きなミスを犯した。割れたガラス戸のほうを向き、血で染まった床にカサンドラが横たわっているのを見てしまったのだ。雷に打たれたかのようにぼくの動きが止まった。たとえ動きが止まったのが一瞬だったとしても、レイマンが、ぼくに多くを見られたと判断するには充分だった。

その瞬間、レイマンはぼくを襲ってきた。固く握った拳がこめかみを直撃する。打撃が耳に響き、痛みが頭を突き抜ける。

レイマンがぼくの服をつかんでいなければ、バランスを崩していただろう。頭を守ろうとして、とっさに手を上げた。これがまた失敗だった。レイマンはぼくが反撃をしなかったのをいことに、ぼくの喉仏を殴りつけた。

パンチは強くなかったが、狙いどころだけで充分だった。ぼくは息が詰まり、痛みで状況を判断することも体勢を立て直すこともできなくなった。

防御しようとして地面に倒れた。今度は蹴られた。レイマンはどこかを狙っているわけではなく、ただ怒りに任せてやっている。頭を蹴られ、次はお腹《なか》のあたりだ。

そのあと、レイマンがぼくを引っ張り上げた気がした。

「おまえは何も見なかった。わかったか？」

「わ、かった……」

みじめだった。助けるつもりでここに来たのに。長年の悪夢からカサンドラが逃げるのを手伝うつもりだったのに。彼女の救済者になるはずだったのに。

それなのにぼくがやったことといえば、彼女の夫と茶番劇のような会話をしただけだ。

レイマンはぼくの腹を蹴り、ぼくは身体を折り曲げ咳き込んだ。喉にパンチをくらってから何かが壊れたような感じだ。口の中で金属の味がしたが、それはほかのどんな痛みよりもぼくを麻痺させた。

ムウィヌフカの川辺で起きたことを思い出した。最後に口の中に血を感じたのがあのときだった。

「誰かに言ったら殺す。わかったな？」

息ができず、何も言うことができない。だが、次の殴打を避けるためには何か言わなくては。

「おまえは、何を……」

「わかったか！」

「わかった」煮え切らない気持ちで言った。

「どこに泊まってるんだ？」

ぼくは黙っていた。

「答えろ！」

返事を待たずに歯をパンチが直撃する。レイマンはぼくの顎の下から殴ったので指の関節を痛めたようだ。ぼくのほうは前歯がぐらついている。歯茎がもう腫れてきている。

「どこだ！」

「アルバ……アルバトロス」

「部屋は？」

「十五……号室……」

レイマンは横を向いて唾を吐き、ぼくを揺さぶった。

「なんて名前だ？　クソ野郎」

ほんの一瞬考えすぎた。それでレイマンに怪しいと感づかれてしまった。すぐに答えるべきだったが、自分の本名を言うべきではないと考えるだけの頭がまだ働いたのだ。レイマンはレイマン調査会社のクライアントを知っているはずだ。ぼくの名前を聞けばすぐにわかるだろう。

そして、ぼくがここにいるのは偶然ではないともわかってしまうだろう。

「ダミアン……ブリッキ……」つかえながら言う。

「嘘つけ！」怒りで歯をくいしばりながらレイマンが言う。「おれが調べないとでも思ってんのか」

左から殴られる。今回は少し弱い。このパンチはぼくにとって次のラウンドを知らせるゴングのようだった。倒れそうなボクサーを目覚めさせるゴング。

ぼくはレイマンを払いのけ、不器用な反撃を始めた。右フックが頭に入ったものの、何の効果もない。レイマンはすぐに立ち直り、ぼくの腕をつかんでねじりあげた。反対に向けられたとき、ぼくはもう片方の手を振り上げた。肘がレイマンの顎にあたり、彼は小さなうめき声をあげた。

優位に立つことはできないが、防御ならできそうだ。レイマンはぼくの抵抗を予期していなかったのだろう。

パンチの嵐が来る前に、もう一度だけ殴ることができた。

レイマンの喧嘩には磨きがかかっている。彼はそれをすぐに証明して見せた。何度も何度も殴られ、ぼくは手を振り回して抵抗したが無駄だった。彼のパンチはどれもヒットし、ぼくのはほとんど外れた。

身体のコントロールが効かなくなり、ついにうしろによろめいた。レイマンに膝を蹴られると、もうこれ以上立っていられず、力尽きて地面に倒れた。

次のパンチがハンマーのように上から襲ってくる。ぼくの鼻にヒットし衝撃音が聞こえる。痛みは目の裏のどこかに消え、あまりの痛みで神経の末端が痺《しび》れたような気がする。次の数打でぼくは失神の一歩手前になった。鼻から血が出ているのではなく、とめどもなく流れ出しているように感じる。それが口に入り、喉に流れる。咳をするのも難しくなっていった。

喉が詰まり、じきに窒息する。もうすぐ顔はただの血の塊になる気がした。

それでもレイマンはやめない。何かが弾《はじ》けたように、延々と殴りつづける。何か怒鳴っていたが、理解できない。耳が聞こえなくなるような騒音が鳴り響き、彼の声はかき消された。

これで終わりだ。

あらゆる困難をなんとか乗り切ったあとに。ぼくがこれまで進んできた道のりの果てに。いま、すべてが終わる。

もうエヴァが本当にぼくを待っているのか、知ることもない。隠れているあいだ、彼女に何があったのか、知ることもない。彼女が話したかったことも最後までわからずじまいだ。

考えがまとまらなくなってきた。意識が小さなケシの実のように散らばり、何が起きているのか、わからなくなっていた。ぼくを殴っている男が何者かもわからなくなり、こうして彼に殴られている理由すらどこかに消えていった。

まったくわけがわからず、非現実的で、不条理だった。

死に際とはいつもこんなものなのだろうか。

意識が遠ざかる。もう引き返せない場所に近づいている気がする。

ぼくが気を失いかけたそのとき、突然殴る手が止まった。荒れ狂う悲惨な嵐の中でふいに日の光が射してきたような感覚。時間が止まったような。非現実的な感覚が支配し、ぼくの頭に残った思いは、ただひとつ。

あいつはぼくを殺した。

手を止めたのは、目的を果たしたから。そしてぼくは死んだ。

ぼくは血に染まった目をなんとか開いた。上に、ひどく喘いでいるレイマンが見える。とどめの一打をくらわせようと握りしめた拳を振り上げている。もう二度と目を開けられなくする一打。

18

バターに刺さるナイフのようにすうっと、ガラスの破片が夫の首に入っていった。音をたてることもなく、夫は拳をあげたまま動かなくなった。こうなるとは思っていなかった。一度刺すだけでは無理だと思い、怖かった。ロベルトが振り向き、わたしの手からガラスの破片を取り、反撃してくるのが怖かった。

恐怖と同時に願いもあった。

ロベルトが死ぬ前に、血を流して、長いあいだ悶《もだ》え苦しんでほしいという願いが。でも、即死だった。わたしはなんとか外へ這っていき、最後の力を振り絞って立ち上がり、すべてを終わらせた。

ガラスの破片が彼の身体の中に入るだけで充分だった。

一瞬、ロベルトを支え、ヴェルネルの上に倒れないようにする。夫はヴェルネルのすぐ横に倒れ、同時にわたしも力尽きた。あとほんのわずかの力があれば、もう少し早くこうすることができたのに。

ヴェルネルが死の瀬戸際にいる。

ヴェルネルのほうに行った。間に合ったのかどうか、確信がなかった。外で何が起きているかがわかり、できるだけ早くここに来られるように言ってきた。でも、一メートル進むにも超人的な苦労が必要だった。

それに、ロベルトが振り向き、わたしに気づくかもしれないという恐怖心。でも、そうはならなかった。彼の不意をついた。ついにわたしのほうが優位に立ったのだ。ロベルトには、死ぬ前の最後の瞬間に、いったい何が起きたのかに気づいてほしかった。そして誰が彼を罰したのかも。

まだわたしには実感がなかった。顔に砂のついたロベルトが身動きもせずに倒れているのが視界の隅に見える。でも心の奥深いところでは、次の瞬間、ロベルトが土を払って起き上がるかもしれないと恐れていた。そうなったら、わたしへの復讐に何をしだすかわからないという恐れがあった。

視線をヴェルネルに集中し、彼の手首をつかんだ。脈を感じようとしたが、わたしの身体もまだあちこち麻痺していて、何を考えるのも難しかった。

「ヴェルン……」

浅い呼吸が聞こえたような気がしたが、定かじゃない。身体全体に不快な寒気が走り、遅すぎたという考えが頭をよぎる。ほんのわずか遅すぎた。

彼の顔の血を拭ったが、ピクリともしない。生きていたとしても、すでに生と死の境にいるのだろう。次の瞬間、その境を超えることになる。

何をすべきかはわかっていた。

わたしがこれまでずっと彼に言いたかったことを最後に聞く権利が、彼にはある。

わたしは深呼吸をした。こんなことになるはずじゃなかった。こんな形で終わるはずじゃなかった。

彼のほうに身体をかがめ、唇にキスをする。そしてわたしは少し身体を起こした。

「タイガー……あいつは死んだわ」わたしは言った。

ヴェルネルの身体がピクッと動いた。まるで誰かが彼の胸に電極をつなぎ、ＡＥＤをオンにしたみたいに。

しゃべれるだけの力がまだヴェルネルに残っているとは思えなかった。でも、彼は言った。

「エヴァ？」

第3章

1

目覚めの瞬間は、空を明るく照らす稲妻のようだった。完璧なシャッターチャンスを狙う写真家のようにそのシーンをとらえようとしたのだが、それは現われたと同時に消えてしまった。

意識を取り戻したのはほんの一瞬だけだった。目の前の画像はまるで点滅しているように途切れ、ぼくはそこからできるだけ理屈に合った全体像を見つけだそうとした。

エヴァがここにいるはずがない。

でも、彼女はぼくを覗き込み、ぼくの頬に手をやり、起き上がれるかときいてくる。答えようとしたときにはもう、暗闇に包まれていた。そして、次に目を開けたとき、ぼくはリビングにいた。

ぼくはソファの上で一瞬意識を取り戻した。

傷だらけのエヴァの顔が見える。何が起きているのかも、どうして彼女がここにいるのかもわからない。頭は、目の前の事実を拒否していた。

ぼくはカサンドラ・レイマンの姿を見たことがない。

彼女の声を聞いたこともない。

RICだけで連絡を取ってきた。ソドムとゴモラと化したレイマン家の邸宅で起きていたことを考えると、RICが唯一の安全な手段だというのは正しいと認めざるをえない。

もし本当にエヴァなら、なぜすぐに言ってくれなかった？　なんのためにこんなことを？

それに、どうしてロベルト・レイマンの妻になったのか？

これまで誰も彼女がエヴァだと気づかなかったのか？　彼女は公の場で活動していたのに……。

いや、違う。ぼくは心の中で否定した。彼女は慈善活動に多額の投資をし、地元の活動を支援していたが、華やかな場に出席したりフラッシュを浴びたりすることはなかったのかもしれない。

彼女がエヴァだったのだ。

その後、意識が戻るたびに、だんだんと理解できるようになった。同時に疑問も増えていったが、答えはまったく見つからない。何もかもが不合理に思えた。

彼女はなぜ、あのコンサートに現われたのか？　そしてなぜ、ぼくをポーランドじゅう転々と移動させたのか？

いや、ポーランドじゅうというわけではない。単に、ぼくを南から北に導いたのだ。少しずつ、でも着実にレヴァルに近づくように。

完全に目が覚めたとき、エヴァは窓の外の暗闇をぼうっと見ながらソファの端に座っていた。レイマンの死体を隠す暗闇。エヴァが本当に彼を殺したことを思い出して身震いした。

なんと言えばいいのかわからず、黙って彼女のほうを見た。彼女は変わった。見た感じが少し違う。昔の仲間が通りで会っても、彼女だとは気づかないかもしれない。

だが、それが彼女の狙いだったのだろう。昔の自分を思い出さないように、できることはなんでもしてきたに違いない。声も変わった。声が一番変わったかもしれない。目だけは昔のままだったが、その奥にぼくの心を締めつける何かがあった。

「エヴァ……」

彼女はビクッとして、ぼくを見た。

「動かないで。肋骨が折れてるから」

この十年間、再会のときをさんざん想像してきた。だが、再会して最初に聞く言葉がこれだとは思ってもみなかった。

「胸に包帯を巻いたけど、気をつけて」

「どうして……」

「全部説明するわ」

彼女の注意を無視して、ぼくは起き上がろうとした。彼女は優しくぼくの肩に手を当て、それを制した。一瞬ぼくたちは目を合わせ、言葉で語れる以上のことを伝えようとした。

いまになってようやく、なぜあんなに簡単にＲＩＣで彼女と仲よくなれたのかがわかる。

会ったこともないはずなのに、旧友のように話ができた。会話は途切れることなく、相手の冗談もすぐに理解できた。最初から相性がよかった。どんな情報もチャットの話題にできたときに、その理由に気づくべきだったのだ。

エヴァは肩に当てた手を引っ込め、それをぼくの手のほうに滑らせた。たとえ目につく傷が何もなかったとしても、エヴァは亡霊のように見えただろう。青白い顔には生傷と痣《あざ》がくっきり目立っている。目の下のくまは幽霊のような印象を与え、白目の一部は血管が切れて赤くなっていた。

エヴァは振り向き、また暗闇を見つめた。夜の闇の奥で彼女をまた失ってしまうような感覚にとらわれる。十年前ではなく、いま。ほんの少し前に、彼女は暗闇のどこかに本当の自分を置いてきたのではないだろうか。

エヴァはうなだれてしばらく動かない。彼女がどんな気持ちなのか、考えたくもなかった。エヴァは最初の一撃でロベルトの命を奪ったのか、それとも格闘の末だったのかわからない。捨て身で向かっていったのか……それとも冷酷な殺意がそうさせたのかもわからない。

ようやく起き上がり、背もたれに身体をあずけることができた。激しい痛みを感じたが、エヴァは起き上がっちゃだめよとは言わなかった。

「ど、ど、どうして……。なんのためにこんなことを？」

「あとで話すわ」

ぼくたちはささやくような声で話した。誰かに聞かれるのを恐れていたからではない。ふたりともそれぐらい力がなかったのだ。

「いまは逃げないと。タイガー」

「逃げる?」

レイマンが死んだのなら、いったい誰から逃げなくてはならないのか。そう口まで出かかったが、何も言わなかった。

「わたしたちを追ってくる」

「誰が? きみがこれまで逃げてきた人たちが? カイマンの一味が?」

「彼らも」

「彼らも? ほかにいったい誰が?」

「ロベルトの手下よ」うなだれたままでエヴァが言う。「それに彼の仲間も。誰かがロベルトのあとを継ぐ。そして、そいつがまずやることは……」

そこまで言うと、エヴァは首を横に振った。痛そうだ。

「すべてが新たに始まるのよ……」エヴァが不安げに付け足した。そして、目を上げると一瞬ぼくのほうを見た。「わたしは最初から始める、タイガー」

「いや、違う。きみはひとりじゃない」

エヴァのすべてを知っているわけではないが、何を考えているかは手に取るようにわかった。

「いまはぼくがそばにいる。一緒になんとかできるよ」

エヴァが青白い顔で微笑んだ。

「あなたがそんなありきたりのことを言うなんて、とんでもない状況だってことよね」

「ありきたりの発言はもとから得意さ」

「そうね……」

ぼくは振り向き、足を床に降ろした。刺すような鋭い痛みを感じたが、エヴァに気づかれないようにわずかに顔をしかめるだけで我慢した。

レイマンは本当にぼくの肋骨を数本折ったようだ。息を吸うたびに胸の内側から引き裂かれるようだ。小さな動きをしただけでも激痛が走った。

「ヴォイテックを迎えに行かなくちゃ」エヴァが言う。「あの子を迎えに行って、すぐに出発しましょう」

ぼくは割れた窓ガラスのほうを見た。

「彼はどうするんだ？」

「そのままにしておきましょう」

「本気か？　もっと何か……」

「いいえ」エヴァがさえぎり、立ち上がる。よろめく彼女をぼくはとっさに支えた。

彼女の言うとおり、一刻も早くここから逃げるべきだ。でも、こんな状態でどうやってそれができるというのだろう。ふたりとも立っているのがやっとで、数歩進むのもひと苦労な気がした。

「死体は処分しない」エヴァが言った。「遅かれ早かれ発見されるでしょうし、そんなことしたらわたしたちの大事な時間を無駄にするだけよ」

「沖まで死体を運ぶとか」

「ボート漕《こ》げる？」

「いや」即答した。

近くにエンジン付きのボートがないかときこうとしたが、もしあるならエヴァが知っているはずだろう。もっと大事な質問が次から次へと頭に浮かんだが、とりあえずはいまここで起きていることに集中することにした。エヴァがすべてを話してくれる機会はあとであるだろう。

ソファから立ち上がり、互いに支え合いながら外に出た。

「どうやってヴォイテックを迎えに行くの？」

言っていることが理解できないとでもいうかのような目で、彼女はぼくを見た。

「きみの息子のことだよ」ぼくが言う。「どこかに預けてるんじゃないの？」

「ええ」エヴァが答える。「友達の家に」

「こんな状態で迎えに行くつもり？」

「ふたりならなんとかできるわ」

エヴァの「ふたりなら」という言葉は心強かった。力が湧いてくる気がした。だが、一、二秒後にはまた立っているのも辛くなった。

ぼくたちはプジョーに乗りこんだ。ぼくは助手席で、エヴァは運転席。キーを回してエンジンをかける。

「何ももっていかないの？」ぼくはきいた。

「ええ、必要なものは全部あるから」

それはぼくのことを言っているのか、ぼく名義の口座に送金してあるお金のことなのか、わからなかった。ぼくがかつて知っていたエヴァだったら前者に違いない。だが、いま、隣に座っている女性のなかに昔のエヴァがどのくらい残っているのか、まったくわからない。

海岸沿いの町につながる道に向かって走りだす。何度か意識を取り戻したうちのどこかで、エヴァから聞いたような気がする言葉が頭の中でこだまする。

こんなはずじゃなかった。

彼女はそう言った。いまの彼女とは違う、別人のような声で。ぼくたちの再会のシナリオをエヴァはいろいろと用意していたが、それはもっと違うものだったということなのだろうか。誰かが死ぬなどとは考えていなかった。なんの跡形もなくぼくたちが姿を消せるように、けっして跡を残さないように彼女はすべてを計画していたはずだ。

エヴァは、レヴァルのなかの一軒の家の前で車を停めた。

「ここで待ってて」そう言うと、ぼくの返事を待たずに車を降りた。

エヴァが家の入り口に行ってベルを鳴らすのを見ていた。時計に目をやると、もう深夜だ。子どもたちだけでなく、この家の人たちも寝ている時間だろう。道路から見える部屋の明かりはついていない。

しばらくして、ひとつの窓の明かりついた。すぐそのあとにドアが開き、眠そうな顔をした中年女性が現われた。

ぼくはその家の主には目もくれず、エヴァを見ていた。十年間消息を絶っていたぼくの婚約者を。じきに彼女が息子を抱きかかえて出てくるはずだ。

だが、その後はどうなるのだろう？　本当に逃げられるのだろうか？　たとえ逃げられたにしても、その先は？　幸せな家庭を築き、ぼくはヴォイテックの新しい父親になるのか？

いやいや、こんな想像はやめるべきだ。何ごとにも順序というものがある。

まずは無事に逃げ、それからどうするかを考えよう。エヴァには、この常軌を逸したプロジェクトの一環として何か計画があるのかもしれない。彼女がこれまでやってきたことを考えると、どんな不測の事態にも対処できる準備が整っていると期待すべきだろう。

家の女主人に注意を戻そうとぼくは瞬きをした。その女性は明らかに混乱しているらしく、あとずさりしながら玄関の奥に消えた。エヴァが肩越しにぼくのほうを見てうなずいた。すべてうまくいっている。

もしかしたらあの女性は、夜中に起こされたために寝ぼけていてエヴァの傷跡に気づかなかったかもしれない。あるいは、エヴァが傷について何か都合のいい作り話をしたのだろうか。

まもなくヴォイテックが玄関に現われた。ヴォイテックは大きなあくびをし、エヴァは息子の手を取って車に戻ってくる。ヴォイテックはうしろの席に乗り込んでシートベルトを締めた。そのとき、ぼくがいるのに気づいた。

「ママ、この人、誰?」

この質問に答えるのは、ぼくを不安にさせているあらゆる疑問に答えるのと同じくらい難しい。いまはそのことを考えたくなかった。

「ヴェルネルだ」うしろを向くのに苦労しながらぼくは言った。

子どもが握手をしたまま手を振ると、上半身に痛みが走った。

エヴァは駐車場から車をバックさせて道に出て、左に進む。その後、一〇二号線をトシェヴィアトゥフのほうに向かって走った。新しい人生を目指して。

誰もぼくたちを止めることも、あとを追うこともない。いまごろになってようやく、すべての答えがもうすぐ得られるのだという実感が湧いてきた。エヴァが何年もかけて準備したことが、ついに成功したのだ。

ぼくたちはヴォイテックが車内で寝るのを待った。疲れていたらしく、すぐに眠りについたようだ。コウォブジェグあたりまで来たときには、ヴォイテックは後部座席で眠りこんでいた。ぼくたちはほっと息をついた。

「最初から始めるわね……」エヴァが言った。

2

まるでどこか別世界で人生を再スタートしたような気分だった。誰かにお伺いを立てることなく、ガソリンスタンドで車を止めて好きなものを買える。幹線道路から自分の行きたい道に曲がり、どの方向に行くのも自由。自分の好きなラジオ局にチャンネルを替えることだってできるのだ。

何もかも自分次第。わたしがやっていることを誰かに見張られることもない。

最初は、まるで数十年間刑務所にいた囚人が釈放されて自由になったときのように戸惑った。

そして、この自由をどうやって手に入れたかを思い出そうとすると、わたしの意識はぼんやりしてしまう。首にガラスの破片が刺さったロベルトの姿はうっすらとしか浮かんでこない。残像がフラッシュバックしたとしても、このシーンをどこか遠くから見ているような感じだった。

夫はあっという間に絶命した。わたしの手を離れたロベルトの身体が、ヴェルネルの横に崩れ落ちるのを見た。

ヴェルネルに目を向けた。窓際に肘をついたまま呆然としている。起きたことのすべてを頭の中で整理しようとしているのだろう。だが、彼にはそれができないはず。

わたしの助けなしでは。

わたしが見ていることに気づいたヴェルネルがわずかに微笑んだ。だが、その微笑みはすぐに消えてしまった。痛みのせいだろう。顔が腫れていて痣がある。ふたりともひどい顔をしていたのでヴォイテックが怖がるのではないかと心配したが、暗がりのために息子は傷には気づかなかったようだ。いまは後部座席で静かに眠っている。

「それで？」ヴェルネルが小声で促す。

「どこから始めるべきか、考えてるの」

「そうだなあ」

「何かいい考えがある？」

「最後の録音が終わったところからは？　暑い日のアイスクリームから」ヴェルネルにじっと見つめられたわたしは、ハンドルを固く握った。「そういえば、最後のあのタイトルはあまり好きじゃなかったな」ヴェルネルが言い足した。

「最後はあなたに少し楽観的になってほしかったのよ」

「そうはいかなかったようだ」低い声でヴェルネルがつぶやく。「最後は何もない状態で終わっちゃったからかも」

「何もないって?」

「最後のヒント、さっぱりわからなかった。いまでもわからない」

ヴェルネルは暗闇の中で何かを捕まえようとするかのように、目を細めて前を見ている。道路には人気《ひとけ》がなく、最後に対向車を見てからだいぶ経っていた。

「ぼくだけが知っている場所って? ぼくがわかるときって? 何を意味してたんだ?」

「たいしたことじゃないわ」

「だろうと思った」

わたしはバックミラーを見た。ヴォイテックはまだ寝ている。日中興奮しすぎて疲れていたのだろう。これぐらいの小声で話せば、起きる心配もないはずだ。わたしは深呼吸をした。

「タイガー、あなたにもうすぐ会えるってことしか考えてなかった」ささやくように言った。

「わたしがあなたに場所と時間を伝え、あなただけがそれを知ることになる。それだけ」

「どうやって伝えようと?」

「RICで」

「まさかストレートに全部話そうと思ってたの？」

「そういうわけじゃないけど。だってそのために長い時間をかけて準備をしてきたんだから。わかるでしょう？」

ヴェルネルは黙ってしまった。それはわたしにとって最も辛い答え方だった。いずれ、彼の不満に応えなくてはならないときが来る。でも、わたしにはそんな彼を納得させるだけの用意があった。

「なんのためにこんなことを？」ようやく彼が口を開いた。

「全部、説明するわ」

「いますぐに」

「できれば……」

「なんで？　モーテルに泊まってワインでも飲みながらってこと？　そんなふうに先延ばしできるような話じゃない」

彼の言うとおりだ。だが、プロセッコを味わうためだったらそれなりの代償を払ってもいいと思っていた。果てしない拷問の末の夫の殺害と逃避行を一夜のうちに経験し、いまや体内のアルコールの効力などすっかりなくなってしまった気がする。アドレナリンが新陳代謝を促し、完全に酔いが覚めていた。

実際にはそうではなかったのだろう。最低でもあと数時間は運転すべきではなかっただろう。でも、たまたま警察に止められたら、いずれにしても悲惨なことになっていたに違いない。

どんな警察官でも、いったんわたしたちを見かけたら、いったい何があったのかを確認するまでけっして逃しはしないだろう。

「きみはヴィエルコポルスカに身を隠した」ヴェルネルがつぶやく。「その話で最後の録音は終わっていた」

「ええ」

「それはいつ？」

「カイマンに対する証言をしてまもなく」

「やつらはきみの足取りをつかんだの？」

「いいえ、でも……」わたしはそこまで言うと、深くため息をついた。「あの不運な出来事がわたしの運命を分けたのよ」

ヴェルネルがうなずく。わたしの言うとおりだと思っているのだろう。

「行く先には危険が待っていると思った。タイガー。常に危険がつきまとっていると」

「わかるよ」

「あのときのことが、頭の片隅にずっと残っていた」

ヴェルネルは黙っている。彼のこれまでの人生にもまったく同じ暗雲が立ちこめていたのだろう。あのシーンがフラッシュバックするのは彼だけではないことをわかってもらうのに、それ以上の言葉は必要はなかった。

それでも、わたしには言っておかなければならないことがある。

「それが、わたしにすべてを決断させたのよ」

ヴェルネルは窓際に置いていた腕を下ろしてわたしを見た。

「っていうと？」

「わたしはこれまで、あの一連の出来事とそこから湧き出てくる恐怖のプリズムを通して自分の人生を見てきた。わかる？」

「もちろんわかるよ……」

「わたしがやってきたことはすべてあれが発端だった。どんな小さな決断も、全部計算されていたのよ」

「何のための計算？」

「自分の安全を確保することよ。そうする必要があった。そうじゃなければ気が変になっていたわ。本当に気が狂っていたかもしれない」

その計画をやりとおすのにどんなに大変な思いをしなければならなかったかをヴェルネルが理解し、笑顔を返してくれるのを期待していた。でも、ヴェルネルは黙っている。

「大学でビジネス心理学を勉強しはじめたの」わたしは続けた。

「卒業したの？」

「ええ」

「ぼくは中退した。修士を終えられなかった」

「知ってるわ。あなたがどうしているか常に追ってたから」

「なのに、一度もぼくに連絡しようとはしなかったってこと？　生きてるって知らせようとか。何も危険なことはないとか」

「わたしは……」

「何？」

ヴォイテックが後部座席でごそごそと動いた。ふたりとも知らず知らずのうちに声が大きくなっていたのだ。ヴェルネルは両手で謝るような仕草をし、また目の前を見つめた。

「録音を聴いて、あなたにはわかってもらえたと思っていたのに。そのためにあの録音を準備したのよ。タイガー」

「だとしたら、逆効果だ。あれを聴いてぼくはいっそう混乱した」

しばらくわたしたちは何も言わなかった。その必要がなかったからだ。ヴェルネルは、そうは言ったものの、すべてをわかってくれたと感じていた。ただ、彼はわたしの口から直接聞きたかっただけ。その気持ちは理解できた。

「はじめは常に危険にさらされていたわ」わたしが続けた。「カイマンの一味がわたしを追っているのはわかっていた。わたしだけじゃない。あなたのことも監視してた。だから、ちょっとしたミスが何もかもを台なしにしてしまう恐れがあったの」

ヴェルネルは落ち着きなくこめかみをこすりながら、痛みに息を漏らした。

「待って……」彼が小声で言った。「ぼくの理解が正しいなら、これまでぼくはまったく筋違いのことを考えていたってことになる」

彼が何を言いたいのかわからない。

「ぼくの敵は警察じゃないのか？」

「警察じゃないわ」

「何年か前に警察官の職権乱用や違法行為はまったくなくなり、隠蔽やもみ消しもなくなった。警察官が悪事を働くこともなく、警察官の誰ひとりきみの失踪とは関係がなかったっていうわけか？」

ヴェルネルはわたしがうなずくのを待っていたが、さすがにそれはできなかった。

「ぼくが言ったこと、間違ってる？」

「合ってるわ。でも、それだけじゃない」

「何？」

「警察の中にはカイマンの手先がいるの。そいつのせいでカイマン一味はわたしのことを知った。そのスパイはいまでも制服を着て警察にいるはずよ。昇進してるかもしれない。だから危ない橋を渡ることはできなかったのよ。タイガー、直接あなたやプロコツキと連絡を取ったらとんでもないことになるかもしれないから」

そのまま続けたかったが、ヴェルネルが眉間にしわを寄せているのに気づいた。

「どうしたの？」

「誰がスパイかわかった。ファルコフって名前、聞いたことある？」

「ないわ」

「彼のおかげでぼくはフションストヴィッツェのホテルから逃げることができたんだ」ヴェルネルはそう打ち明けると、口笛のように音を出しながら息を吐いた。「そのとき、誰も信じるなって言われたんだ」

それなら辻褄《つじつま》が合う。

「でも、それでいったいファルコフにはなんの得があるんだ？」ヴェルネルが付け足す。

「だって……」

そこまで言いかけてやめたのは、筋が通るよう全体を整理していたからだろう。

「そうか」彼がつぶやいた。「やつらはきみが何をやろうとしているかわかったんだ」

「そうよ」

「そして、きみを見つけだす一番いい方法は、ぼくのあとをつけることだってわかった。そうすれば、最後にはきみのところにぼくがやつらを導くことになるから。それでぼくを助けてくれた」

わたしがうなずくと、ヴェルネルがわたしのほうを向いた。ようやく期待どおりの眼差しでこちらを見てくれた。疑念のないいたわりの目で。わたしがこれまでずっと背中にカイマン一味の吐息を感じながら生きてきたことをやっとわかってもらえた。

「大丈夫?」ヴェルネルがきく。

「ええ……だけど……」そう言いかけて頭を振った。首に痛みを感じる。「なんていうか……。やつらがそんなにあなたの近くまで迫っていたなんて、ぞっとするわ」

ヴェルネルはどう答えるべきか考えている。

「もう終わったことだ」ようやく答えた。「ぼくたちはやつらをまいた。きみはやつらがつけてくると踏んで、ぼくを海岸のほうに導いた。どこかでぼくの足取りをつかんだにしても、途中でやつらはぼくを見失ったんだ」

ガソリンメーターを見た。ガス欠にならないようにするためにも、すぐに給油をしたほうがいいだろう。だが、そんな何でもないことをするのさえ容易ではなかった。わたしたちはふたりとも野獣の檻《おり》から出てきたように見えるだろう。

この先の道のりは長い。どこに向かうにしても困難を乗り越える準備が必要だ。

突然、ヴェルネルがわたしの手に自分の手を重ねた。シフトレバーに置かれたわたしの手を握っている。ヴェルネルを見て、また道に視線を戻した。

「なんとかなる」彼が言った。

「そうね」

遠くにまばゆいばかりの車のライトが現われた。対向車が来ていることに運転手がなかなか気づかなかったので、ヘッドライトをハイビームからロービームに切り替えるのが間に合わなかったのだ。すれ違うときにヘッドライトが目に入り、しばらく何も見えなくなった。

「全部知りたい」ヴェルネルが小さな声で言う。「きみに何があったのか、きみの計画、きみがいつ何をしたか、何もかも。そして……」

「ちょっと時間をくれる？」笑顔をつくってわたしは言った。「考えをまとめなくちゃ」

「この十年間、まとめてきたじゃないか」その指摘には皮肉がこもっていた。「それでどうなったか」

「つまり、言われたとおりにとりとめもなく話せってこと？」

「じゃあ、あとで一緒に整理しよう」ヴェルネルが提案した。「いまはただ、どうしてこんな決断をしたのか知りたい」

3

ぼくはエヴァをよく知っていたので、自分の考えを押し付けてもうまくいかないのはわかっていた。少なくとも自分の意見を最後まで押し通すことはできない。スウプスクあたりに泊まり、そこでエヴァが話の穴を全部埋めるということで、どうにか合意した。

途中で給油しなくてはならなかったが、怪しまれないためにはどうすればいいか、ふたりともいい考えが浮かばなかった。最後には、方法はひとつしかないという結論に至った。子どもに大人のふりをさせる遊びをしているように見せかけるのだ。国道六号線沿いの比較的大きいガソリンスタンドに入り、ヴォイテックを起こした。ぼくが給油し、ヴォイテックが大人みたいにスタンドの従業員に金を払う。カウンターにいた従業員の男はこちらをじっと見ていたが、遠かったので顔の傷までは見えないだろう。ぼくは片手を上げ、わかっているというように彼にうなずいて見せると、その従業員はヴォイテックから金を受け取った。

ぼくたちはほっとして、スウプスクに向かって走りだした。

通りに面したモーテルで宿泊代を払うときも同じことをし、部屋に入ってから胸をなでおろした。モーテルの裏に車を停めたが、誰もぼくたちの車を捜しだすことはできない。レイマンとは関係ない、たまたまそこにある車の一台にすぎないからだ。

ぼくもレイマンとなんの関係もないという点では、似たようなものだ。そういう意味では、エヴァとヴォイテックにとってぼくは理想の救済者だ。問題はほかの一面もあるということだ。警察はブリツキの殺害容疑者としてぼくを捜しに来るかもしれない。

どうしてブリツキが死ななくてはならなかったのか、いまだにわからない。誰がブリツキの命を奪ったのかも。

だが、じきにすべてわかるだろう。いま、ここスウプスク郊外のモーテルで。この場所、この時間はぼくの人生で最も重要なもののひとつとして記憶に刻まれることになるのだ。

ヴォイテックはあっという間にまた眠ってしまった。これから数日間は充分な睡眠をとることもままならないと思うと、ヴォイテックが羨ましかった。エヴァはもっとそうだろう。過去を整理することができても、いまの問題とは闘わなくてはならない。それはぼくたちがこれまで経験してよくわかっていることよりもっと怖いことのような気がした。

一番大きい部屋の小さなテーブルのそばにぼくたちは座った。エヴァがミニバーから、ぼくのためにジヴィエッツビールの小瓶を、自分用にはウォッカの小さな瓶を二本出した。彼女はカクテルをつくり、目を閉じて一口飲んだ。

その様子を見ながら、ふと彼女はアルコール依存症なのではないかと思った。いや、そんなはずはない。彼女が飲んでいるのは普通のカクテルで、ぼくのビールとなんの変わりもない強さなのだから。

勘がいいエヴァはすぐにぼくの視線の意味を察した。

「わたしが抱えてる厄介な問題のなかで、これなんてまだ些細なほうよ」エヴァが言った。

「何も言うつもりはなかった」

「言わなくてもわかったから」

ぼくたちは軽く笑った。

「最後にしらふだったのは、ふたりで《ハイランダー》に行った日だと思うわ」

「そう」ぼくがつぶやく。「じゃあぼくの計算によると、約十年間は酩酊《めいてい》状態でいたってことだ」

「あなたは違うの？」

「わからない。あれからずっと霧に包まれていたような気がする」

「その答えがすべてを物語ってるわ」

ぼくはうなずき、ビールを一口飲んだ。彼女が毎日飲んでいたのもわかる気がする。たとえ悲惨な過去がなかったとしても、ロベルト・レイマンのような人間との生活は、アルコール依存症どころか、もっとひどい罪を彼女が犯していたとしても正当化できる。

レイマンのことについては考えたくなかったが、避けて通れないのもわかっていた。まもなく彼女の人生のどんな些細なことについても知ることになるのだ。彼女の録音が終わったところからいままで何があったのかをすべて。

「それで、きみはヴィエルコポルスカに身を隠し、大学でビジネス心理学を専攻し……」

「そこでロベルトと知り合った」

「思うに、それは人生で最高のこととしてきみの記憶に刻まれているわけではないんじゃないかな」

自分の考えが口をついて出た。本来なら意気消沈した声で語るべきところを、不必要に軽い口調で言おうとした。もうこんなわざとらしいことはしないと自分に言い聞かせながら。

エヴァはそんなぼくの言葉を無視すると思ったが、わざとらしく咳払いをした。

「ええ、最高なんかじゃなかったわ」彼女は認めた。「でも、わたしが完全に計算ずくでしたことのうちのひとつよ」

ぼくは眉をひそめた。

「どういう意味？」

「わたしは安全だっていう安心感が欲しかった。それ以上かも。カイマンの一味がわたしを見つけたとしても大丈夫だっていう保証が欲しかった」

「で、レイマンにはそれができたと？」

「ええ。彼が裏で何をやっているかを知ったとき、そう思った」

それからしばらく、エヴァはレイマン調査会社とロベルトが経営するほかの会社はなんの意味もない存在だったと説明した。基盤がある程度しっかりした会社もあれば、ただのまやかしで現われては消えるような会社もあった。

レイマンは、麻薬だけでなくデザイナードラッグなど、売れるものならなんでも違法に販売していた。それだけじゃない。不動産業でも詐欺を働き、犯罪組織を急速に拡大していた。エヴァの話からの印象では、たとえカイマン一味が彼女を見つけたとしても、レイマンの組織なら本当に彼女を守れたのかもしれないと思えた。

いまやレイマンとの生活と決別したせいで彼女は保護を失った。ぼくは初めてそのことを意識した。今度はぼくが彼女の安全を守る義務がある。少なくとも何かそれに代わるものを。でも、すぐに彼女が経験した恐怖を思い出した。あの恐怖をこれ以上続ける価値などない。たとえどんなに身の安全が保証されたとしても。

「ロベルトと知り合ったときにはどんな人かわからなかったのよ」

「それは……」

「わたしにあんなことをするなんて思わなかった」ぼくは口を挟もうとしたが、彼女がそれをさせなかった。ぼくはただ、彼女にとって辛い話をわざわざしなくてもいいと言いたかっただけなのだが。「ロベルトの無慈悲な性格や目的のためなら手段を選ばないことは知ってたけど……。わたしを虐待するとは思ってなかった。それまでの彼の行動にはまったくそんなそぶりはなかったし……」

非道？　残虐？　適切な言葉を使いたかったが、どれも当てはまらない気がした。エヴァもおそらく同じだろう。最後には首を横に振り、言いよどんでやめた。

「虐待が始まったとき、わたしは妊娠していた。だから引き返せなかった」

その点はよく理解できた。

「それに、これは一時的なことだって自分に言い聞かせてた。妊娠が引き起こしたものにすぎないって。わたしの愛情や意識が子どもに集中するんじゃないかっていう恐怖心がロベルトにはあったんだと思う」

ぼくは口を開いた。ひとつの疑問がずっと頭の中に引っかかっていたからだ。だが、ぼくからは何も言う必要はなかった。

「ええ、彼を愛してたわ」エヴァが答えた。「最初はただの計算でしかなかったけど、そのあとは……ときどき……」

言葉の途中で口をつぐむと、それ以上何も言わなかった。お互い目を合わせることもなく、気だるそうにお酒を飲みながら、ぼくたちは黙って座っていた。眠気はまったくない。目は冴《さ》えて心臓は高鳴っていた。

「わかるでしょう?」ついにエヴァが口を開いた。

「うん」

「すべては、結婚によって保証される安全のための決断だったの」

「わかるよ」この話はもうやめたいという気持ちを込めて、ぼくは言った。

エヴァはうなずいたが、ぼくを信じたとは思えない。ぼく自身も正直なところ彼女に共感できる自信はなかった。理屈のうえでは難しいことではない。レイプされ、怯《おび》えた女性が、一緒にいさえすれば安全だと思える男性にようやく出会ったのだ。そういう状況で、その男性を好きになるのはおかしいとでも言えるのだろうか。

いや、言えない。ぼくたちがまた会えるのはいつになるかわからない、と思っていたのであればなおさらだ。彼女はぼくたちふたりのために、自分の人生からぼくを排除しなければならなかったのだ。そこは理解できた。

「大学を卒業したあと、わたしたちはヴィエルコポルスカにしばらく住み、ロベルトは税関に勤めた。それからわたしたちは彼の故郷に戻った。レヴァルに住み、最初は何もかもうまくいっていた。でもだんだんと問題が……」

「それについては話さなくてもいいよ」

「話したいの」彼女はそう言うと、椅子に座りなおした。「あなたはすべてを知るべきだと思うから」

「わかった」

「はじめの兆候ですぐに気づくべきだった。会話を支配するのはいつも彼、決めるのも全部彼。わたしには見せかけの自由しか与えられなかった。実際、その自由すら夫は少しずつ制限していき、最後は完全に奪ったの」

このスピードで飲むと、もうすぐ瓶が空になると思いながら、ぼくはビールを飲んだ。近くの店に四本セットのビールを買いに行こうかと考えたが、すぐに諦めた。エヴァが本題に入るときには冷静でいるべきだろう。

レイマンが週を追うごとにどんなふうに彼女の自由を奪っていったのか、エヴァはさらに話した。一時、彼と別れたいとも思ったが、まもなく妊娠が発覚した。そのときに雪崩《なだれ》が起きたのだ。ロベルトはエヴァを脅し、初めて殴った。窒息させ、その後、傷跡を残さないように殴った。結局、ヴォイテックが生まれ、エヴァが家を出ないことにしてからは、以前にも増してやりたい放題だった。

「タイガー、わたしは怯えてた」エヴァはささやき、空《くう》を見つめるように壁に目を向けた。エヴァはきまり悪そうに見えたが、彼女が負い目を感じなくてはならない理由は微塵《みじん》もない。彼女の立場であれば、誰でも怖いだろう。

「その後、何があったかは……もうわかるでしょ？」

ぼくはしんみりうなずいた。

「あの脅威とともにすべてが戻ってきた」一瞬の脱力感から立ち直った彼女は付け加えた。「わたしたちを『野次飛ばし席』で襲った連中よりロベルトのほうがむごい気がしたわ。思いどおりにならなかったらもっと残酷なことでもやりかねないと思った。長い間、わたしは麻痺したようになってた」

ちょっと前に見た彼女の表情のない目から、それがどんなだったか想像がついた。

「もうその段階では、誰にも相談できなかった。友達をみんな失ってたから。レヴァルには誰も知り合いがいなかった。いたとしても、ロベルトとなんらかの形でつながりがある人ばかり。レイマン調査会社で人を雇うようになってから、初めて夫とまったく関係ない人に出会ったの」

それがなかったら、誰に助けを求めればいいかわからなかっただろう。オポーレであんな恐怖を味わったあと、ようやくそれを忘れられるかもしれないという希望が持てたところで、もっとむごい環境に彼女は身を置くことになったのだ。

ぼくはしばらく目を閉じてうなだれた。

「あの痣のある男は……」ぼくが言った。「誰？」

「グラズルよ」

「って？」

「レイマン調査会社の元社員でITの専門家。全部、彼のおかげなの」

「どういう意味？」

「あなたがわたしの唯一の救済者だとわかったとき、グラズルに相談したの。グラズルなら安全だと思ったから。でもロベルトは疑いはじめた。それでグラズルは解雇されたけど、幸い、詳しいことまでは夫に知られずにすんだ。わたしと仲良くなる人をロベルトはみんな遠ざけた」

「だからクリザもいなくなった？」

「ええ。彼女はグラズルと同じ目に遭った」

「彼女はきみのことを知っていたの？　きみの正体を」

「いいえ」エヴァは首を横に振った。「グラズルだって、ロベルトとの異常な関係からわたしが逃げたいと思っていることしか知らなかった。そしてわたしを救えるのはあなたしかいないってことしか」

ぼくは少し考えた。一見すべて筋が通っているように思えたが、全体像を見ると疑問が次々に湧いてくる。何がそういう決断をさせたのかを話すことで、エヴァはじきにぼくの疑問を解消してくれるだろう。それでも何かがぼくを不安にさせた。

「でも、クリザはエヴァがきみだってわかったんだろう？」ぼくがきく。「この案件を引き受けたときに」

エヴァが笑う。

「そういう計画だったの」

「具体的には？」

「彼女はフィル・ブラッディがコンサートで撮った写真を見ることになっていた。あなたがもっている昔のわたしの写真を見る可能性もあったけど」

喉まで出かけていたエヴァへの次の質問を我慢して、説明の続きを待った。だが、結局きいてしまった。

「やつはいったい誰なんだ？　あのフェイスブックのブラッディは？」ぼくがきく。

「彼は実在しなかった。計画をスタートさせるためにグラズルが思いついた人物よ」

「そしてあとで痕跡をすべて消したってこと？」

「いいえ、あれは警察がやったのよ」

ぼくは首のうしろをかき、小さなテーブルのほうに身をのりだした。

「エヴァ、詳しく説明してくれないか」

「そのつもりよ。でも時系列で話すわ。そのほうが簡単だから」

「じゃあ、あとでさっきの問題に戻ろう。まずは、誰があの写真を削除したのか教えて」

「プロコツキよ」エヴァが言い、重苦しく息を吐く。「わたしが裏にいるって彼にはわからなかった。あなたにわたしを見つけてもらうためにやっていることだって知らなかったの。だから、彼は規則と人の道理に従って対応したわけ。カイマンの連中がわたしの居場所を突き止められないようにブラッディの痕跡を消した。写真を消し、もうこれ以上出てこないように注意してた」

ようやく、何があったのかなんとなくわかってきた。そしてブリツキとぼくがどんなに間違っていたかも。状況を間違って解釈していた。エヴァに悪事を働こうとしている連中の仕業だとぼくたちは思っていた。

ところが警察が彼女を守ろうとしていたのだ。

そして、その任務をしっかり遂行した。いまの法律で定められている任務を。エヴァは何年か前に保証のない匿名証人となったが、法の改正によって、国による法的支援が彼女に適用されるようになった。

誰かがエヴァの痕跡を突き止めたと知ったプロコツキは蒼白《そうはく》になったに違いない。エヴァが見つけられないためならなんでもやる気だっただろう。ぼくは彼のそういう尽力の犠牲となったのだ。

背筋を伸ばし、両手を首のうしろで組んだ。どの筋肉にも痛みを感じたが、気づかれないように努めた。肉体的な痛みより精神的な傷のほうが大きい気がした。

「グラズルは気をつけなくちゃならなかった」エヴァが続けた。「というより、彼が気をつけるよう、わたしが見てなくちゃいけなかった。彼は自分が何に関わっているのか知らなかったし、わたしにはまだ彼が必要だったから」

「ぼくに録音を届けさせるのに？」

「そう。ＲＩＣで連絡を取り合っていたおかげで、いつ、どこにあなたが行くのかがわかったわ」

「それで十二時間過ぎたら録音が消えることにしたんだ？」

「ええ。でもそれはわたしからしたら……」

「誘導」

ぼくの視線を避けながら、エヴァがうなずいた。

「あなたが時間に遅れたとしても、グラズルはＵＳＢメモリーを無効にすることはなかったでしょうけど」

「じゃあ、どうしてあんなに急がせたの」

「あなたを一箇所に長くとどめておかないほうがよかったからよ。カイマンたちにあなたの居場所がばれないように」

エヴァはそこについては迷いがなかった。いまではぼくも納得できた。カイマン一味はずっと前からぼくを監視していたのだろう。フションストヴィッツェにファルコフが現われたことで、ぼくを追っていることが明白になった。

その後、やつらをまけたのだろうか？ そのようだ。連中の誰もこれまでぼくらを見つけられなかったのだから。ぼくたちは安全だった。少なくとも心の中ではそう繰り返した。

エヴァはしっかりとした手つきでボトルをもつと、一気にその中身を飲み干し、二本目を開けた。

「ほかにもまだ、質問がある？」いたずらっぽく彼女がきく。

「まあ、いくつか」

「じゃあひとつ選んで。そうしないと唇が乾いちゃって、そう長くは我慢できないかもしれないから」

「ぼくが薬を手に入れてあげるよ」

「だったら、もっと質問してもいいわ」

「よし」そう言ってぼくは、重い腰を上げ、ドアのほうを見た。「何かお望みのものは？」

「プロセッコ」迷わずエヴァが言う。「タイガー……二本お願い」

ぼくはうなずき、行こうとしたときエヴァがぼくの手をつかんだ。その手を軽く引きながら彼女も立ち上がる。唇が重なり合った。まわりの世界が回りはじめ、ぼくたちはサイクロンの真ん中にいるみたいだった。地震のときに避難場所を見つけたような感覚。たった数秒間だったけど、質問も、答えも、疑いも、心配も、何もかもがどうでもよくなるにはそれで充分だった。

互いに見つめ合い、無言のままぼくは振り向いて部屋を出た。震える足で近くの店に向かって歩く。何も考えられず、頭は完全に麻痺していた。

絶えずまわりを見回していたが、数百メートル行ったところで自分が酒屋ではなく何か不吉な気配を探しているのにやっと気づいた。何か危険なことがぼくたちを待ち構えている、そんな気配を。

あの惨事のあとのここ数時間の出来事は、これからも続くにはあまりに美しすぎる。本当に、エヴァともとの生活に戻れるのか？　新しい人生を一緒に築いていけるのか？

どちらも同じぐらい非現実的な気がした。ぼくたちの物語をハッピーエンドでは終わらせない証拠を探すかのように、ぼくはあたりを見わたした。

エヴァは何をしようとしていたのか、なぜあんな方法をとったのか、計画を実現するために必要なものをすべてどうやって手にしたのか、知ることはできないかもしれない。どこかの建物の裏からもうすぐ警察が現われる。でなければ、カイマンの手先がもっている武器に月の光が反射するのを見るだろう。いまここで、すべては終わるのだ。

だが、暗闇にはなんの気配もなかった。不自由な足取りでようやくガソリンスタンドに着いた。店員の心配そうな視線をよそに、プロセッコを二本買った。それと、ハイネケンの四本パックを冷蔵庫から取った。

モーテルの部屋に向かいながら、再び不安が戻ってくる。エヴァがいなくなっているのではないか。その不安は、部屋に着いたときにはほとんど確信に変わっていた。

自分でも何のためかわからないままノックをし、ゆっくりとドアを開ける。一歩中に入り、足を止める。恐る恐る空っぽの部屋をゆっくりと見わたした。

「エヴァ?」

4

ヴェルネルが帰ってくるのを待つ時間がひどく長く感じられた。何かの考えに集中しようとしたが、うまくいかない。いろいろな考えが頭の中を駆けめぐる。どこから話を続ければいいのかさえもうわからなくなっていた。

アルコールが必要。それだけは確かだ。

ときどき窓の外を見ながら、部屋の中を少し歩く。そして、新聞を手にしてテーブルの前に座った。自分が何を読んでいるのかさえわからないまま、新聞をめくる。その後、ヴォイテックの様子を見に寝室に行った。

そのとき、ドアが開く音がした。

すぐあとに、かすかな足音が聞こえた。地雷原でも歩くかのようなゆっくりと慎重な足音。息を呑《の》んだ。

ヴェルネルがわたしの名を呼ぶのを聞いて、ほっと息をついた。寝室から出て、静かにドアを閉め、ヴェルネルに笑いかける。ヴェルネルは死にそうな顔をしていた。

「何かあったの？」わたしがきいた。

「いや……何も。ただ驚いただけ」

「何に？」

ヴェルネルは頭を振り、なんでもないというふうに手を振ってみせた。袋からプロセッコを出し、テーブルの前に座り、コルクを開けようとする。わたしはテーブルの向かい側に座り、彼を見ていたが、なかなかうまくいかない。こんな状況でなかったら、その仕草がなんとなく素敵だと思ったに違いない。でも、いまはとにかく早く飲みたかった。

やっとボトルを開けられたとき、ワインが少しテーブルにあふれた。ヴェルネルは小声で悪態をつき、あたりを見わたした。

「気にしなくていいわ。明日の朝、片付けましょう」

「グラスを探してるんだ」

「ああ」わたしは笑顔で答えた。「それなら必要ないわ」

わたしはボトルを取り、泊まり客が紅茶を淹《い》れられるようにモーテルのスタッフが置いていた紙コップにワインを注いだ。

ヴェルネルはビールを、わたしはお気に入りのアルコールを飲んだ。すぐに気分がよくなる。これから何を話すべきか、考えがまとまった。

ヴェルネルは緊張している。常に心配そうに窓の外を見ている。ロベルトやカイマンの手下を恐れている彼の意識を何かほかのことに向けさせたほうがいい。

わたしたちには敵がいることに疑いの余地はない。でも、わたしたちの居場所は誰も知らない。どんな車で移動しているかさえ。現時点でわたしたちを脅かすものは何もない。

「どこまで話したっけ？」わたしがきいた。

「あるときから、もうきみはうんざりしていたってところまで」

「そんな軽いものじゃないわ」わたしはカップを少し離れたところに置きながら言った。

「我慢の限界を超えていた」

「想像がつくよ」

「それでやっと、行動を起こすことにしたの」

「じゃあ、どうしてぼくと直接連絡を取らなかったの？」

「そのすべがなかったのよ。ロベルトはわたしの行動すべてを監視していた。RICでチャットをするだけでもどんなに大変だったか知ってるでしょう？　チャットができたのは、わたしがキーボードを叩くこと自体は怪しまれなかったからにすぎないわ。ロベルトにとっても、見張っていた人たちにとっても」

ヴェルネルが眉を上げる。

「庭師、掃除人、警備員……挙げればきりがないわ。みんなわたしを見張ってた」

「まるで自分の家が刑務所のような言い方じゃないか」

「実際そうだった。でも、家だけじゃないわ」

想像するだけで肉体的な痛みを感じるかのように、ヴェルネルは軽く目を細めた。

「どうやってあなたと連絡を取るか、ずいぶん長い間考えた」わたしは早く話を進めようとした。「ロベルトの関心を引かないような方法を見つけなきゃならなかったから。数時間や数日じゃなく、もっと長い間こっそり通信できる手段が必要だった。あなたがここに来るのに、そしてあのお金をすべて送金して逃亡の準備をするのにどのくらい時間がかかるかわからなかったし」

ヴェルネルは一言も聞き逃さないように注意深く耳を傾けている。わたしに対してこんな態度をとってくれる人は、久しくいなかった。誰もこんなふうにわたしを見てはくれなかった。

ヴェルネルといると本物の安心感を得られた。たとえ、カイマンのマフィアに対抗できそうな組織などもっていなくても。

わたしのためならなんでもやるという覚悟があるだけで充分だった。

自分の考えが本題から逸れたことに気づかれないように、彼をじっと見つめた。ヴェルネルはそわそわと身体を動かしながら、ビールを飲んだ。

「きみが見つけた解決策がどんなふうに助けになったのか、ぼくにはよく理解できない」

「……」彼が言う。

「この長い年月にわたしはわたしなりにロベルトの操り方を習得した。それをあなたは知らないから。少なくともある程度のところまでは操れたのよ」

「どういうこと？」

「夜、いつもより激しくロベルトを怒らせて、わたしにひどいことをさせるように挑発したら、翌日はロベルトからいつもより多くの譲歩が引き出せるってわかったのよ。振り子のようなもの。わたしはその動かし方を学んだ」

「それってむしろ危険じゃないの？」

わたしは肩をすくめた。外からは確かにそう見えるに違いない。結局のところ、唯一夫に影響を与えられる方法は、わたしをより強くより頻繁に殴らせることだったのだ。このことこそ、わたしたちがいかに歪んだ関係にあったかを表わしているかもしれない。

「取るに足らないことよ」無意識のうちにわたしはそう言っていた。「ある晩、性的に彼を侮辱してやったの」

ヴェルネルは固唾《かたず》をのんだ。彼の想像力はいまやフル回転をしているに違いない。

「彼はセックスに興味がなかった。暴力でしか高ぶった感情を鎮めることができなかったから」

ヴェルネルはうなずいた。

「ロベルトがいつもの……儀式を始めたとき、彼をもっと怒らせるためにそれを利用したのよ」

「彼を怒らせるのはそんなに難しくないんじゃ？」

「ええ、難しくなかったわ」

本当は、あのときのことを思い出したくなかった。ロベルトをインポテンツでセックスができない、挙句の果てに「あなたが惹かれるのは男たちだけだ」と非難すると、そうじゃないことを証明するために彼はありとあらゆることをしたのだ。

それはレイプそのものだった。殴打で始まり殴打で終わるレイプ。

夫がそこまでやるとは思わなかった。性的暴力には興味がなかったし、自分の残酷な欲求を満たすのにセックスは必要ないようだった。それでもそのとき、わたしは無理やり彼がそうするように仕向けた。

わたしの計画を実行するには、そうするしかなかったのだ。

「すると翌日、彼は予想どおりのことをしたわ。二度と許しを請うことはしない、自分はそれにすら値しないから。その代わり、仕返しをするようにってわたしに懇願してきたのよ。なんとかそれで償えると思ったんでしょう。罰が欲しかったのね」

「あるいはきみにそう思わせたかった」

「いいえ」わたしはきっぱりと否定した。「その後悔は本物だった。本当に罪悪感を抱いていたの」

「どうもぼくにはそうは思えない……」

「彼のことはよくわかっているわ、タイガー。彼ら、と言うべきかもしれない。ロベルト・レイマンはふたりいたようなものだから。いまあなたに話しているのはふたりめのほうよ」

「わかった」

ヴェルネルの声から、わたしの説明に納得していないことがわかったが、無理もない。彼の立場だったら、誰でもわたしよりずっとロベルトの狙いについてよくわかっている気になることだろう。

「翌朝、前の晩計画的にやったことをわたしはうまく利用した」

「具体的には？」

「一緒に日帰り旅行することをロベルトに約束させたの」

ヴェルネルの目から、ようやくわたしの企みを理解したのが見て取れた。

「ヴロツワフのコンサートに行くってこと？」

「ええ。フー・ファイターズが来るってわかった数ヶ月前からわたしは計画を立てていた。ブリッキがそこに来るのはわかっていた。ブリッキがこんなチャンスを見逃すわけがないもの」わたしはそこまで言うと息を吸い、前髪を横に上げた。「そして、わたしも」

「きみがフー・ファイターズを好きだったことなんて、一度もないじゃないか」

わたしは軽く微笑んだ。

「でもロベルトはそんなことは知らなかった。それどころか、そのバンドをわたしがすごく気に入っていると思っていた」

「どうして？」

「コンサートのことを知ってからはずっと、フー・ファイターズのアルバムを聴きつづけてたから。だから、あの日も、わたしにとってはそのコンサートに行くのがとても大事なことだって、ロベルトは信じて疑わなかった」

ヴェルネルは眉を上げ、深くため息をついた。わたしがそこまでしなくてはならなかったのかと思うと、重苦しい気分になったようだ。

「その日のうちにTシャツを注文し、ロベルトにグレーのパーカーを買った」わたしは満足げに言った。

「There is nothing left to lose（失うものは何もない）と書かれたフー・ファイターズのロゴ入りパーカーだね」

「そのとおりよ」

「そして自分用には、ぼくにヒントを伝えるためのTシャツを買った」

ヴェルネルの声から、ようやく事実を受け入れてくれたとわかった。

「夫に疑われることなく計画を実行する唯一の方法がそれだった」ロベルトはわたしの買い物まで細かくチェックしてたから。わたしが何を買うかは、実際には彼が決めていた」

わたしのこれまでの生活で、自分自身でコントロールできることがいかに少なかったかがわかったのだろう。ヴェルネルは身震いした。その点をわかってもらうことが大事なのだ。ヴェルネルのための録音についてと同じように、状況さえわかってもらえれば多くの説明がつく。

あの録音を聴くことで、失った十年間のほんの一部でも取り戻せたとヴェルネルが感じられればいいと思っていた。でも、その目的が果たせたかどうかは自信はなかった。

「あとはチケットを予約するだけだった」

「そしてブリッツキがきみに気づくのを期待していた？」

「いいえ、わたしはむしろ彼の視線を避けていた。リスキーなことはできなかったから。だって、わたしはロベルトと一緒にいたんですもの」

「そうだけど……」

「でも、会場にはグラズルもいた。グラズルには、わたしの写真を撮って、フー・ファイターズに関する掲示板とフェイスブックに載せるよう頼んであった。ブリッキがそのどちらかを必ず見るって思ってたから」

ヴェルネルは深刻な表情でうなずいた。

「女の子のナンパについては、たしかにブリッキは頼りになる」小さな声でヴェルネルが言う。「まあ……」

そこまで言いかけるとやめたが、ほかのことでもブリッキは頼りになったと言いたかったのだろう。わたしはといえば、ブリッキについてあまり考えたくなかった。良心の呵責《かしゃく》を感じるからだ。彼の死は起こるべきじゃなかった。わたしの計画ではそうなるはずじゃなかったのだ。

でも、すべてを見通すことなどできない。

ヴェルネルに話すべきことに考えを戻す。話しやすくするために、プロセッコを一口飲んだ。言葉がすらすらと出るようにするには、少なくとももう十数口は飲まなくては。待ちきれないという目でヴェルネルがわたしを見ている。

「つまり、ブリツキがきみを捜しはじめるようにするために、フィル・ブラッディを使った」ヴェルネルが言う。

「使ったのはグラズルよ」

「まあ、そうだけど……。どこからあの名前を？」

「顔の痣からよ」

「なるほど」

わたしは肩をすくめ、どこに話を戻すか考えていた。結局、時系列のままに話すのが一番だと思った。どんなにドキドキしながらブリツキの書き込みを確認したか、ヴェルネルがエヴァを捜すのに加わったとわかるサインが出てくるのをどんなに待っていたか。

そして、警察の反応にどんなに驚いたか。

「プロコツキは、本当に責任を感じていた」わたしは言った。「だって、すぐにフェイスブックの写真と痕跡を消したんですもの。彼にとってできるだけのことをしたんだわ」

「かもしれない」

「絶対そうよ。プロコツキに限ってはだましたりはしないわ。長年ずっとわたしを守ってくれていたんだから」

「でも、誰かから情報が漏れた。ファルコフからだったとは限らないよな」ヴェルネルがつぶやく。「それがブリツキを死に追いやった」

わたしは悲しげにうなずいた。

「誰が殺したか、知ってるの?」

「いいえ」わたしは答える。「おそらくカイマンに雇われた外の者だと思う。自分たちの仲間や警察にいるスパイにやらせることはないと思うから」

「でも……」

ヴェルネルが何をきこうとしているかよくわかった。でもわたしは、先回りして答えようとはしなかった。まずは、ヴェルネルがすべてを頭の中で整理するほうがいいと思ったからだ。

「でも、容疑はぼくにかけられた」しばらくしてヴェルネルが言った。「どうしてだ? プロコツキは、ぼくがブリツキを殺したんじゃないってわかっていたはずだ」

「わかってたと思うわ」

「でも?」

「さっきも言ったように、プロコツキは、わたしを守らなくちゃいけないっていう責任を感じていたのよ」

「そこまでして?」

「変かしら?」紙コップを回しながらわたしがきいた。コップの中でシュワシュワと泡の音がする。「わたしに安全だと約束してくれたプロコツキは、昔気質《かたぎ》の警察官よ。カイマンがわたしの両親を殺すように命じてから、プロコツキはわたしが同じ運命をたどらないよう最善を尽くすと自分に誓ったのよ」

「じゃあ、プロコツキは、ぼくとは何の関係もない殺人の容疑でぼくを訴えたの？」

「彼はただ、検察官の言うとおりに……」

「そんなことはない」ヴェルネルが口を挟んだ。「あれはプロコツキの決断だった。何のためにそんなことを？」

「わたしを守るためよ」わたしは重苦しい口調で答えた。「あなたの存在こそがわたしに一番脅威をもたらすと判断したのよ」

わたしの言ったことがひどく馬鹿げているといわんばかりに、ヴェルネルは小さく鼻を鳴らした。

「すべてはカイマンが裏で糸を引いていて起きたことだって、プロコツキは確信していた。それに何年も経ってようやく、わたしに行き着く方法が見つかったのよ。あなたを通して」

「ふむ」

「プロコツキは最後には真実にたどり着く、ポモージェでわたしを見つけられるって確信していた。そして、これまで何年もわたしに復讐をしようと待ち構えていたやつらが、あなたのあとをつけるに違いないって思っていた」

「じゃあ、つまり彼はただ、きみを……」

れば……」

「何？」わたしが割り込む。「あなたがみんなから隠れたときに、あなたと連絡が取れてい

　ヴェルネルは親友の遺体を見つけたときにはすでに自分が通信手段をもっていなかったことに、いまになってようやく気づいたのだろう。自分は警察から追跡されていて、そのうち捕まると、頭から決めつけていたのだ。

　そして、まさにそれがカイマンの狙いだった。法から外れ、失踪した婚約者を捜す自暴自棄の男は、カイマンにとってとても都合がよかった。だからブリッツキを殺し、ヴェルネルひとりを残したのだ。

　カイマンのその動きは、シンプルで理想的だった。彼は欲しいものをすべて手に入れた。でも、わたしがある地点から次の地点へとヴェルネルを動かすことで、ヴェルネルの足取りを消そうとしていたとは考えていなかったようだ。

「プロコツキとぼくが話していたら、すべてが違う結果になっていたって言いたいの？」

「たわいもない会話でこと足りることもあるわ」わたしはうまくかわしてから、少し黙った。

「そうじゃないこともあるけど」

　わたしたちはしばらく黙った。ヴェルネルは、ふたつの手に動かされていると自覚したのだろう。わたしから、そしてわたしを捕まえようとしている人たちから。

　でも、もはやヴェルネルの機嫌をとっている場合ではない。彼は残りの話を聴かなくては

ならない。

「結局、プロコツキは、カイマンがわたしを見つけだす一歩手前だと判断した」

「それで、ボルコで死体が見つかったなんてでっちあげたのか」

「ええ」わたしは同意し、ため息をついた。

「あれは誰だったの？」

「わからない。身元不明の誰かだと思うわ。もしかしたら死体さえなかったのかもしれない」

「役所の書類上はあったはずだ」

わたしはつぶやくように同意した。

「プロコツキは、あなたをはじめみんなに、わたしが死んだと思わせようとした」これだけははっきりと言っておかなくてはならないと思い、付け足した。「でも、期待していた効果を得るには、もっと早くそうすべきだったかもしれない」

ヴェルネルは窓の外をぼうっと見ている。筋の通ったシナリオになるためのすべての要素がそろったのだろう。少なくともほかの人の動きに関しては。ただし、わたしの動機を理解しているかどうかはわからない。

「ほかに方法がなかったのよ。タイガー」しばらくして付け加えた。

彼は、何かをききたげに眉を上げた。

「あなたをずっと動かしつづけなきゃならなかったから」

「わかってる」

「それに、わたしのメッセージをあなたしか読まないっていう確信が必要だった。それがすごく大事だった。だってカイマン一味は常にあなたを見張り、わたしが残したどんな痕跡にもたどり着くのはわかっていたから」

ヴェルネルは立ち上がり、窓辺に行った。しばらく身動きもせず、黙っていた。わたしが話したシナリオのどこかにきしみを感じているように思えた。その音が大きすぎて、無視して通りすぎることができないのだろう。

でも、それが何なのかは、わたしにはわからない。

5

ダミアン・ヴェルネルがモーテルの窓辺に姿を現わしたとき、キャップをかぶった男は二歩下がった。ヴェルネルは気づきはしないだろうが、うっかり油断をしたためにヴェルネルに見つかってしまったとあとで後悔するぐらいなら、万全を期すに越したことはない。

カモフラージュはかなりよくできていた。トラック同士の無線で「スカカンカ（ポーランド語で縄跳びのこと）」と呼ばれている大型トラック、スカニアでここまで来た。ヴェルネルだけでなく、誰の注意を引くこともないだろう。

キャップをかぶった運転手は、それは当然だと思っていた。逃亡者は誰でも黒の怪しい車か何かで追われるものだと思っている。ポーランドの道路の風景に自然に馴染む大型トラックが疑われることはない。

ヴェルネルとカサンドラのあとを気づかれないようにつけていくにはこの方法しかない、と男はわかっていた。

男がレイマンの遺体を発見したのは、ふたりの逃亡者が邸宅をあとにした直後だった。時間は充分あったので、遺体をどうするべきか考えた。青のプジョーを急いで追いかける必要はなかった。逃亡者を見失わないよう、あらかじめそれなりのことはしてあったからだ。

レイマンが死んだことは多少の計算違いだった。警察が介入してくる可能性があるからだ。誰が殺したか、法医学者の結論が出る前に捜査官は動き出すだろう。だが、おそらく犯人の痕跡を見つけることはできないだろう。

男はヴェルネルを見つめ、実行まであとどのくらい待たなくてはならないのかと考えた。準備はできている。ヴェルネルは見られていることに気づいていない。つけられていたと気づいたときには、手遅れだろう。

男は帽子のつばを下げ、座席に戻った。車のドアを閉める音がしても窓のカーテンは開いたままだ。車は、モーテルの部屋が見える位置に停めてある。

たとえ部屋の電気がついているのを見ていなかったとしても、カサンドラはいま、これまで何年もどうやってカイマンから逃げてこられたのかをヴェルネルに話しているところだと男にはわかっていただろう。キャップの男は詳細まですべて知っている自信があった。そして今後のふたりの行動についても。

モーテルで寝て、少し休んでから移動するつもりだろう。どちらの方向に行くのか定かではなかったが、きっと東側、EU圏外に行くに違いない。

カサンドラが夫の銀行口座から盗み取った金をおろすために、国境近くのあまり大きくない町に立ち寄るだろう。資金を調達したふたりは新たな人生をスタートさせるため、さらに移動する。

男はヴェルネルをじっと見つめた。笑顔のヴェルネルは、きっとそんな将来を見通しているのだろう。願望とは愚かなもので、恋をしている者を裏切る恋人のようだ。男は楽な姿勢で座りなおし、待機時間が長くなるのに備えた。最大の成功をもたらすための待機時間に備えて。

6

ぼくは窓から目を逸らし、窓辺に座った。エヴァが心配そうにこちらを見ている。何がエヴァにあのような行動をとらせたのかがわかってもらえていない、と彼女は思っているのだろう。

だが、ぼくは完璧に理解していた。以前、家庭内暴力の恐怖に怯える女性に関する研究報告を読んだことがある。詳しいことは覚えてないが、深く印象に残った統計データがあった。ポーランドでは毎週、三人の女性がロベルト・レイマンのような者の手で殺されているというデータだ。

エヴァも三人のうちのひとりになっていたかもしれない。レイマンの残虐さは増すばかりで、よくなる兆しはまったくなかった。その恐怖から逃れるために行動を起こさなくてはならなかったのだ。それも細心の注意を払って。エヴァには、カイマンだけでなく、夫への恐怖もあった。誰より夫が一番怖かったのかもしれない。

逃げようとしているのを夫に知られたら、悲惨な結果を招いていただろう。あんな複雑な解決策を取ることにした理由も、それなら説明がつく。

どんなに多くの女性が同じような境遇におかれているかを思い、ぼくはしばらく目を閉じた。エヴァのような地獄を経験している人はいったいどのくらいいるのだろう。密室の中で起きている地獄。どんな統計にも反映されていない人たち。

「どうかした?」突然、エヴァが口を開いた。

まぶたを開く。

「いや、大丈夫だ」

「不安そうに見えたけど」エヴァは立ち上がり、ゆっくりとぼくのほうに来た。窓辺に立ち、注意深く周囲を見る。

「何か不審なものでも？」

「いや」彼女の手を取りながら答えた。「でも、こんな状況なら少しぐらいナーバスになっても仕方ないよな」

ぼくたちは数センチの距離で向き合って立った。長く見つめ合う。やっとここにこうしていられる喜びをふたりで味わうために、世界がすべて止まってしまったような気がするほど長く。

「わたしたちを追ってくる者はいないわ」エヴァが言う。「警察はわたしたちがどこにいるかわからない。カイマンはわたしたちの足取りをつかむことができなかった。そしてロベルトの手下はまだ何があったかも知らない」

「そうだといいけど」

「そうなるように気をつけたから大丈夫よ」エヴァはそう言って笑った。「誰もわたしたちを脅かすことはない」

「本当にそうかな」

エヴァはぼくの手を放し、プロセッコを注ぎ足した。

「それが怖いの」エヴァが言う。

「何が？」

彼女が言った三つの脅威は、ぼくたちの心配の種を完全に網羅している気がした。

「タイガー、あなたが許してくれるかどうかわからない」

「どういうこと？」

「わたしがやったことすべて……」そこまで言うと、彼女は目を逸らした。「どんなふうに映るかわかってるわ」

「どんなふうに？」

「あなたをもてあそんだような」彼女の言い方は、明らかに自分を恥じているようだった。

「わたしのエゴで、あなたにわたしが選んだ道を行くよう仕向けた気がして」

何か気の利いた答えをしようとして、ぼくは眉間にしわを寄せた。彼女から動機を聞いたので、いまやすっかりわかっている。もう少しぼくを信用してくれてもよさそうなものだが。でももしぼくが逆の立場なら、やはり不安になるのかもしれない。

「ぼくのことを知らない人みたいな言い方だなあ」彼女のほうに歩いていきながら言った。

沈黙が続いた。長すぎる沈黙。それが何を意味するかはわかっていた。

彼女に向き合い、笑顔をつくって見せた。まだ顔全体が痛い。でも、こんな状況では、痛みに慣れるしかないだろう。肉体的にも精神的にもすぐにもとどおりというわけにはいかないのだから。

「だって、きみはぼくのことをよくわかっているはずだ」ぼくが言う。

「本当にそう思う？」

「うん。『野次飛ばし席』できみにプロポーズをしたときのぼくと何も変わっていない。この十年間はあの頃のぼくじゃなかったかもしれないけど、いまはまた戻った」

エヴァが何かを推しはかるようにぼくを見た。大事な質問をしようとしているのがわかった——わたしたちはいまでも、付き合っていたときと同じわたしたちなの？　そう思えた。これまでぼくたちがどんな経験をしてきたにしてもだ。

「あなたを苦しめるつもりはなかったの。タイガー」

「わかってるよ」ぼくは迷わず言った。「それにきみ自身がなぜああいうことをしたか、その動機をすべて把握しているわけじゃないってことも」

「どういうこと？」

「きみは認めたがらないかもしれないけど、あれはすべて、ある意味、テストのようなものだった」

「何のことを言ってるの？」

「きみに愛を捧《ささ》げるテストに合格してほしいって、きみは無意識のうちに思っていたってこと。おかげで、いまでもぼくにとってきみがどのくらい大きな存在かをきみは知ることができた。それにきみを見つけるためなら九つの地獄を通り抜ける覚悟がぼくにあることも」

エヴァは青ざめた顔で微笑んだ。愛のテスト。それは彼女の直接的な動機ではなかったのだろう。でも、心の奥底では、たしかにそれもあったに違いない。彼女はいまのぼくを、昔と同じヴェルネルだと認めざるをえないだろう。

ロベルトで犯した間違いをもう一度繰り返すわけにはいかない。

「そういうんじゃないの」エヴァが言う。

「どっちでもいいよ。きみがぼくにとってどんなに大切かを見せられたことだけで充分だ」

エヴァは軽く微笑んだ。

「たしかに」

彼女を軽く自分のほうに引き寄せて、キスをした。その瞬間、なんだか彼女を傷つけてしまうのではないかと不安に駆られた。それは馬鹿げていて根拠のない不安だったが、ある意味ではピントはずれでもなかった。

エヴァがこれまでに経験してきたことは、彼女自身をほとんど壊してしまった。そしてぼくは、たった一度の誤った行動でエヴァという作品を完全に壊してしまうことを恐れていた。

「腫れものに触るように扱わないで」ぼくの考えを読み取ったかのようなエヴァの言い方だった。

「そんなつもりはないよ」

ぼくの目をまっすぐ見つめながら、エヴァは首を傾《かし》げた。

「ならよかったわ、タイガー」

彼女の腰を抱いて、本当にその気があるように見せることもできたのだが、実際にはそんなつもりはなかった。いまはまだそういう時期ではない。

彼女が、これまで生き抜くために耐えなくてはならなかったドラマを都合よく利用しているような気がしたのだ。そこに理屈はまったくない。でも、実のところすべてに理屈はなかった。ぼくたちはそれぐらいありえない状況に置かれていた。

警察とカイマンの仲間に追われ、国外に逃れようとしている。そのうえ、ロベルト・レイマンの一味が気づいたら、すぐに誰かを送り込んでくるだろう。とどめは、ぼくたちは子ども連れだということ。

ぼくは首を横に振った。

「あなたが始めるときの前戯はそんな感じじゃなかったはずよ」彼女が言う。

ぼくはベッドのほうを見た。

「ヴォイテックが隣の部屋で寝てなかったら、とっくにきみをあそこに寝かせて、ぼくはきみの上に」

「あらあら」彼女は認めた。「年をとってなんだか男らしくなったわね」

「いつもそうだったよ」

エヴァは答える代わりに、寒い夜に暖かいブランケットにくるまるようにぼくの腕の中で寄り添った。ぼくたちは黙ったまま会話していた。これまで話していた会話とはあまり関係ないことを。

しばらくじっとしていたが、ついにエヴァが半歩下がり、何かききたそうにぼくを見た。

「まだほかに知りたいことがある？」エヴァがきく。

「全部だ」

「じゃあなんでもきいて。ここですべて片付けちゃいましょう」

「よし」テーブルのほうに行きながら答えた。「でも、もう過去のことはどうでもいい」

「そうなの？」

「知りたいのは、ぼくたちの今後のことだけだ」

彼女が眉を上げた。ぼくを信じきっているわけではないようだ。

「わたしの料理の好みが変わってないか、ききたくないの？　暇な時間、マーベル・コミックを読んで過ごすようになったとか？　整形手術を受けたことがあるかとか？　ききたくない？」

「なんでそんなことをきく必要があるんだ？　きみを見てたらどれも手に取るようにわかるよ」

「そう？　じゃあ、どうぞ。変わったところを言ってみて」

プロセッコを自分で注ぎ胸元で手を組み、ぼくの答えを待つ。

「鼻をプチ整形し、頬骨を際立たせ、わずかに唇を厚くした」

「あとは？」

「それだけだ」

「それだけじゃないわ。引っ込んでいた顎を矯正した」

「きみの顎が引っ込みすぎていたことなんてないよ」

「あなたの目にはそう映ったのかも」皮肉っぽく言った。「でもどれも、目的は美容じゃなかった」

「それでもきみはチャンスを利用して整形した」

エヴァは肩をすくめて笑った。自分の外見を変えようとしたのはわからなくもない。ぼくが彼女でも同じことをしただろう。形成外科が請け合う言葉とは裏腹に、そういう整形手術が奇跡を起こすことはほとんどないが、エヴァの場合、少し運がよければ詮索好きな連中数人の目をごまかすぐらいはできただろう。あまりよく知らない人には、カサンドラ・レイマンがエヴァだとわからないかもしれない。でも、ぼくはすぐわかった。

きっとロベルトと結婚してから整形をしたのだろう。それまではそんな金はなかったに違いない。でも、詳しく知りたいとは思わなかった。あの男に関係することにまったく興味がなかった。

それに、本当に将来のことに集中したかった。やらなくてはならないことは、まだたくさんある。

「今度はぼくも少し整形したほうが……」

「髭《ひげ》を伸ばすだけで充分よ」

「そう思う？」

「これからわたしたちが行くところは、ほかには何も必要ないわ、タイガー」

「どこに行くの？」

「過去に」

「つまり、ベラルーシ？」

「あるいはウクライナ。カリーニングラードでもいいけど」プロセッコの入った紙コップを置きながらエヴァが言った。「口座にある預金をすべて引き出してから決めるのが一番いいと思う」

「居場所をつきとめられたりしない？」

「大丈夫」

彼女の声にはひとかけらの迷いもない。全部調べつくしたとでもいうような自信に満ちている。

「あなたに振り込まれたお金は税務署の関心を引くような額じゃないし、わたしともロベルトともなんの関わりもないもの。少なくとも書類上はね。たとえ誰かがいま……遺体を発見したとしても、あの資金に行き着くには時間がかかるはず」

「そうだといいけど」

それはぼくたちの唯一の保険だった。ベラルーシやウクライナで高収入の仕事を期待できるはずもない。だが、レイマンが貯めた金は、ルーブルやフリヴニャに替えたら裕福な生活をするのに足りるだけの額になる。運がよければ、それを運用して増やすこともできるかもしれない。

エヴァはそれについても計画済みなのだろう。

「警察にぼくの足取りを知られないかな？」

「知られるでしょうね。でも、そのときにはもう、わたしたちは遠くに行ってるわ」

「ほんとにそう思う？」

「ええ」今回もまた彼女の答えに迷いはない。「警察はオポーレやその周辺であなたを捜すはず。ここにいたら、しばらくは安全よ」

彼女の言うとおりだ。ぼくにとってはブリツキの殺害は悲劇以外の何ものでもなかったが、ポーランド警察からすれば、ほかの同じような事件より優先させるというほどのものでもないだろう。万一のときは、エヴァがプロコツキと話して、これ以上ぼくを追跡するのは無駄だと説得すればどうにかなる。

「じゃあ、これからどうする？」ぼくはきいた。

「朝一番で何ヵ所かでお金を引き出して、そのあと消える」

「書類は？」

「用意してあるわ」

「どうやって？」

「そんなことまで知りたいの？」

「わけもわからないままポーランドじゅうを急《せ》きたてられたんだから、それぐらいは……」

「まあまあ」手でぼくをなだめながらエヴァが口を挟んだ。「わたしがどんな怪しいやつらと話をつけたか、あなたには当然知る権利があるわよね」

実際には、そんな細かいことまで知る必要はなかった。エヴァは夫がらみのつてを利用したに違いない。それにそのことを密告するような人間に助けを求めたりはしなかっただろう。少なくともすぐに密告するような人間には。

「グラズルにはいまでも協力してもらってるの？」ぼくがきいた。

「いいえ。あなたに最後のＵＳＢを渡したらすぐに消えるように言ったわ。リスクは避けたほうがいいから。彼はよくやってくれた。ＩＴ関係のことは全部彼に任せられたんですもの。痕跡を残さないようにディープ・ウェブを使うことからファイルフォーマットの選択まで」

「そんな機知に富んだやつには見えなかったけど」

「人は見かけによらないものでしょ。とても才能があるわ」

「嫉妬すべき?」

「ううん、まったく」いたずらっぽくエヴァが言う。「誰に対してもね」

彼から離れたのは正しかった。こうなった以上、この件に関わっている者は誰であろうとぼくたちのリスクになるだけだ。彼女の計画が実現の一歩手前まで来ていることに感動し、しばらくエヴァを見つめた。これまで彼女は、さまざまな困難にみまわれながらもけっして屈することなく切り抜けてきた。でも、それをあとどのくらい続けることができるのだろう。彼女の目に陰りはなかった。それを見て、ぼくたちを脅かすものは何もないと信じることができた。

それなのに、やっと横になってもまどろむこともできなかった。もう朝になっていて、夜が明けようとしている。目を覚ました鳥の鳴き声は、ゆっくり休むには遅すぎることを知らせていた。

一時間、いや二時間ぐらい経っただろうか。ぼくたちはそろそろ出発すべきだと考えた。ヴィテックは部屋から車に乗るまでのほんの少しの間だけ目を覚ましたが、後部座席に横になるとまたすぐに寝てしまった。子どもの気楽さがうらやましかった。

今回はぼくが運転席に座った。あまり大きくない通り沿いに停めてある大型トラックを一瞥《いちべつ》し、ぼくは伸びをした。そのとたん、肋骨が何本か折れるような気がした。

それからしばらくして、東に向かう道路を走った。危険なものはすべて遠くに置いてきたような安堵《あんど》感。国境で何が待ち構えているかさえ心配しなかった。

ぼくたちはずっと注意していなくてはならないことを、ほとんど忘れることさえあった。ガードをはずして小さな幸せを愉《たの》しむことを自分たちに許したのだ。エヴァと目を合わせるたびに、ぼくにはその権利があるという気がした。

制限速度を守ってゆっくり走る。あるときから、ぼくたちの車とかなり車間をあけてスカニアと思われる大型トラックがついて来ていた。

湿気を帯びた道路から目の前に太陽が昇るのを見たときには、未来には明るい光が満ちあふれているように思えた。エヴァも同じように感じているだろう。ぼくたちは不滅だと信じて疑わなかった。

夕方、お金を全部引き出してからしばらくすると、ウクライナに向かって走った。そのときぼくたちがどんなにひどい間違いを犯したのか、残酷にも思い知らされた。

幹線道路から少し離れた、さほど広くない片側一車線の道路にぼくたちはいた。ウクライナとの国境までバイパスを避けて県道を行くつもりだった。

すべての財産と、ぼくたちの将来全部がこの車の中にあり、目標まであと一歩のところにいるいま、どんな小さなリスクも冒してはならないと思っていた。

それが間違いだった。

結果的にはそれが一番リスクの高い決断になってしまったのだ。車がまったくいない広大な耕地を貫く道を走っていたとき、ぼくたちの後ろを走っていたはずのスカニアがミラーに映っているのに気づいた。

だが、そのときはもう何をするにも遅すぎた。運転手は居眠りでもし、クルーズコントロールが徐々に加速するように設定されているんじゃないかと思えるほどスピードを上げてきた。トラックがブレーキをかけても間に合わないとわかったときにはすでに、ぼくたちの車から数メートルのところまで接近していた。

7

キャップをかぶった男は、絶好のタイミングをとらえたと思った。青い車との適度な距離を何キロも維持してからついに決断した。あらかじめ地図を見て研究し、できるだけの準備はしてある。

あとはチャンスを待つだけだった。それがいま、訪れた。直線道路に入り、カーナビによると、次の曲がり角までは数キロある。

プジョーの少し前をもう一台のトラックが走っている。男はトラック同士の無線でそれが誰かを調べた。すぐにこれ以上に好都合なことはないとわかった。運転手はウクライナ人のようで、ポーランド語はよくわからない。さらに運がよければ完全に合法とは言いがたい物資を運んでいる可能性もある。だとしたらその運転手が警察に通報することはないだろう。相手がためらっている場合ではないと判断し、キャップの男はさらにスピードを上げた。カサンドラの相棒が危険が差し迫っていることにどのような行動をとるか注意深く監視する。カサンドラの相棒が危険が差し迫っていることに気づいていないのは明らかだった。

トラックの前部がプジョーの後部バンパーにぶつかる直前に男はブレーキを踏んだ。ヴェルネルは当然の反応でスピードを上げる。

古いプジョー206は百馬力はあったかもしれないが、それほどスピードを出すことができない。男がブレーキを踏んでいなかったら、ヴェルネルは終わっていただろう。だが、ヴェルネルたちを道路から弾き出すことが目的ではない。それは危険すぎる。やろうと思えば何だってできるが、基本的な方針に変わりはない。カサンドラと子どもには危害が及ばないようにすることだ。

ヴェルネルも危害を免れるべきだ。だが、いざとなれば、彼を捨て駒にする用意もあった。

運転手は無線のマイクを取り、咳払いをする。ずいぶん長い間使っていなかったので彼のロシア語は少し錆《さ》び付いていたが、言いたいことは伝わるだろう。

マイクの横のボタンを押し、息を吸い込み、前を走るウクライナ人に急ぐように怒鳴った。この世の誰もプジョーに追いつかれてはならない。

興奮した怒鳴り声がどの程度の功を奏すかわからないが、ウクライナ人の運転手が非課税のタバコや軽油や税関職員の気を引くような何かを実際に運んでいるのだとしたら、危険を冒すことはないだろう。それに無線での連帯感は強い。

前のトラックは明らかにスピードを上げて、無線で何かを返してきたが、キャップをかぶった男はもう聞いていなかった。すべてはもはや彼の手にかかっている。またアクセルを踏む。今度はブレーキをかけるつもりはない。青のプジョーはいまや手中にあった。

8

「追い抜いて！」ヴェルネルが間に合わないのはわかっていたものの、わたしは叫んだ。三台ともスピードを出しすぎていて、ヴェルネルはこれ以上対処する暇がない。ハンドルを切って反対車線に入ることもできたが、それには倍の危険をともなうだろう。

対向車が来ているかどうかを確認するのは不可能だ。トラックと衝突すれば悲惨なことになる。生き残れるなどとは考えられない。プジョーはつぶされてぺちゃんこになってしまうだろう。

運よく誰ともぶつからなかったとしても、大型トラックと並ぶことになる。運転手がわたしたちのほうに寄ってきただけで、セミトレーラーがわたしたちの車のボディーにぶつかるだろう。

結果的には正面衝突したのと同じくらいの惨事になるはずだ。

それでも難を免れようと精いっぱい叫んだ。ヴェルネルは幸いそれを無視し、前を行くトラックを追い越そうともしない。

ほんの一瞬のうちに二台のトラックに挟まれた。

「ママ！」うしろのトラックが軽くわたしたちの車のバンパーにぶつかったとき、ヴォイテックが後部座席から叫んだ。

指の関節が白くなるほどヴェルネルが強くハンドルを握っているのが見える。

「ママ！」息子が泣き叫ぶ。

ヴォイテックを落ち着かせ、何か声をかけてあげたかったが、言葉が詰まって出てこない。

わたしはダッシュボードにつかまった。おそらくそれは一番やってはいけないことだっただろう。

衝突時に腕が折れる危険があるだけでなく、車内に設置されたエアバックが効かなくなるかもしれない。このプジョーにそういう機能がついていればの話だが。

いろいろなことが頭の中を稲妻のように駆けめぐり、考えがまとまらない。バックミラーに目をやった。

「ヴェルネル！」わたしは叫んだ。「運転手はひとりよ！」

ヴェルネルが愕然《がくぜん》としてこちらを見る。

「前にいるのは、通りすがりのウクライナ人よ!」

わたしが何を言いたいのか理解できないのはわかっていた。貴重な数秒を失ってしまった。もう一刻も無駄にはできない。

「止まって!」

「バカ言うな!」

「早く!」

やっと理解してくれた。少なくともそう思えた。助かる唯一の方法は、スピードを落として、ウクライナ人との車間距離を広げ、その後、うしろのトラックとぶつからないように急速にスピードを上げることだ。エンジンがもたないかもしれないが、普通車のほうがトラックよりも早く加速できる。

ほかに方法はない。

「止めて!」わたしは叫んだ。

やっとヴェルネルがブレーキをかけた。すべては数秒の間に起きた。話し合っている暇などない。ひらめいた唯一の方法でなんとか身を守らなくては。

ヴェルネルが強くブレーキを踏み、わたしはミラーを見つめた。ヴェルネルが急ブレーキをかけすぎるのを恐れながら。

後方のトラックの運転手がブレーキをかけようとしたとき、運転席の上部が前方に傾いたように見えた。わずかの間だったがプジョー後部と前方バンパーを接触しながら進んだ。その後、起こるはずのないことが起きた。

何トンものトラックに押されて、ヴェルネルはハンドルを少し右に切った。タイヤがきしむ音がしたかと思うと、すぐにプジョーは横滑りした。ヴォイテックは恐怖から叫び声をあげ、その声がわたしの耳をつんざくように鳴り響く。

わたしたちの車は道路から外れ、溝に突っ込んだ。爆発したかと思うような衝撃音が響きわたる。だが、何も爆発はしていないようだ。わたしたちは木と木の間の斜面に落ちた。なんと運がよかったのだろう。

一瞬何が起きたかわからなかった。非現実的な状況にすっかり身体が硬直している。それでも、急いでシートベルトをはずし、振り向いてヴォイテックは大丈夫かを確かめようとした。

解除ボタンを押したと同時にシートベルトがはずれたので、わたしは振り返った。息子は無事だった。ショックで呼吸が乱れ、そわそわとあたりを見まわしているが、怪我はないようだ。

わたしはほっと息をついた。そのとき、車から飛び出していったヴェルネルが、停止しようとしているトラックのほうに走っていった。

賢明な判断だ。相手の隙を狙って先にこちらが主導権を握ることが大事だ。いまのヴェルネルの状態では、一対一で対等に戦ったなら勝ち目はないだろう。

わたしはヴォイテックにそこにじっとしているように強く言いきかせて、ドアを開けた。まるで燃えている車から逃げ出すかのように、飛び降りてヴェルネルのあとを急いだ。ロベルトにやられた傷が突然、すべて消えたような気がした。少なくとも身動きできないほどの痛みは感じない。

だが、それはあくまでアドレナリンのせいで、またすぐに痛みがぶり返してくるだろう。わたしはヴェルネルのあとを追って力の限り走った。運転手を取り押さえる気なら、相手が状況を把握する前に運転席にたどり着かなくてはならない、とヴェルネルはわかっているのだろう。

でも、わたしは追いつくことはできなかった。肺を引き裂かれるような感じがして、息を吸うことができなくなったからだ。

ヴェルネルがトラックに着いたとき、わたしはもう前に進めず、立ち止まった。思っていたよりきつかった。アドレナリンに関係なく、わたしの身体はもうこれ以上何もできないと訴えていた。

身体を折り曲げ、膝に手をつき、喘ぎながら顔を上げた。

トラックのドアが開くのが見える。ヴェルネルがすぐそばにいることに気づかず、運転席から男が出てきた。男が前かがみになるやいなや、ヴェルネルは男のシャツをつかみ、道に突き飛ばした。

それから、なんのためらいもなく男の頭を蹴りつける。

男に勝ち目はなかった。

わたしは一瞬目を閉じ、息を吸い、道のわきに沿って進んだ。武器として使えそうな枝が視界に入る。それを手に入れるために少し道をはずれる。それから、一刻でも早くトラックに着けるよう全力で進んだ。

ヴェルネルはもう一度蹴ったが、その後、急に動きが止まった。

それがなぜか、わたしにははっきりとわかった。

9

ぼくは、機械のように瞬時に反応した。迷いもせず、計算もせず、この男と戦って勝ち目があるかどうかも考えなかった。わかっていたのは、車の中にいるのは彼ひとりだということだけ。決断をするにはそれで充分だった。

トラックから降りた男を突き飛ばしたとき、殴ることに迷いはなかった。頭にあったのはエヴァとヴォイテックと自分の身を守ること。いや、身を守るだけじゃない。ぼくたちの未来も。

この男にそれを奪われるかもしれない。

ぼくはわけもわからず二度目の蹴りを入れた。運転手がもう起き上がることがないと確信できるまで続ける気でいた。そのとき、男の顔を見た。

口角から血が流れ、こめかみが傷つき、ぼくが蹴りを入れた跡がくっきりと残っている。赤い血が目に向かって流れ、目の下の痣につたっていた。

そのとき、ぼくは雷に打たれたように立ちすくんだ。どうしてこんなことがあるのか理解できない。勘違いか？　夢か？　目の前にいるのは、ほかでもないビスクピンで会ったあの男ではないか。

目の下に痣のある男。

グラズル。

最初からエヴァを助け、IT関係の難題を一手に引き受けていた男。ぼくにエヴァのメッセージを届けた男。エヴァのためにクビにされ、キャリアを断たれ、ロベルト・レイマンの一味から常に監視されていたと思われる男。

まったく、どうなってるんだ？

どうしてグラズルがぼくたちを攻撃しようとしたのか、どうやってぼくたちを見つけられたのか。わけがわからないままに、ぼくは一歩下がった。

レイマンの犯罪組織とはまったく関係ない。カイマンが率いる組織とも関係ない。そのどちらかなら、グラズルはとっくに彼の本当の目的を明かしていたはずだ。それをする機会はいくらでもあった。

頭が混乱していた。エヴァがこちらに向かって走ってくるのがわかったが、動くことができない。

「畜生、おまえはなんで……」ぼくは口ごもった。

地面に倒れている男は血を少し吐き、不安げにぼくを見た。その目の中にあるべきはずの恐怖は見られない。

警察に協力していたのか？　違う、それも変だ。

「おまえは誰だ？」ぼくがきく。

何か言ったが聞き取れなかった。ぼくは半歩下がった。いまになってようやく彼はぼくよりずっと頭が朦朧《もうろう》としているのだとわかった。ただし、彼の場合、打撃を受けたのは身体なので、身体が回復すれば思考はできるのに対し、ぼくは思考がやられていた。考えを整理することができなかった。

エヴァが走ってきているほうへ振り向いた。

打撃を受けたのはそのときだった。強烈で素早く、これまで起きたことすべてを封印するような打撃だった。こめかみをやられた気がしたが、どこからその打撃がきたか理解しようとするのをぼくの脳は拒否していた。

ぼくが少しふらついたところを、エヴァがもう一度打った。クレージーなロックコンサートで巨大スピーカーのそばに立っているかのように頭がガンガンする。理解不能な感覚は完全な無力感へと変わった。ぼくは地面に倒れ、そのショックから立ち直れない。

エヴァは喘ぎながらぼくの上に立っていた。エヴァは手を下ろし、ぼくは枝の先から垂れている血を見た。後頭部の血溜まりが広がり、頭が濡れている。

何も理解できない。

まったく何も。

エヴァはぼくには目もくれずに、通り過ぎていった。もうぼくは危険ではなくなったから、相手にする価値もないというように。そしてエヴァは、グラズルのそばにしゃがんで彼の顔に手をやった。

何か言ったが、その声は小さすぎて聞き取れない。

起き上がろうとしたが、身体が震えただけだった。特別あたりどころが悪かったようだ。エヴァが予想していたより危害は大きかった。この状況を評価するのにぼくの頭に残ったわずかな理性は、少なくともそう思おうとしていた。

実際、何があったのだろう。どういうことなのか。

これは本当に起こったことなのか。ホテルの部屋で寝ながら人生最悪の夢を見ているだけなのではないか。

エヴァはグラズルが立ち上がるのを手伝い、彼の顔を見た。グラズルがエヴァの腰に手を置いて何か言っている姿は、愛する恋人に大丈夫だと伝えている男性の姿に見える。

ぼくはゆっくりふたりのほうに這っていった。

十年前に「野次飛ばし席」でやったように。

歴史は繰り返すのだ。

10

グラズルはわたしの腰に回していた手を放し、もう一度、大丈夫だと言った。それから心配そうにプジョーのほうを見た。

「ヴォイテックは大丈夫だったのか？」グラズルがきく。

「ええ、大丈夫よ。ちょっと怖かったみたいだけど……様子を見に行きましょう」

グラズルはうなずき、ヴェルネルに目をやった。長い間彼を見つめている。わたしはグラズルが脳挫傷を起こしていないか心配した。グラズルはすぐにわたしが何を考えているか察し、わたしを抱き寄せて、大丈夫だと言った。

「ひどく蹴られてたから」わたしが言う。

った。


「もっとひどくなる可能性もあった」

確かに彼の言うとおりだ。全然違う形で終わるはずだった。ヴェルネルがハンドルをコントロールできてさえいれば。でも、わたしたちはどちらもそれについて深入りする気はなかった。

いまはもうそれをする意味もない。

「あんなに強くヴェルネルを殴打する必要はなかったのに」グラズルが言う。

わたしはグラズルの手を取ると、グラズルはわたしを自分のほうに引き寄せた。

「すべてが無事終わったわ」わたしは言った。

「そうだな」

またグラズルがヴェルネルを見て言った。

「ヴェルネルは死なないか？」

死なないでほしい。わたしの計画を実現するために絶対に必要なこと以上の不幸を彼に味わわせたいと思ったことはない。

「だといいけど」わたしが言う。

「二度目はやらなくてよかったのに」

「あなたに危害を加えないってわかるまで安心できなかったの」

「危害は加えなかっただろう。おれが誰かわかって、何が起きたかわかりはじめたみたいだ

っ た か ら」

わたしはそうは思わなかった。ヴェルネルはこの状況を事実とはまったく違うふうに見ているに違いない。

ヴェルネルは真実を知ろうとした。わたしはわたしで、運命が彼に与えた打撃をやわらげるよう、ヴェルネルが考えていたのとはまったく違う状況で彼に真実を伝えたかった。

いや、運命が与えたのではない。それを公然と認めるときがきた。わたしは深呼吸をしてヴェルネルのほうに振り向いた。

ヴェルネルが血を流しながらわたしたちのほうに這ってきた。生死を分ける境界線の一歩手前のような光景だ。

わたしはそわそわとあたりを見た。

「あまり時間がない」グラズルが言う。

「そうね」

「彼に何か言いたいのなら、急いだほうがいい」

「言いたいけど、でも……」

「何?」わたしのほうをじっと見ながらグラズルがきいた。その目は、わたしの奥深くまで見つめている。「少なくとも彼には真実を知らせたほうがいい」

「わかってる」わたしは同意した。「でもこれ以上、危ない橋は渡れないわ」

それ以上考える余地はなかった。長い時間苦労してやってきたことすべてを、横を走る一台の車が台無しにすることだってあるのだ。

わたしたちは無言のままプジョーのほうに歩きだした。グラズルを見たらヴォイテックが喜ぶのはわかっていた。いつものように、「おじさん!」と興奮して叫ぶに違いない。そしてグラズルが彼を抱っこし、道路に横たわるヴェルネルをヴォイテックが見ないように注意しながら、トラックの運転席まで息子を連れていくだろう。

ヴェルネルはどこかに行かなくてはならなかったと息子には説明しよう。ヴォイテックはヴェルネルのことをあまり知らないし、仲良くなるところまでいかなかったので、気にもとめないだろう。ほとんど他人みたいなもので、数年後には会ったことさえ忘れてしまうに違いない。

だが、わたしとグラズルがヴェルネルを忘れることはないだろう。

わたしたちはヴォイテックをトラックまで連れていき、プジョーの中にあったものを処理した。お金はまとめて箱に入れ、トレーラーの商品の中に隠した。国境を越える準備は万全だ。

わたしたちは満足げに見つめ合った。でもわたしの心のどこかに、残念な気持ちもあった。グラズルもそれに気づいたに違いない。心配そうに眉間にしわを寄せていた。

「彼には本当に全部説明したかった」わたしは言った。

グラズルはあたりを見渡した。

「まだ少し時間があるかもしれない」

「いいの」わたしはきっぱりと言った。

グラズルはうなずき、運転席に座る。わたしはヴェルネルのそばにしゃがみこんだ。意識を失い、大量の血を流している。この状態では、何を言ってもほとんど聞こえないし、覚えていられないだろうと思った。

「残念だわ」それだけ言い残した。

わたしは立ち上がり、トラックのほうに歩きだす。車内に入り、グラズルに微笑みかける。グラズルも同じようににこっとした。これ以上の幸せは必要なかった。

車が動きだしたとき、サイドミラーを一瞥した。ヴェルネルがわずかに顔を上げた気がした。

11

目覚めたのは病院だったと言いたいところだが、それは真実とは言えないかもしれない。目を開けたときに横になっていたのは病室だったが、実際には新しい現実のなかで目覚めた。そこには夢も幻想も希望もなかった。最終的に行き着いたのは現実だった。あるときから行き着こうとしていた現実的な場所。

ベッドのそばには父と母が座っている。廊下を暇そうに歩く警察官の姿がときおり目に入った。警察官にとっては、何も起きていないし何も心配することもない。ことぼくに関しては、もう何も。

ぼくの容疑は晴れ、ブリッキ殺しの犯人は逮捕されていた。容疑者は拘留中に起訴された。警察にはよく知られていた男だったが、カイマンとは無関係とみなされたのだろう。カイマンに雇われたに違いないのに、証拠がない。

ぼくではなく、検察が必要とする証拠がないのだ。

両親はしきりに話をしようとしたが、答えなかった。両親はぼくに後遺症を残すような障害があるのではないかと心配したが、画像検査結果からは何も心配するような症状は見あたらないと医師は言った。

ぼくは脳震盪《しんとう》を起こしていたが、最も深刻な症状はすでに脱していた。何も悪いところはない。少なくともＭＲＩからわかる限りは。

両親を安心させるために、ぼくはついに口を開いた。ふたりは胸を撫でおろしたようだ。こんなに長いあいだ両親を不安にさせたことを後悔した。実のところ両親に何を言えばいいのかわからなかったのだ。

ずっと同じ質問しかしてこないのでなおさらだ。ぼくがようやく口を開いたあとも、やはり父はその質問をした。

「息子よ、何があった?」

「わからない」

両親は顔を見合わせる。

「警察はなんて言ってるの?」ぼくがきく。

「警察は……」母が言いかけてやめる。

「おまえに別の容疑をかけようとしている」父が代わりに答えた。

頭が完全に麻痺しているようだ。いま聞いたことを消化し、考えるのに少し時間がかかる。

つまり、警察官がここにいるのにはそれなりの理由があったということか。馬鹿げている。

思っていたより強く打たれたのだろうか。何か忘れてしまったことがあるのではないか。

不安げに父を見ながら、唾を飲み込むのも辛かった。

「なんでそんな……」ぼくがもらす。「どんな容疑?」

「殺人と誘拐だ」

「なんだって?」

「レヴァルでおまえが誰かを殺したと言われてるんだ」

ロベルト・レイマンの遺体が見つかったのだと、やっとわかった。彼の遺体にはぼくが残したDNAの痕跡がたくさんあったのだろう。実際、ぼくの傷を見れば互いにやりあったのは明らかだ。

ぼくはもぞもぞと身体を動かした。急に傷のひとつひとつの痛みがよみがえる。両親の目にはそれらすべてのことがどう映っているのか知りたくて、ふたりを見た。もちろん両親は警察を信じていない。だとしたら、どう考えているのだろう。

「聞いて……」

「何も言わなくていいわ」母が止める。

母が目でドアのほうを示すと、警察官が入り口に立っていた。ぼくの身体はベッドに手錠でつながれてないところを見ると、逃げるには状態が悪すぎると判断されたのだろう。

「わかってる」ぼくが言う。「でも、話しておきたいんだ。誰かが聞いてるかもなんて、どうでもいい」

「息子よ、わたしたちにとってはすべては明らかだ」

「すべてじゃない」

「おまえは濡《ぬ》れ衣《ぎぬ》を着せられたんだ」父が続ける。「どうやってかはわからないが、すべて解決できるよう、おまえを助けたい」

こうなるだろうと思っていたが、母の目に何か言いだせない疑問があるのが見て取れる。疑問はひとつではないかもしれない。彼女を一番悩ませているのが何なのか、それを言ってくれるのをぼくは待った。長い間、母を見つめた。

ついに母が小さく咳払いをしたので、ぼくはわかったというように、うなずいてみせた。

「母さん、きいていいよ」

「わたしはただ……」

「いや、言ってくれ」父が小声で口を挟む。「警察に隠さなきゃいけないことなんて何もない」

両親はともに深呼吸をし、黙っている。

「どうしてぼくがレヴァルまで行ったか考えてみて」ふたりが一番理解できないのはその点だろうと予測して言った。「あそこでエヴァが待っていたからなんだ。それで、ぼくが彼女を誘拐したという馬鹿げた容疑がかけられているんだと思う」

「息子よ……」

ぼくは軽く手で制した。

「ちょっと待って。最後まで聞いて」

「エヴァは亡くなった」

ぼくが首を横に振る。

「生きている。ボルコで見つかった遺体は……」

「彼女よ」母が口を挟む。「本当にエヴァなの」

父は悲しそうに視線を落とした。

「検査で確認されている」父が付け足した。

「警察はそこについてはなんの疑いもないって」

両親も疑っていないようだ。こんな信じられないようなことを経験したあとでは、たとえどんな不合理なことでも、本当は信じるべきなのかもしれない。でも、ぼくは信じることができなかった。本当はどんなことに対しても準備ができているべきなのだろう。ずっと前からそうあるべきだったのだ。

「そんなのありえないよ」ぼくは反論した。

「わたしたちはこの目で見たんだよ。プロコッキ副署長がわたしたちを警察署に呼び、全部見せてくれた」

「書類は偽造できる。警察は彼女を守ろうとしていただけだ」

「守る?」母がきく。「誰から?」

「カイマンの一味から。彼女を追っているやつらだよ」

「カイマン?」

ぼくはそこにいる警察官が両親にすべて説明してくれるものと期待して警察官のほうを見た。だが、彼の驚いた目を見たとき、わかった。

カイマンについてぼくが知っていることはすべて、エヴァの録音からの情報だ。この十年間、彼女に起こったことについても同じだ。

プロコツキが証人として彼女を保護しているという情報も、警察の計画も、すべてはエヴァの録音が情報源だった。エヴァに関するこれまでのシナリオを、ぼくはエヴァから聞いたことをもとにつくりあげていた。

ぼくは、何かに操られていたのだろうか？

理性を吸い込む渦に巻き込まれたようだった。ぼくはただ、流れに任せて理性の残像がだんだん速く回っていくのを見ていることしかできなかった。そして、それが渦の中心に吸い込まれて消えていくのを。

その流れからは、何ひとつ筋の通った結論を引き出すことができない。すべてが可能であり不可能でもある気がした。ぼくはパラドックスに陥った。最悪なのは、ぼくに答えを与えてくれそうな人を思いつかないことだ。

ただひとり、エヴァを除いては。

「息子よ」

「大丈夫だ……」ぼくはつぶやいた。

「カイマンって誰だ？」

ぼくは目を閉じ、頭を振った。

「いまはどうだっていい。ぼくが知っていることを全部警察に言う……」

ぼくをこの状況から救える名案を相手が思いつくのを期待するように、両親はまた互いに顔を見合わせた。ぼくも父が何か提案をしてくるのを期待した。しかし、父が何か言う前に病室に警察官が入ってきた。

まるでピストルを突きつけるかのように、警察官は携帯電話をぼくに差し出した。

「プロコツキ副署長があなたと話したいと言っています」

ぼくは口を開こうとしたが、何も言わなかった。

ふつうではありえない。本当にぼくを逮捕したいのなら、電話で連絡を取るなんてしないはずだ。

ぼくが差し出した手に警察官が電話を置いた。

「もしもし？」

「まあ、よくも問題を起こしてくれましたね」副署長が言う。

「はい」

「しかしまあ、あなたが協力してくれるなら、少なくとも一部は解明できるでしょう」

「正直なところ、誰に協力すべきなのかわかりません」

プロコツキが小さく鼻を鳴らす。

「その言葉をあなたから聞くのは初めてではありません」プロコツキが言った。「でも、答えはいつも同じです。国民の安全を守ることを誓った人々を信じるべきです」

「その誓いをときには破る人たちのことを言っているのですか」

「どこにでも黒い羊はいるものです」

「でも、あなたはそうじゃない？」

「ええ」プロコツキは答え、そもそもこういうことを口に出さなければならないことが辛いとでもいうかのように、ため息をついた。「わたしはあなたの最後の命綱です。そして、あなたが沈みかけている沼からはい上がる唯一の望みがわたしなのです」

プロコツキの言い分が正しいのかどうか判断できず、ぼくは黙っていた。録音で聴いたことを信じるのであれば、副署長は確かにぼくを助けられる唯一の人物に違いない。ただいまや、エヴァから聞いたことは何ひとつ信じられない。

「聞こえてますか？」

「はい」ぼくは答えた。

「よかった。電話を切らなかったということは、わたしを信じてもいいものか、少なくとも考えているってことでしょう」

「考えてます」

プロコツキはまた、ため息をついた。

「では、こういうことです。あなたにはまったく選択の余地がない。あなたにはレイマン殺害の容疑がかけられている。そのうえ、彼の妻と子どもを誘拐した容疑まで」

「そんな馬鹿な」

「わたしもそう思いますよ」

「じゃあ、なぜ……」

「わたしがそう思うだけでは、上司も検事も納得させるのには不充分なのです」

しばらくふたりとも黙っていた。

「だから、なぜ、あなたがあのような行動をとったのかを知る必要があるのです。わかりますか？」

もう何もわからなかったが、その気持ちは自分の中に収めておいた。緊張した面もちでぼくを見つめている両親に目をやった。プロコッキと会ってから、なぜか両親が彼のことを信頼しているということは、何もきかなくてもわかった。

ぼくより彼のほうを信頼しているなんてことがあるだろうか。プロコッキは、ぼくのためを思うなら三人の秘密にしておいたほうがいいなどと言って両親を説得したのだろうか。

ぼくは首を横に振り、相手に質問する代わりに自問している自分を心の中で非難した。同時に、実は自分がすでに決断しているということにも気づいた。副署長はぼくに電話をし、手を差し伸べてきている。公式にではなく、好意から。それを利用すべきなのだ。

「カサンドラ・レイマンは、実はエヴァなんです」

「いまなんて言われました？」

「何年も前に彼女は自分の身の安全を守るためにロベルトと結婚した。でも、やはり……」

「何を言ってるんですか？」

複雑なことを説明するのに電話はあまり適していない。だが、ほかに方法はない。ぼくは深呼吸をし、続きを話そうとしたが、プロコッキがさえぎった。

「エヴァの遺体を特定しましたよ。身内の者による確認だけでなく、DNAの検査でも本人と一致したんです。絶対的確信を得たかったので検査しました」

「あなたはそう言うけど」

「考えてもみてください。わたしが嘘をつく理由なんてありますか？」

「あなたはいまでも彼女を守ろうとしている」

「守る？」

「エヴァを。彼女が見つけられるのを、あなたは恐れているのです」

「誰に？」重い口調でプロコッキがきいた。「誰に彼女が見つけられることになっているのです？」

「カイマンの一味。エヴァが証言で訴えた人たち」

「エヴァは誰についての証言もしていませんが」

「でも……」

「あなたがどこからその情報を得たのか知りませんが、明らかにあなたは誤解しているようです」

唾を飲み込もうとしたが、喉は乾ききっている。自分の身体が熱くなっているのを感じながら、いらだって咳をした。

もう力なんて残っていないのに、電話を握る手に力が入った。真実がだんだんと見えてきた。

「でも……」ぼくは繰り返した。「彼女は……だって……」

ぼくが言ったシナリオを誰が説明してくれたのか、やっと理解できた。

「カサンドラ・レイマンはカサンドラ・レイマンです」プロコツキが言う。「夫の遺体が発見されたとき、すぐに彼女のことを詳しく調べました。あなたの婚約者とはなんの関係もありません。外見が似ていることを除いては」

彼の言葉はぼくの頭の中で鈍くこだました。

「それは……確かですか」

「誰かが役所で書類を偽造し、多くの人に賄賂を使って彼女の家族や友人のふりをさせ、過去数十年前からの写真を偽造していない限り、確かです」

ぼくはどう答えればいいか、わからなかった。

プロコツキはその後もしばらく、ぼくを納得させるべく、すべての証拠について話してくれた。発見された遺体が行方不明になったぼくの婚約者であると確認したければいくらでもできる、と言われた。司法解剖の写真を見ることさえプロコツキは許してくれた。

ぼくはすっかり放心状態のまま横になっていた。現実は自分から遠く離れたどこかでつくられているような気がした。カサンドラ・レイマンがエヴァでないなんて、本当にありえるのだろうか。

ぼくが答えを知っているなどという根拠のない自信をもうもてなくなっていた。少し前まではありえないと思っていたことも認めざるをえなかった。

では、エヴァには何が起きたのだろう？　十年間どこにいたのだろうか？　それにどうして死んだのか？

プロコツキがミスなどありえないとぼくに説明している間、次々に疑問が頭に浮かんできた。その後もしばらく彼は話していたが、ぼくはもう聞いていなかった。

その後、震える手で警官に電話を返し、両親を見た。

「どこに……ぼくの携帯電話はどこにある？」つっかえながらきく。

ベッドのそばの引き出しのひとつを父がさした。携帯が警官に細かく調べられたことは想像に難《かた》くない。実際、没収されていないのが不思議なくらいだ。もしかしたらぼくが誰かと共謀していて、その人物が遅かれ早かれぼくに連絡してくると考えているのかもしれない。

ある意味、そうなった。

携帯の電源を入れたとき、未読のメッセージがあることがわかった。それを開くと、ＲＩ

Cのセキュリティ認証用パスワードが目に飛び込んできた。

自分の顔から血の気が引いていくのを感じた。

「どうしたんだ?」父がきく。

また唾を飲み込めなくなった。

「ノートパソコンが欲しい」やっとの思いでぼくは言った。

12

RICシステムからヴェルネルがパスワードを受け取ったと通知が来たとき、わたしたちはもうウッチの郊外にいた。わたしたちが向かっていたのは東側の国境ではない。以前その方向に行ったのは、ただヴェルネルを欺くためだ。遅かれ早かれ彼は、わたしが言ったことをすべて警察に話すに違いない。

「ヴェルネルがメッセージを受け取ったわ」わたしが言う。

グラズルは道路から目を離して、こちらを見た。

「どこかに停まる?」

「ええ」

彼はうなずく。わたしがヴェルネルと会話するのを止める気はない。わたしがヴェルネルと話さなくてはならないことを彼はよくわかっていた。むしろ話す義務があるとさえ思っている。

ＲＩＣで彼と連絡を取ることにリスクはない。接続は暗号化されているし、バーチャルトレイルはあまりに複雑で、たとえどこを探せばいいかがわかったとしても、わたしの居場所の特定はできないだろう。

「マクドナルドは？」グラズルがきく。

「どこでもいいわ。ワイファイがあるところなら」

スキエルニエヴィツェ・ジャンクションのちょっと先にあるマクドナルドに入った。ヴォイテックとグラズルは窓の近くのテーブルに座り、わたしはその横の席を取った。

誰にも邪魔されないことが大事だ。ヴェルネルはすでにわたしを待っていた。ＬサイズのブラックコーヒーをRIＣにログインする。ヴェルネルはすでにわたしを待っていた。深呼吸をする。何から始めるべきかわからない。

幸いヴェルネルが切り出した。

［ヴェルン］きみは、本当は誰なの？

それは質問として最も簡単なものではなかったが、話を始めるきっかけとしては適切だ。

もう一口コーヒーを飲む。プロセッコがないのが残念だ。

[カス] カサンドラ・レイマン。

[ヴェルン] ぼくの婚約者とはなんの関係もないの?

[カス] ないわ。

しばらく返信はない。ヴェルネルがどんな気持ちか想像しようとしたが、すぐにやめた。あまりに惨めすぎる。

[ヴェルン] すべて説明してくれ。

[カス] 自分で気づいたこともたくさんあるのでは?

[ヴェルン] 充分じゃない。

ヴェルネルがこちらを見ているかのように、わたしはうなずいた。グラズルの視線を感じたので、優しくそちらを見やる。グラズルが何を心配しているのかがわかった。わたしたちが何年もかけてやっと手に入れた自由からわたしが安らぎを得られないことを心配しているのだ。自分がやったことを受け止めきれずに、罪悪感にさいなまれるだろうことを。

前からわたしはそうはならないと彼に約束していた。わたしが考えたステップはどれも必要悪として割り切り、ほかに方法がないのと繰り返し言ってきた。

自分を救わなければならなかった。わたしの決断はどれも、自分自身とヴォイテックを救うためだった。

わたしはモニターを見つめ、キーボードに指を置いたまましばらく動かないでいた。そしてゆっくりとひとつ、もうひとつと文字を打ち込んでいった。


［カス］ごめんなさい。

またしばらく、返信を待たなくてはならなかった。


［ヴェルン］謝罪の言葉なんてどうだっていい。欲しいのは説明だけだ。

［カス］わかった。

［ヴェルン］じゃあ、あの録音のなかでどこまでが真実なのかってところから始めよう。

［カス］ロベルトに関して言ったことすべて。

［ヴェルン］カイマンについての証言は？

［カス］それも本当だけど……エヴァについてだけ。

［ヴェルン］説明してくれ。

点滅するカーソルを見つめる。

［カス］あなたに言ったことは本当にあったことよ。エヴァのお父さんはカイマンの怪しいビジネスに巻き込まれ、最終的にはそれが「野次飛ばし席」で起きた事件の引き金になった。さらにはほかのすべての問題のね。レイマン調査会社の情報源を使って、手がかりになるものを全部しらみつぶしに調べていき、パズルのピースをひとつひとつ見つけていったの。

わたしはそういうメッセージを送ると、一息ついてコーヒーを飲んだ。

［ヴェルン］プロコツキは違うことを言っている。

［カス］嘘をついてるんだわ。彼はあなたを黙らせたいの。彼からすれば、あなたがエヴァを死に追いやったわけだから。それにあなたがロベルトを殺したと思ってるし。

ヴェルネルが何を考えているか知りたくもなかった。何が真実で、何が真実でないかもうわからなくなっているのだろう。誰を信じればいいのかも。

［ヴェルン］そもそも、どうしてこの件に関わることになったんだ？　それにどうやってぼくをだませたんだ？　だってきみはエヴァにそっくりだ。

［カス］知ってるわ。

［ヴェルン］説明してくれ。


わたしは神経質に前髪を横にかきあげた。


［カス］あなたには全部話したから、ここ数年、わたしがどんな思いをしてきたか知ってるでしょう。

［ヴェルン］ああ。

［カス］でも、実際にどんなに長い間それが続いていたかまでは知らないでしょう。あなたに説明するときには都合よくその期間を短くしなくちゃいけなかったから。でも、実際はロベルトはずいぶん前からわたしを虐待してきたの。ヴェルン。

［ヴェルン］それで？

［カス］虐待を逃れる方法を長い間探していたわ。

［ヴェルン］どうやって？

[カス] 行方不明者のデータベースも見た。そのうちの誰かのアイデンティティを利用する方法を考え付いたのよ。
[ヴェルン] エヴァになりすましたってはっきり言えよ。
[カス] わかった。最初はただ、エヴァになることで警察の注意をこちらに向けさせたかっただけだった。警察のほうからわたしを助けに来てくれるように。この地獄から抜け出すには、それが唯一の方法だと思ったから。
[ヴェルン] 警察に直接通報することだってできたはずだ。
[カス] ダメよ。ロベルトは、わたしが頼りにできそうな人たちをみんな丸め込んでいた。それにわたしの一挙一動を監視していた。彼とは関係ない誰かとわたしがつながることができたときには、すぐに邪魔をしてきたわ。警察の上層部も彼の意のままだった。本当よ。それで、このやり方では無理だってわかったの。何かほかの方法を考えなくちゃならないって。

ヴェルネルはしばらく何も返信してこなかった。彼に語ったこれまでの話から、全体の真実のシナリオをつくるべく、頭の中で整理しているのだろう。

[ヴェルン] どうやってエヴァを?
[カス] ほかの候補者と同じように、データベースで見つけた。わたしはどんなに長い間エ

ヴァのような人を待っていたか、あなたには想像もつかないでしょう。何年もかけて、なりすましができそうな女性を数人見つけたわ。だけどエヴァを見たとき、この人だって思った。

［ヴェルン］外見が似てるから？

［カス］ええ。何百いや、何千もの行方不明者のいろんな情報を見たわ。たまに少し似た人を見つけることもあったけど、あんなにわたしに似ている人を見たのは初めてだった。整形手術を何度かしなければならなかったから、ロベルトに気づかれるんじゃないかって心配したけど、幸い気づかれずにすんだ。一番問題だったのは、わたしの声がどのくらいエヴァに似ているかわからなかったこと。でも、そこはやってみるしかなかった。あなたが最後に彼女の声を聞いてからもう十年経っていることが、希望をもたせたの。時間が経っていることがわたしにとっては有利に働いた。その期間が長ければ長いほど成功率も高くなる。

また返信がない。これだけの偽装工作をするのに、わたしがどれだけの労力を費やしたか、ヴェルネルにもそろそろわかってきたに違いない。長い年月をかけて立てた計画。すべてはわたしの忍耐力にかかっているのは最初からわかっていた。そしてついにそれが実を結んだ。わたしは心理的にもうまくやらなくてはならなかった。ヴェルネルが、自分の見つけた手がかりが本当にエヴァからのものかと疑う可能性もあった。彼が知っていることと知りたいことのギャップを最大限大きくすることが重要だった。

そのギャップを埋めたいという欲求が人間の心理的原動力になると心理学者のジョージ・ルーヴェンスティンも言っている。ヴェルネルが真実を知りたいという欲求で目が曇ってしまったように。

結局はその欲求があまりに強すぎて、ほかのことはすべて霞《かす》んでしまったのだ。彼の欲求を駆り立てる次の録音を手にしたときにはもう、論理と合理性は重要視されなくなっていた。もう冷静な判断ができなくなっていた。全部作り話かもしれないなどとは、考えられなくなっていたのだ。

その状態が長く続けば続くほど効果も大きくなる。心理学的にだけでなく、生理学的にも。結果への過剰な期待が人間の体内でドーパミンを活性化させることは研究でも実証されている。人類学者で人間行動研究者のヘレン・フィッシャーによると、待つ時間が長ければ長いほど、わたしたちの脳と脊髄がこの神経伝達物質を多く分泌するという。その結果、わたしたちが決定を下す過程をドーパミンがコントロールすることになる。

最終的には自分が信じたいことを信じ、それに反する事実は無視するようになる。そして、自分の予想を証明することばかりが強調されてくる。

わたしはヴェルネルの気持ちを操ったのではない。人間の心を支配する普遍的なセオリーに従ったまでだ。

[ヴェルン]　いつ、彼女を見つけた？
[カス]　数年前。
[ヴェルン]　そのときから準備したのか？
[カス]　ええ。多くの犠牲と危険を冒したけど、ほかに方法がなかったから。
[ヴェルン]　あったはずだ。
[カス]　ないわ。

短くきっぱりとした答えによって、そこに疑いの余地がないことをヴェルネルにわからせたつもりだ。だが、たとえそうでなかったにしても、このあとのわたしの説明で彼に納得してほしかった。

[カス]　警察にも知り合いにも家族にも同僚にも相談できなかったのをわかって。誰とも連絡できないように、ロベルトはわたしの生活を徐々に制限していった。気がついたらひとりぼっちだった。頼りにできたのはグラズルだけ。でも彼自身も自由が制限されていたの。
[ヴェルン]　それできみをその泥沼から引っぱり出すお人好しを手に入れたってことか。
[カス]　あなたならすべてをきちんとやってくれるとわかっていたから。

しばらく返信がない。

［ヴェルン］きみはどうかしてる。

どう返信すべきかわからなかった。口論したくないからだけじゃない。まともな人間ならどう返信すべきなのか、わからなかったのだ。

わたしは自分の歪んだ世界で生きていると、ときどき考えることがあった。暴力と絶え間ない脅威とアルコールでつくりだされた世界。昼間から飲むこともせず、夜の暴力もない日を最後に過ごしたのはいつだっただろう。

自分がどうかしていると思ったこともある。

それでも、狂ってしまうことはなかった。それどころかわたしは理性のある行動をとった。唯一可能なやり方で自分の子どもを救ったのだ。

コーヒーを飲み、会話を続けなくてはならないと思い、頭を振った。わたしにはヴェルネルに説明する義務がある。

［カス］すべてにおいて有能な人が必要だった。そしてロベルトの口座から資金を全部移せる相手が。わかるでしょう？

[ヴェルン] わからない。誰もわからないと思う。きみは医者にかかったほうがいい。
[カス] ほかにやりようがなかったのよ、ヴェルン。
[ヴェルン] ぼくに本当のことを言うことだってできたはずだ。
[カス] そして、わたしがだましたことをあなたがすぐに水に流してくれるって当てにすればよかったって言うの？　単なる同情心だけでわたしを助けるために、あなたが命の危険を冒してくれると期待すればよかったって？　エヴァじゃないこのわたしのために？

どう答えればいいかわからないようだ。

[カス] そんな危険を冒すことなんてできなかった。息子の人生だって危なかったんだから。
[ヴェルン] ロベルトから逃げる方法はほかにもたくさんあったはずだ。

ヴェルネルと向かい合って座っていたなら、吹き出していたことだろう。ロベルト・レイマンがどんな人間か、彼はちっともわかっていない。ロベルトの一味、そしてロベルト自身がどんなことをしていたか、彼には想像もつかないのだろう。

[カス] 本当にそう思う？

［ヴェルン］ああ、思うね。

［カス］じゃあ、これだけのことをどうやったらわたしが手に入れられるか言ってみて。逃げるところから、わたしと息子の将来を保証してくれる資金全部を手に入れるまで。自分がいた地獄からわたしを救い出してくれるだけでなく、全部終わったあともわたしから金を奪ったりしない人をどうやって見つければよかったのか言ってみて。

返信が来るとは思っていなかった。ヴェルネルの頭に何か浮かんだにしても、自分でそれをはねのけていたに違いない。そして最終的にはわたしと同じ結論に至るだろう。ほかにはやりようがなかったのだ。

わたしはこの言葉を頭の中で常に繰り返してきた。でも結局、自分自身でさえ百パーセント納得させることができないのはわかっていた。

それに、これまで起きたことをすべて経験したあとでもまだ理性のある評価などできるのだろうか。十数年間続いているアルコール依存症が、状況的に正当化できるものとできないものを分ける境界線からわたしを遠ざけていた。

いや、こんなことを考えるのは無意味だ。わたしが決めたこと、やったことはすべてヴォイテックを救うためだった。

そのことをヴェルネルに書きたかったが、その必要はない気がした。彼はわたしを別の人物として知ったが、わたしの息子を助けたいという意思は彼にも伝わっていたはずだ。ほかにも彼がわかっていた何かがある。わたしを不安にさせる何かだ。

そして今後は、その何かが不吉な幽霊のようにわたしにつきまとうのかもしれない。

［ヴェルン］エヴァを殺したのはおまえだ。

［カス］違う。

［ヴェルン］おまえのせいで彼女は死んだ。

［カス］ヴェルン、そのこととはなんの関係もないわ。

［ヴェルン］いいかげんにしろ。おまえのせいでエヴァは表に出ようと思ったか、カイマンの一味が彼女を見つけたかのどちらかだ。いずれにせよ、全部おまえが発端となった。彼女が死んだのはおまえのせいだ！　クソ！　おまえを見つけだすまでは絶対諦めない。自分がやったことを必ず思い知らせてやる。

一瞬わたしは固まった。そしてヴォイテックとグラズルが座っているテーブルのほうを見た。

衝動的にノートパソコンを激しく閉じた。ヴェルネルとロベルトだけでなく、わたしの過去に起こったことすべてを残してうしろ手にドアを閉めるように。

それから、ぼんやりと窓の外を眺め、コーヒーを最後まで飲んだ。高速道路を車が行き交っている。マクドナルドの隣にあるガソリンスタンドに入ってくる車もある。何事もなかったように人生は流れていく。わたしが何をしたかなど誰も知らない。

ポーランドでは年間、二万人の行方不明者が出る。一日に五十人以上がいなくなっている計算だ。

そのうちの一人のアイデンティティをわたしが盗んだところで、どんな問題があるというのだろう? たとえそれがその人を死に追いやったとしても、自分の息子を悲劇から救えるのであれば、やるだけの価値があるではないか。ロベルトの暴力が最後には息子に及ぶという悲劇から救えるのなら。

わたしはほかにも多くの人を救ったのだ。夫の組織は、内部の権力闘争でいずれ崩壊するだろう。そのおかげで、わたしもその存在さえ知らない多くの人が残酷な運命から救われるはずだ。

ヴォイテックとグラズルと西に向けて車を走らせながら、わたしはしばらく、その結論を反芻《はんすう》しつづけた。

でも、自分を完璧に納得させせようとしてもけっしてできないとついに悟った。おぞましいことをやり、それを背負って生きていかなくてはならない。その代償をいつか支払うときがくるのだろうか。いや、ヴェルネルが考えているようなことには絶対ならない。

誰もわたしを見つけられないし、誰もわたしたちの手がかりをたどれはしない。すべてを置き去りにしてきたいま、誰もわたしのあとを追ってくることはない。わたしの一部となってしまったエヴァを除いては誰も。

解説

大矢博子

ブームの域を超え、すっかり定着した非英語圏のミステリ。

もともとミステリが盛んだったスウェーデンをはじめ、デンマーク、フィンランド、アイスランド、ドイツ、フランスなど多くのヨーロッパミステリが続々と読者に届けられるようになったのは実に喜ばしい。近年では、フランスのピエール・ルメートル『その女アレックス』（文春文庫）の大ヒットが印象的である。ヨーロッパだけではなく、陳浩基《ちんこうき》や陸秋槎《りくしゅうさ》などの華文ミステリも元気だ。

だがそんな中、ポーランドのミステリはやや出遅れの感があった。一九七〇年代にイェジィ・エディゲイ『顔に傷のある男』『ペンション殺人事件』（早川書房）が邦訳されて以降、日本で読めるのはSF作家スタニスワフ・レムによるミステリ仕立ての「枯草熱」（国書刊行会『天の声・枯草熱』所収）、『捜査』（ハヤカワ文庫SF）ぐらいだったと言っていい。

しかし最近、ポーランドのミステリに俄然《がぜん》注目が集まっている。きっかけは二〇一七年に邦訳されたジグムント・ミウォシェフスキ『怒り』（上・下巻、小学館文庫）だ。ワルシャワの切れ者検察官テオドル・シャツキを主人公にした、張り巡らされた伏線の妙と驚愕《きょうがく》のラストが光る衝撃作。「ポーランドのルメートル」と呼ばれるのも納得のスリリングな展開に、シャツキ検察官の魅力的なキャラクターも相まって、その年のミステリシーンで大きな話題となった。

その後、一年ごとにシリーズ作品『もつれ』『一抹の真実』（ともに小学館文庫）が刊行され、ファンの熱い支持を受けている。

ポーランド・ミステリ、面白いじゃないか——と読者が前のめりになったこのタイミングで、満を持してかの国のスター作家の登場だ。レミギウシュ・ムルスである。

レミギウシュ・ムルスは、一九八七年生まれ。三十三歳という若き作家にして弁護士であり、法学博士でもある。二〇一三年のデビュー以来、ミステリ、SF、歴史小説と幅広いジャンルで精力的に新作を発表。作品は毎年のようにベストセラーリストやブック・オブ・ジ・イヤーに選ばれ、看板である警察小説〝Joanna Chyłka〟シリーズは一五〇万部を突破してテレビドラマも好評という、ポーランドきっての人気作家だ。

ミステリに関して言えば、二〇一六年に年間最優秀のポーランド語のミステリに送られる国際カリブル大賞（Nagroda Wielkiego Kalibru）に二作品で二部門同時ノミネートという稀有《けう》な評価を得た。特に読者の投票によって選ばれる読者賞の受賞歴が多いということが、人気の高さを裏付けていると言えるだろう。ジグムント・ミウォシェフスキが「ポーランドのルメートル」と呼ばれるように、ムルスはスティーブン・キングに、あるいはヒッチコックの映画になぞらえられることが多いという。

さらにレミギウシュ・ムルスにはもうひとつの顔がある。家庭内暴力を防ぐポーランドのソーシャルキャンペーンに二〇一八年度の大使として参加しているのだ。本書の刊行と時期を同じくしてこのような活動をしていたことを、どうか心に留めておかれたい。

というところで、ようやく本書『あの日に消えたエヴァ』の話に入ることにする。

原題は"Nieodnaleziona"、これはポーランドで「見つからない」という意味の単語だ。二〇一八年に刊行され、EMPIKベストセラーリストにノミネートされている。

物語の始まりは、幸せなカップルに突然降りかかった悲劇の場面だ。ダミアン・ヴェルネルが幼馴染《なじみ》であり恋人でもあるエヴァにプロポーズ、OKの返事をもらったという幸せいっぱいのときに、酒場から出てきた男たちがエヴァを襲ったのである。目の前で恋人がレイプされ、ヴェルネルは必死に抵抗するも激しい暴力に意識を失ってしまう。そしてその時を境に、エヴァの姿は忽然《こつぜん》と消えてしまった。

犯人はわからず、エヴァも行方不明のまま、十年が過ぎたある日。ヴェルネルの親友ブリツキが、フェイスブックにエヴァらしき女性の写真がアップされているのを発見。ヴェルネルは警察に相談するが取り合ってもらえない。ブリツキの提案で探偵事務所を使うことにしたヴェルネルだったが、思わぬ殺人事件が起こり、ヴェルネル自身が警察から逃げるという事態になってしまう。

このヴェルネルの件と並行して語られるもうひとつのストーリーが、彼が依頼したレイマン調査会社の社長夫人にして主要調査員のカサンドラ・レイマンの物語だ。彼女は夫から毎日のように暴力を受けていた。夫の徹底的な監視下に置かれ、幼い息子がいるため逃げ出すこともできず、ただ耐える日々。だがそんな中でも、ヴェルネルの依頼に対しては時間をやりくりし、ネットを介したチャットで彼とやりとりしていたのだが……。

ヴェルネルが見た写真の女性は本当にエヴァなのか。だとしたらなぜ十年も音信を絶ったままだったのか。ふたりは再会できるのか。殺人事件の真相は。そしてカサンドラは夫の暴力に抵抗する術はあるのか。

いくつもの謎が絡み合い、ぐいぐいと読者を引っ張っていく。圧巻のストーリーテリングをお楽しみいただきたい。

ヴェルネルとカサンドラの両方の筋に共通するのが、暴力に蹂躙《じゅうりん》される女性の姿である。これが本書の最も大事なテーマなのだが、その前に、まずは本書のミステリとしての魅力に触れておきたい。

細かいことはさておき、まずは声を大にして（文字を大にして）言おう。

めちゃくちゃ驚くぞ!

エヴァを探すというのがあくまでもメインの謎なのだが、追われることのサスペンスがそこに加わる。少しずつ与えられる手がかりと、迫り来る危機。それだけでも脳と心臓の両方に刺戟《しげき》満点なのに、後半、「ええっ!」と思わず声が出る展開が待っているのだ。

そしてすべてがわかったとき、序盤からいかに細かく考え抜かれて布石が置かれていたかに気づき、あらためて驚くことになる。特になんとも思わなかった設定が、そういうこともあるだろうなと流した展開が、それはちょっと不自然なのではと首をかしげた箇所が、すっきりしなかったもやもやが、これもあれもすべて終盤ですべてひとつにつながる。すべてはこのためだったのかと思わず天を仰ぐ、そのサプライズとカタルシスたるや。

詳細をここに書くわけにはいかないが、ミステリに「意外な展開」と「騙《だま》される快感」を求める読者は、本書を絶対に読み逃してはならない。

さらに驚くべきは、それだけテクニカルな仕掛けを施しながら、暴力という社会的な重いテーマがしっかりと綴《つづ》られているということだろう。いや、むしろこのミステリの仕掛けにより、テーマがより浮き彫りになったと言った方が正確だ。

著者によれば、ポーランドでは年間七十万人から百万人の女性が家庭内で暴力を受けていると推定され、そのうち週に三人のペースで亡くなっているという。それを知ったのが本書を書くきっかけだったそうだ。

暴力に蹂躙されたエヴァ。虐待の被害者であるカサンドラ。特にカサンドラについては、読みながら「なぜ逃げないのか」「なぜ抵抗しないのか」という思いを抱く読者もいるかもしれない。でも、一度立ち止まって考えていただきたい。理屈は通らず、腕力でかなわない相手から、どうすれば逃げられる？　どのように抵抗する？　そしてさらに一歩進めて、ではこの結末は「仕方ない」と思えるかどうかを、ぜひ考えていただきたい。

本書はミステリとしては一級品のサプライズとカタルシスが待っている。だが暴力に対する顚末《てんまつ》は、カタルシスからほど遠い。そうするしかなかったのか、他に手はなかったのかと、いつまでも考え込んでしまう。

ミステリのカタルシスと、物語のアンチカタルシス。その対比にぞっとする。謎がすべて解けたときに浮かび上がる絵は、すべての読者に「これでいいのか」と厳しく問いかけてくる。もしも「これはよくない」と感じたとしたら。では、あなたは何ができるのか。社会は何をすべきなのか。

とてつもなく重い問いを読者につきつけて、物語は幕を閉じる。ムルスが最も伝えたかったのは、これはカサンドラやエヴァの個人的な問題ではなく、交通事故や癌《がん》で亡くなる女性より家庭内暴力で亡くなる女性の方が多い（著者談）この社会の問題なのだ、ということに他ならない。広く読まれてほしい衝撃作である。

なお、本書のその後が気になっている読者も多いだろう。ムルスは本書の一年後、二〇一九年に"Nieodgadniona"を刊行。内容は現時点で確認できていないが、タイトルや表紙デザイン、本国では本書と二冊セットで販売されていることなどから、本書の続編もしくはシリーズ作品と考えられる。

本書のアンチカタルシスにその後変化があるのだろうか？　こちらもぜひ訳出されるよう強く願っている。

参考：

レミギウシュ・ムルス公式サイト

http://remigiuszmroz.pl

イギリスのエージェント　Madeleine Milburnのサイト

http://madeleinemilburn.co.uk/mm-authors/remigiusz-mroz/

ポーランド　Wielkoposka社による対家庭内暴力キャンペーンサイト

http://przemoc.edu.pl/kocham-szanuje-rusza-druga-edycja-kampanii-spolecznej/

（おおや・ひろこ／書評家）

――本書のプロフィール――

本書は、二〇一八年にポーランドで刊行された小説『Nieodnalezioną』を本邦初訳したものです。

小学館文庫

あの日《ひ》に消《き》えたエヴァ

著者　レミギウシュ・ムルス
訳者　佐々木申子《ささきしんこ》

二〇二〇年三月十一日　初版第一刷発行

発行人　飯田昌宏
発行所　株式会社　小学館
〒一〇一-八〇〇一
東京都千代田区一ツ橋二-三-一
電話　編集〇三-三二三〇-五七二〇
販売〇三-五二八一-三五五五
印刷所――凸版印刷株式会社

造本には十分注意しておりますが、印刷、製本など製造上の不備がございましたら「制作局コールセンター」(フリーダイヤル〇一二〇-三三六-三四〇)にご連絡ください。(電話受付は、土・日・祝休日を除く九時三〇分〜一七時三〇分)
本書の無断での複写(コピー)、上演、放送等の二次利用、翻案等は、著作権法上の例外を除き禁じられています。本書の電子データ化などの無断複製は著作権法上の例外を除き禁じられています。代行業者等の第三者による本書の電子的複製も認められておりません。

この文庫の詳しい内容はインターネットで24時間ご覧になれます。
小学館公式ホームページ　https://www.shogakukan.co.jp

©Shinko Sasaki 2020　Printed in Japan

ISBN978-4-09-406563-3

腕をふるった
あなたの一作、
お待ちしてます!

第2回 日本おいしい小説大賞

作品募集

大賞賞金 300万円

選考委員

山本一力氏（作家）　柏井壽氏（作家）　小山薫堂氏（放送作家・脚本家）

募集要項

募集対象

古今東西の「食」をテーマとする、エンターテインメント小説。ミステリー、歴史・時代小説、SF、ファンタジーなどジャンルは問いません。自作未発表、日本語で書かれたものに限ります。

原稿枚数

20字×20行の原稿用紙換算で400枚以内。
※詳細は文芸情報サイト「小説丸」を必ずご確認ください。

出版権他

受賞作の出版権は小学館に帰属し、出版に際しては規定の印税が支払われます。また、雑誌掲載権、Web上の掲載権及び二次的利用権（映像化、コミック化、ゲーム化など）も小学館に帰属します。

締切

2020年3月31日（当日消印有効）

発表

▼最終候補作
「STORY BOX」2020年8月号誌上にて
▼受賞作
「STORY BOX」2020年9月号誌上にて

応募宛先

〒101-8001 東京都千代田区一ツ橋2-3-1
小学館 出版局文芸編集室
「第2回 日本おいしい小説大賞」係

くわしくは文芸情報サイト
「小説丸」にて
募集要項＆
最新情報を公開中!
www.shosetsu-maru.com/pr/oishii-shosetsu/

協賛: kikkoman おいしい記憶をつくりたい。　神姫バス株式会社　日本味の宿　主催: 小学館